KÖNIGLICHER DARLING

KYLIE GILMORE

Übersetzt von
ANNA DRAGO

1

———

Emma

Morgen werde ich einen Mann heiraten, den ich bisher nur zweimal getroffen habe.

Das erste Mal, als ich sechzehn war, kurz nach unserer offiziellen Verlobung, und das zweite Mal diese Woche, um uns auf unsere Hochzeit vorzubereiten. Das ist normal für eine arrangierte Ehe zwischen zwei weit voneinander entfernten Königreichen. Ich streiche mir mit zittrigen Händen durchs Haar. Meine Nervosität ist unangebracht. Ich bin Prinzessin Emma Rourke de Villroy, die fünfte in der Thronfolge und die erstgeborene Tochter. Ich wurde dazu erzogen, mich standesgemäß zu verhalten und mich an das königliche Protokoll zu halten. Ich muss mich der Situation angemessen verhalten.

Ich habe wirklich Glück gehabt, was die Wahl meiner Eltern für meinen Ehemann angeht. Kronprinz Abdul Marjan von Kainei ist mit sechsundzwanzig Jahren nur ein Jahr älter als ich; ein attraktiver Mann mit dunkelbraunen Haaren, die er ordentlich zu einem Seitenscheitel gekämmt trägt, schokoladenbraunen Augen und einem strahlenden Lächeln mit perfekten, weißen Zähnen. Er ist in England zur Schule gegangen und hat sich während seines Besuchs diese Woche als perfekter Gentleman erwiesen. Nach unserer Hochzeit werde ich nach Kainei, einem blühenden Königreich in Südostasien, ziehen.

Es gibt einfach keinerlei Grund zur Sorge.

Der Probedurchlauf der Hochzeit in der Palastkapelle fängt bald an, doch bevor ich mich dafür umziehe, will ich nach meiner Mutter in ihren privaten Gemächern sehen. Ich denke, sie würde sich über meine königliche Haltung bei allen Veranstaltungen diese Woche freuen. Sie hat jedoch an keiner teilgenommen, da sie mit ihrer Trauer allein sein wollte. Mein Vater ist vor drei Monaten gestorben. Ich vermisse meinen Vater – das tun wir alle. Er war der König und vor dem Krebs eine große lebensprühende Präsenz in meinem Leben gewesen. Meine Mutter hat nach seinem Tod abgedankt, da sie nicht ohne ihn herrschen wollte.

Ich hole tief Luft und bemühe mich um die perfekte Beherrschung, die von mir erwartet wird, bevor ich anklopfe.

Joan, die Kammerzofe meiner Mutter, öffnet und macht einen tiefen Knicks. „Hoheit."

„Ist meine Mutter wach?"

Joan tritt zurück, um mich einzulassen. „Ja, Ma'am. Sie ist allerdings noch im Bett."

Ich seufze. Ich hatte gehofft, dass meine Hochzeit sie aus ihrem Einsiedlerdasein holen würde. Ich wünschte, es gäbe irgendetwas, das ich tun könnte, um ihr zu helfen. Ich gehe durch den Salon in ihr Schlafzimmer, wo sie bei zugezogenen Vorhängen an Kissen gelehnt in ihrem großen, antiken Mahagonibett liegt. Das einzige Licht kommt vom Fernseher, der an der Wand hängt. Er ist so leise gestellt, dass ich mir nicht sicher bin, ob sie ihn überhaupt hören kann. Ich schalte die Lampe auf ihrem Nachttisch ein und werfe einen Blick auf den Bildschirm. Die Reality-TV Show, die sie immer mit meinem Vater angeschaut hat, läuft gerade.

Langsam dreht sie sich zu mir um und sagt „Hallo", bevor sie sich wieder dem Fernseher zuwendet.

Mein Herz schmerzt, wenn ich sie so sehe. Sie trägt ihren blassblauen Seidenmorgenmantel. Ihre dunkelbraunen Haare sind nicht wie sonst zu einem gepflegten Knoten geschlungen, sondern fallen ungekämmt über ihre Schultern, als interessierte sie sich nicht mehr dafür, wie sie aussieht. Bis zu Vaters Tod hatte sie immer maßgeschneiderte pastellfarbene Kleider getragen, war immer geschminkt und mit dezentem Schmuck akzentuiert. Doch jetzt hatte sie dunkle Ringe unter den Augen, und ihre Haut war viel zu blass. Außer zur Beerdigung hatte sie das Schloss seit einem Jahr nicht verlassen. Seit mein Vater ans Bett gefesselt war, hatte sie ihn nie allein gelassen. Ich habe Teint und Haarfarbe von ihr geerbt, doch ich bin bei Weitem nicht so blass. Auf Villroy genieße ich es, draußen zu sein.

Ich bücke mich, um ihre Wange zu küssen. „Mutter, heute Abend ist der Probedurchlauf für die Hochzeit. Isst du mit uns danach zu Abend?"

„Ich komme zur Hochzeit", sagt sie mit rauer Stimme, als hätte sie eine ganze Weile nicht gesprochen.

Ich setze mich neben sie aufs Bett und ergreife ihre kalte Hand. „Ich gehe bald weg, Mutter. Ich fürchte, dass ich nicht ausreichend vorbereitet bin. Ich kann mich immer noch nicht flüssig auf malayisch unterhalten. Da wird alles so anders sein."

Sie antwortet nicht.

„Ich habe Angst", gebe ich leise zu.

Endlich sieht sie mich an und drückt meine Hand. „Du hast keine Angst. Du bist nervös, und das war zu erwarten. Du musst darüber hinauswachsen."

„Ja, Mutter." Das weiß ich. Doch warum ist es dann so schwer? Ich habe mein ganzes Leben damit verbracht, den hohen Erwartungen meiner Mutter gerecht zu werden, und der Lohn dafür ist eine enge Beziehung zu ihr. Ich war die Tochter, nach der sie sich nach vier Söhnen gesehnt hatte. Ich war die Tochter, auf die sie stolz war. Jetzt scheint sie unglaublich weit weg zu sein. „Ich wünschte, du hättest diese Woche an mehr Veranstaltungen teilnehmen können. Bist du sicher, dass du nicht vielleicht wenigstens zum Dessert kommen möchtest?"

Sie lässt meine Hand los und wendet ihre Aufmerksamkeit dem Fernseher zu. „Ich bin noch nicht bereit, öffentlich aufzutreten. Ich komme morgen zur Zeremonie."

Meine Brust zieht sich zusammen, und das Atmen fällt mir schwer. Ich verstehe, dass sie trauert, doch sie fehlt mir. Ich hatte mir meine Hochzeit als glückliche Zeit vorgestellt, in der sie mich fröhlich bei den Vorbereitungen begleitet – die ultimative Mutter-Tochter-Zeit. Ein kleiner Teil von mir hatte gehofft, dass sie mich auf das vorbereiten würde, was auf mich wartet, da sie dasselbe durchgemacht hat. Schließlich war sie um die halbe Welt gereist, von ihrem kleinen Inselkönigreich vor der Küste Australiens nach Villroy vor der Küste Südwestfrankreichs, um meinen Vater zu heiraten, einen Mann, den sie vor ihrem Hochzeitstag nie gesehen hatte.

Als meine Eltern nach meinem sechzehnten Geburtstag das Thema *arrangierte Hochzeit* angesprochen und mir erklärt haben, dass das Tradition sei, haben sie mich gefragt, ob ich ihrer Wahl für einen Ehemann für mich zustimmen würde, und ich habe gehorcht. Es war nicht zwingend vorgeschrieben; die meisten meiner älteren Geschwister haben sich dagegen entschieden. Für Gabriel, den Thronerben, war das natürlich anders gewesen, doch für ihn lag die Messlatte schon immer höher. Die Wahrheit ist, dass ich die Tradition fortsetzen *wollte*, und ich war stolz zu wissen, dass ich Villroy mit einer nützlichen Allianz helfen würde. Da ich wusste, dass meine Eltern auch eine arrangierte Ehe hatten, aus der Liebe geworden war, war ich zufrieden mit meiner Entscheidung. Doch jetzt, kurz nach meinem fünfundzwanzigsten Geburtstag – so hatten meine Eltern es gewollt –, ist es soweit, und ich ringe um Fassung. Und so ungern ich es auch zugebe, ich habe Zweifel. Ich werde als Fremde in einem fremden Land leben, einem Land, das ich noch nie zuvor besucht habe. Ich werde meine Familie vermissen, unseren Palast, mein Zuhause, meine Insel. Villroy Island mit seinem blaugrünen Meer, den Klippen und den weichen Sandstränden ist ein Teil von mir. Ich habe glückliche Zeiten auf Villroy verbracht. Ob ich in Zukunft glücklich sein werde, weiß ich nicht.

Meine Mutter spricht so leise, dass ich mich zu ihr hinunterbeugen muss, um sie zu hören. „Du musst jetzt bei deinem Mann Trost suchen."

Tränen brennen in meinen Augen. Ich verstehe, dass sie versucht zu helfen, indem sie mich meinem künftigen Mann entgegen stößt, doch es tut weh. Ich vergrabe alle meine Sorgen, meine Ängste und meine Zweifel ganz tief in mir. Ich werde nicht mit Abdul über sie reden. Ich muss tapfer sein. Ich stehe auf und mache einen schnellen Knicks. „Dann sehe ich dich morgen wieder."

Sie nickt, doch ihr Blick bleibt auf den Fernseher gerichtet.

Ich drehe mich um und eile aus dem Zimmer in meine Suite hinauf, um mich umzuziehen. Meine Unterlippe zittert, und ich beiße darauf und zwinge mich, über mich hinauszuwachsen. Das wir alles bald vorbei sein. Ich werde mich an mein neues Leben gewöhnen. Ich bin die Tochter meiner Mutter – stark, stoisch, stolz –, und ich werde tun, was für mein Königreich richtig ist. Meine Ehe wird eine Allianz begründen, die Villroys strauchelnder Wirtschaft von großem Nutzen sein und für eine stabile Zukunft sorgen wird. Ich werde meine Mutter ehren und sie stolz machen, indem ich mich den Wünschen meiner Eltern füge.

Meine Zofe Lina erwartet mich schon. Meine Kleider hat sie bereits zurechtgelegt. Sie ist effizient und kompetent, darum dauert es nicht lange, bis ich für den Probedurchlauf umgezogen bin. Oder vielleicht habe ich nur das Gefühl, dass es schnell geht, weil ich insgeheim auf eine Verzögerung hoffe.

„Sie sehen wunderhübsch aus, Hoheit", sagt Lina. „Die Farbe steht Ihnen."

„Danke", sage ich geistesabwesend. Mein dezentes, langärmeliges blassrosa Kleid mit zartem Spitzenoverlay ist schön. Meine Kleidung ist schon immer dezent und sittsam gewesen, hauptsächlich in Pastelltönen, Schultern und Decolleté immer bedeckt, die Rocksäume endeten immer unterhalb der Knie. Mein Hochzeitskleid ist ein wunderschönes, sittsames Designerkleid aus Seide, Spitze und Tüll. Selbst meine

Dessous für die Hochzeitsnacht sind sittsam, ein weißes, langes Seidennachthemd mit passender Seidenrobe. Meine Gedanken wandern zu dem, was (wenn überhaupt) ich während der Hochzeitsnacht für meinen neuen Ehemann empfinden werde. Bisher hat er mich nie berührt, nicht einmal meine Hand gehalten. Er weiß nicht, dass ich keine Jungfrau bin, dass ich schon einmal Leidenschaft erlebt habe. Ich werde es ihm sagen, falls ich den Eindruck bekomme, dass er Verständnis für jugendlichen Leichtsinn hat, doch wenn er eine jungfräuliche Braut erwartet – was bei einem traditionellen Königreich wie seinem durchaus möglich ist –, habe ich schon eine Lüge parat.

Ich gehe zum Schlafzimmerfenster und blicke hinaus aufs Meer. Die vertraute Aussicht beruhigt mich. Sie können mit dem Probedurchlauf nicht ohne die Braut anfangen, wenn ich mir also ein bisschen Zeit nehme, mich zu sammeln, macht das nichts.

„Kann ich sonst noch irgendetwas für Sie tun, Ma'am?", fragt Lina.

Es liegt mir auf der Zunge. *Mache ich einen Fehler?* Ich drehe mich zu ihr um. „Nein, Lina. Vielen Dank."

Sie nickt, macht einen Knicks und geht.

Ich befehle mir, mich zu bewegen, einen Fuß vor den anderen zu setzen. Mein Körper weigert sich zu kooperieren, darum hole ich tief Luft und schließe meine Augen. Jemand klopft. Lina muss sich entschlossen haben zu fragen, ob ich eine Begleitung zur Palastkapelle wünsche. Ich habe mir immer vorgestellt, dass das meine Mutter sein würde.

„Öffnen Sie die Tür, Lina."

Die Tür öffnet sich langsam, und meine Schwägerin Anna mit ihren wilden dunklen Locken kommt herein. „Hast du mal 'ne Minute?"

Ich winke sie herein und mache einen tiefen Knicks.

„Bitte, Emma, in deiner eigenen Suite musst du nicht vor mir knicksen."

Ich unterdrücke ein Lächeln, ein bisschen amüsiert darüber, dass sie immer vergisst, dass sie im Rang höher steht als ich. Seit sie Gabriel vor zwei Monaten geheiratet hat, ist sie die Königin von Villroy.

„Du bist meine Königin", erinnere ich sie. Sie ist Amerikanerin und hat erst einmal das höfische Protokoll lernen müssen.

Sie kommt auf mich zu und senkt ihre Stimme. „Willst du reden?"

„Worüber?"

Sie lächelt mich sanft mit warmen braunen Augen an. „Emma, heiraten ist eine große Sache, besonders, wenn es eine arrangierte Hochzeit ist, der du zugestimmt hast, als du gerade mal sechzehn warst." Seit meinem sechzehnten Geburtstag bin ich nur einmal von meinem gewählten Pfad abgewichen, und das gebrochene Herz, das diesem Fehltritt gefolgt war, hat mich zu Sinnen kommen lassen. Leidenschaft bringt einen nur bis zu einem gewissen Punkt.

Ich setze ein höfliches Lächeln auf. „Meine Eltern hatten eine arrangierte Hochzeit, und sie hatten eine wunderbare Ehe. Ich bin mir sicher, dass das bei mir genauso sein wird. Abdul ist alles, was ich mir wünschen könnte."

„Liebst du ihn?"

Ich atme tief durch. „Ich werde ihn lieben lernen."

Sie zeigt mit dem Finger auf mich. „Das sind die Worte deiner Mutter."

„Das sind meine Worte", schieße ich zurück. Sie versteht meine Mutter genauso wenig wie das Band, das uns verbindet. Die beiden sind wie Wasser und Öl.

Sie seufzt. „Auf der Anliegerstraße hinter der Kapelle ist ein silberner Renault Clio geparkt. Die Schlüssel sind unter der Fußmatte auf der Fahrerseite, falls du hier raus willst, um nachzudenken.

Ich blinzele, ein wenig überrascht, dass sie weiß, dass ich vielleicht eine Auszeit von den Hochzeitsvorbereitungen brauche. Dennoch kann ich nicht zugeben, dass ich nervös bin. Sie ist so ... unverblümt und direkt, dass sie ... Ich weiß nicht was, aber ich traue ihr alles zu. Schließlich stammt der brillante Plan, unsere sterbende Fischereiindustrie durch die Manufaktur natürlicher Körperpflegeprodukte aus Fischöl,

Algen, Schwämmen, Meersalz und dergleichen zu ersetzen, die dann auch noch in dem neuen Dayspa auf Villroy verkauft werden würden, von ihr. Ob dieses Vorhaben erfolgreich sein wird, ist noch unklar, da es sich noch in der Planungsphase befindet, doch es hat zweifellos Potential. Und die Benefizveranstaltung für die Anschubfinanzierung dieser Pläne – alles ihre Idee – war eine königliche Junggesellenauktion, bei der sie Dates mit meinen Brüdern versteigert hat! Reichlich skandalös! Ich habe gehört, dass einige meiner Brüder Haut gezeigt haben. Lucas hat einen Aufruhr ausgelöst, als er anfing, seinen Gürtel zu öffnen. Meine Brüder haben alle Freiheiten genossen, die ich nicht hatte, und sind nicht annähernd so streng erzogen worden wie ich. Gabriel als der Thronerbe war da natürlich die Ausnahme. Ist es ein Wunder, dass ich zu ihm aufblicke?

Doch das ist der Abend des Probedurchlaufs für die Hochzeit, danach folgt das Abendessen und morgen natürlich die Hochzeit, da habe ich keine Zeit, zu verschwinden und nachzudenken. Davon abgesehen würde mich das nur noch nervöser machen. Ich muss stärker sein als das.

Ich hebe mein Kinn. „Nicht nötig, aber danke. Ich muss jetzt zum Probedurchlauf gehen."

„Ich begleite dich."

Ich unterdrücke ein Seufzen, da ich weiß, dass Anna das Thema nicht auf sich beruhen lassen wird. Sie ist es gewohnt, zu sagen, was sie denkt und dass Gabriel nachsichtig mit ihr ist. Sie hat ihn verändert. Gabriel ist nicht mehr so traditionell, wie er einmal gewesen ist. Er ist viel entspannter, was einen Großteil des höfischen Protokolls angeht, und auch sein Auftreten hat sich verändert. Er lächelt viel, und seine Haltung ist weniger steif. Angesichts der Veränderung, die ich in Gabriel sehe, und des Rückzugs meiner Mutter aus dem höfischen Leben fühle ich mich verlassen. Beide sind meine Vorbilder gewesen. Eine leise Stimme in meinem Kopf flüstert mir zu, dass mein striktes Festhalten an Protokoll und Tradition nicht mehr nötig ist oder geschätzt wird. Doch wer bin ich ohne die Regeln, an die ich mich mein Leben lang gehalten habe?

Ich straffe meine Schultern und bemühe mich um eine höflich-gelassene Miene, als ich mit Anna durch den Flur gehe.

„Gabriel hat mich aus Liebe geheiratet", sagt sie. „Er hat sich gegen seine arrangierte Hochzeit entschieden." Sie weiß, dass Gabriel mein Lieblingsbruder ist.

Ich sage nichts. Das ist schließlich nichts Neues für mich.

Sie packt mich am Arm. Ich erschrecke. Niemand packt jemals eine Prinzessin auf diese Weise. Ihr Griff ist fest, ihre Stimme eindringlich. „Ich wünsche dir das Glück, das ich mit Gabriel teile. Bitte, Emma, wenn du auch nur den geringsten Zweifel hast, auch nur den kleinsten Hauch, dann verschiebe die Hochzeit." Sie flüstert mir direkt ins Ohr. „Oder sag sie ab. Ich werde schon alle beruhigen und mich in deinem Namen entschuldigen, wo es nötig ist."

Ich schlucke schwer. Mein Herz donnert in meiner Brust. Würde ich es wagen, mit den Traditionen, denen ich mich verpflichtet habe, zu brechen? Nach all den Planungen die Notbremse zu ziehen? Nachdem Abdul neun lange Jahre auf mich gewartet hat?

Sie flüstert eindringlich: „Das ist dein Leben, nicht das deiner Mutter." Ich mag es nicht, wenn sie über meine Mutter spricht, als kontrollierte sie mich. Ich liebe meine Mutter.

Ich reiße meinen Arm los. „Ich will nicht, dass du noch einmal davon sprichst."

Sie seufzt, geht jedoch schweigend weiter. Wir kommen zur Treppe, wo Gabriel und Abdul uns erwarten. Gabriels Augen leuchten auf, als er seine Frau sieht. Abdul schenkt mir ein zurückhaltendes Lächeln, das ich erwidere.

Bevor wir mit unseren jeweiligen Männern die Treppe hinaufgehen, flüstert sie: „Der Wagen wartet auf dich, für den Fall, dass du ihn brauchst."

„Ich werde ihn nicht brauchen", antworte ich ebenso flüsternd.

Sie lächelt Gabriel an. „Du bist genauso stur wie Gabriel", sagt sie leise.

Ich lächele auch. „Danke."

Dann nehme ich meinen Platz an der Seite meines Bräutigams ein.

„Du siehst hübsch aus", sagt er wie jedes Mal, wenn er mich sieht.

„Danke", sage ich bescheiden, den Blick gesenkt.

„Wollen wir hinaufgehen?"

„Ja, natürlich."

Er bietet mir weder den Arm an noch nimmt er meine Hand, sondern geht lediglich neben mir her, als wir uns auf den langen Weg zur Kapelle am Ende des Westflügels machen. Hinter uns folgen Gabriel, Anna und Abduls Entourage, Familienmitglieder und Bedienstete.

„Ich freue mich, dir Kainei zu zeigen", sagt Abdul. „Ich bin mir sicher, dass du dich schnell zu Hause fühlen wirst, auch wenn es viel wärmer ist als hier."

„Ich freue mich auch darauf", antworte ich.

Während wir schweigend weitergehen, versuche ich, mir mein neues Leben vorzustellen. Doch vor meinem inneren Auge geschieht nichts. Stattdessen konzentriere ich mich auf Abdul. Wird er zufrieden oder enttäuscht sein von seiner neuen Braut? Wird er sich eine Mätresse nehmen, nachdem ich ihm den erwarteten Erben für das Königreich geschenkt habe? Ich hätte gerne ein Kind. Der Rest ist unsicher. Ich habe mir meine Zeit als Braut so lange als magisch und romantisch vorgestellt, und dass mein künftiger Ehemann verliebt in mich ist. Zeit, diese Fantasie zu vergessen.

Ich mache einen Schritt in die wunderschöne Kapelle mit ihrer hohen Decke, ihrem Goldschmuck, dem Stuck und den Fresken. Der einst so einladende Bau mit seinen vertrauten Marmorstatuen, der Orgel, den handgeschnitzten Bänken und dem langen, schönen Mittelgang mit dem roten Teppich kommt mir plötzlich erdrückend vor. Mein Atem geht schneller, und die Wände scheinen auf mich zuzukommen. Anna ist mir unter die Haut gegangen und hat mich noch nervöser gemacht, als ich ohnehin schon war.

Ich weigere mich, sie anzusehen, weigere mich, meinen Bräutigam anzusehen. Ich konzentriere mich ganz auf den

Priester am Ende des Gangs und gehe mechanisch auf ihn zu, setze einen Fuß vor den anderen.

Ich überstehe den Probedurchlauf würdig und gefasst.

Ich betreibe höfliche Konversation während des Probeabendessens und entschuldige mich früh, um zu Bett zu gehen. Der Stress des Tages holt mich ein und nur Minuten später schlafe ich ein.

Am nächsten Morgen wache ich erfrischt auf, bereit, den Rest meines Lebens zu beginnen. Ich hatte einfach nur kalte Füße. Natürlich kann ich das hier tun. Es wird schön.

Ich ziehe mich mit der Hilfe mehrerer Zofen und meiner jüngeren Schwester Silvia an. Meine Mutter kommt nicht. Sie sagt, sie kann nicht mehr schaffen, als zur Zeremonie zu kommen. Ich verdränge die Tatsache, dass mich das verletzt. Sie wird mich dabei sehen, wie ich meine Pflicht erfülle, wie sie es getan hat, und das wird sie stolz machen.

Ich trete vor den Ganzkörperspiegel und betrachte mich als Braut. Plötzlich ist es so real. Meine Haare sind hochgesteckt, der Schleier darüber, meine Miene angespannt. Ich versuche, mein Gesicht zu entspannen, doch es funktioniert nicht. Meine Atmung ist flach, und meine Hände sind klamm, während ich das Kleid betrachte, von dem ich so begeistert gewesen bin. Es ist sehr traditionell, weiße Seide mit Spitze den Hals hinauf und an den langen Ärmeln. Es ist tailliert, und der Rockteil ist ein richtiger Prinzessinnenrock mit zahllosen Schichten Tüll. Der Rock staucht sich auf meinen Füßen, doch die Länge ist auf Highheels abgestimmt und ich bin noch in meinen Slippern. Ich ziehe den Schleier über mein Gesicht, um den vollen Effekt zu sehen, und die Welt dringt gefiltert zu mir durch; das fröhliche Geplapper der Frauen hinter mir geht in dem Surren in meinen Ohren unter. Ich fühle mich taub. Ich schwebe über allem und betrachte aus großer Distanz die Prinzessin, die bald heiraten wird.

„Sie sehen so hübsch aus, Ma'am!", sagt Lina, die plötzlich neben mir steht. „Die *perfekte* Braut! Möchten Sie jetzt Ihre Schuhe?"

Perfekte Prinzessin. Perfekte Braut.

Ich schrecke zurück in die Realität. Mein Magen dreht sich

und ein unruhiger Energieschub schießt meine Beine hinunter. Ich wirble herum. „Entschuldigung. Ich brauche einen Moment für mich."

Die Zofen eilen aus dem Zimmer, und meine Schwester Silvia wirft mir eine Kusshand zu, bevor auch sie verschwindet. Ich ziehe den Schleier aus meinem Gesicht und komme zu dem Schluss, dass ich einen Spaziergang brauche. Ich werde erst in einer Stunde in der Kapelle erwartet.

Ich hebe mein Kleid und gehe den langen Flur entlang, bevor ich einen Umweg zum Ballsaal mache, um den Flur zu umgehen, in dem Abdul und seine Familie untergebracht sind. Wenn ich mich nur im Saal sehen, mir mich als glückliche Braut vorstellen könnte, die ihre Hochzeit feiert, dann würde alles gut werden.

Ich bin froh, den Ballsaal leer vorzufinden. Er ist schön wie immer, mit seinem auf Hochglanz polierten Intarsienparkett, den Kristallleuchtern, der Decke mit ihren Fresken und den blattvergoldeten Wänden. Ich kann mir die Musiker da drüben vorstellen und das Tanzen in der Mitte, einen Walzer, elegant und majestätisch. Lange Tische mit ganzen Reihen von Rechauds stehen auf der einen Seite des Raumes, und auf der anderen Seite ein einzelner, langer Tisch mit einer gigantischen, mehrlagigen Hochzeitstorte in der Mitte. Ich bewege mich wie in einem Traum, angezogen von der Torte mit dem Porzellanpaar unter einem Spalier aus winzigen weißen Blumen auf der obersten Schicht.

Sie sehen aus wie Abdul und ich. Wir lächeln und sehen verliebt aus. Ein hohes Klingeln hallt in meinen Ohren, und mir wird heiß, als ich die Porzellanfiguren ansehe. Warum haben sie uns so gestaltet? Wir sollten stolz, würdevoll und majestätisch aussehen. Nicht verliebt. Es ist eine Verzerrung der Realität. Eine *Lüge*. Die Dekoration verschwimmt vor meinen Augen. Plötzlich sieht es so aus, als würde Abdul mich auslachen. Der blanke Hohn. Eine *Beleidigung*.

Ich packe den lachenden Abdul und schleudere das Paar auf den Tisch, von wo es abprallt und zu Boden fällt. *Oh nein.* Ich eile um den Tisch herum und starre den Schaden an. Mein

Kopf ist abgebrochen und mein Kleid ist an mehreren Stellen angeschlagen.

Das ist ein Zeichen.

Abdul zu heiraten, würde mein Ende bedeuten.

Ich blicke auf. Neben der Kapelle wartet ein Auto auf mich.

Adrenalin rauscht durch meine Adern, und meine Gedanken rasen genauso wie mein Puls. Ich hebe mein Kleid hoch und renne hinaus, durch den Hof und um die Rückseite der Kapelle herum in die FREIHEIT!

2

Ich reiße mir den Schleier vom Kopf und werfe ihn in einen
Busch. Ich bin jetzt eine Flüchtige. Der alte Renault erwartet
mich wie versprochen. Ich hole die Schlüssel unter der
Fußmatte hervor, steige eilig ein, lasse den Motor an und
fahre los. Ich bin wieder außer mir – im wahrsten Sinne des
Wortes – und betrachte die Szene wie eine unbeteiligte Dritte,
nur diesmal arbeitet mein Verstand auf Hochtouren. Mir ist
bewusst, dass mir nicht viel Zeit bleibt, bis jemand bemerkt,
dass ich verschwunden bin, und in meinem Brautkleid bin ich
ziemlich leicht als Braut, die sich nicht traut, zu erkennen. Sie
dürften damit rechnen, dass ich weit vom Palast weg flüchte,
darum werde ich mich herausmanövrieren und durch den
Dienstboteneingang wieder reingehen.

Ich fahre um die Vorderseite des Palasts herum und parke
auf einem kleinen Parkplatz neben einem identischen
Renault, den die Dienstboten für Besorgungen benutzen. Ich
schleiche durch eine Tür im unteren Stockwerk in den Palast
und renne den Dienstbotengang hinunter zu einer weiteren
Treppe. Die meisten Dienstboten dürften mit den Gästen und
den Vorbereitungen in der Küche beschäftigt sein. Ich suche
nach dem Zimmer von Christina, einer jungen, neuen Zofe,
von der mir Lina erzählt hat, dass sie eine Perücke hat, mit
der sie Königin Anna ähnlich sieht. Die Dienstboten haben

sich dermaßen lustig über sie gemacht, dass sie sie nie wieder aufgesetzt hat. Ich blicke in mehrere Zimmer, bis ich sie sehe – eine braune, gelockte Perücke auf einer Kommode. Ich eile ins Zimmer, schließe die Tür ab, und nehme die Dienstbotenuniform, die aus einer weißen Bluse und einer schwarzen Hose besteht, aus ihrem Schrank. Ich ziehe mich um und stehle ein paar Socken, dazu ihre bequemen schwarzen Schuhe, die ein bisschen eng für mich sind, aber sie müssen reichen. Dann nehme ich die Perücke und ziehe sie über meine Hochsteckfrisur. Ich rolle das Kleid zu einem engen Ball zusammen, klemme ihn mir unter den Arm und mache mich auf den Weg in mein eigenes Zimmer.

Ich bin eine geheime Palastspionin auf einer geheimen Mission, die unbemerkt durch die Gänge huscht, geschickt Dienstboten ausweicht und sie alle überlistet.

In meiner Suite angekommen, schließe ich sofort die Tür ab. Mein Herz pocht so laut, dass ich fürchte, es könnte aus meiner Brust springen. Ich werfe das Kleid den Wäscheschacht hinunter. Wenn sie es unten in dem Haufen Laken und Handtüchern finden, werde ich längst weg sein. Ich schüttele meinen Kopf über mich selbst. Sie werden lange, bevor sie das Kleid finden, bemerken, dass ich weg bin. Und das zerbrochene Porzellanpaar könnte auch ein Hinweis sein. Ha! So clever, dass es keinen Sinn ergibt. Panik macht mir das Denken schwer, doch eines ist klar: Ich muss hier weg.

Ich renne zu meinem Kleiderschrank und bleibe davor stehen, unsicher, was ich will. Eine Handtasche. Ich nehme die nächstbeste und renne durch den Raum zu all meinen Verstecken und werfe Bargeld, Schmuck, Ausweis und Handy hinein.

Einige aufregende Minuten später stehle ich ein Fahrrad vom Parkplatz und radle los, die kurvenreiche Palaststraße hinunter. Nicht zu schnell, nicht zu langsam. Ich bin jetzt eine Palastangestellte, die irgendeine Erledigung macht. In der Ferne höre ich Lärm, Leute rufen. Die Presse? Meine Familie? Abduls Familie? Ich kann nicht bleiben, um es herauszufinden. Ich radle schneller. Die Straße führt bergab, und ich werde rasch schneller. Ich halte den Lenker fest, meine

Gedanken bereits einen Schritt voraus. Ich gehe zum Hafen, suche mir ein leeres Boot und verstecke mich da. Ich brauche nur ein bisschen Raum zum Nachdenken. Sie würden erwarten, dass ich die Insel auf der Yacht verlasse, darum werden sie mich auf einem x-beliebigen Boot nicht vermuten.

Sobald ich am Hafen ankomme, lasse ich das Fahrrad hinter einem alten Lagerhaus stehen und spähe hinaus auf das Dock, um mir die Boote anzusehen. Ich lasse mir einen Moment Zeit, um durchzuatmen und einen klaren Kopf zu bekommen. Als ich mich ein bisschen beruhigt habe, melden sich sofort Schuldgefühle zu Wort. Mein Gott, was habe ich getan? Was für eine furchtbare Demütigung für den armen Abdul! Seine ganze Familie ist hier. Die Presse. Ich habe gerade etwas *Schreckliches* getan. Ich *muss* mich verstecken. Ich kann weder ihm noch sonst jemandem unter die Augen treten.

Ich schlucke. Die großen Fischerboote sind draußen auf dem Meer. Was übrig ist, sind die kleineren weißen Boote, die den Einheimischen gehören, und ein Hausboot mit recht großzügigen Aufbauten. Am Heck weht eine violette Flagge mit einem Seepferdchen. Diese Flagge sagt mir, dass das Hausboot wahrscheinlich einer Familie gehört, definitiv freundlich, und was noch viel wichtiger ist – ein perfektes Versteck.

Ich schieße hinter dem Lagerhaus hervor und laufe direkt auf das freundliche Hausboot zu. Es ist vertäut und hat eine kleine Gangway, darum ist es nicht schwer, an Bord zu kommen. Ich spähe durch ein Fenster. Es scheint leer zu sein. Ja! Es ist Schicksal.

Ich versuche es an der Tür. Verschlossen. Doch dank meines Ex' weiß ich zum Glück, was ich tun muss. Ich ziehe eine Haarnadel aus meinen Haaren und öffne damit das Schloss. Die Kabine ist unordentlich. Da ist ein braunes, U-förmiges Sofa mit einem quadratischen Holztisch, auf dem ein Teller, eine Tasse, eine Gabel, eine benutzte Serviette und ein Laptop liegen. In der danebenliegenden kleinen Küche steht eine große Packung Cocopops auf dem Tresen. Definitiv eine Familie hier.

Ich sehe mich schnell weiter um, um sicherzugehen, dass nicht irgendwo doch jemand ist. Es gibt noch einen zweiten kleinen Sitzbereich vorne, der auch leer ist. Hinter der Küche ist ein Schlafzimmer mit einem Doppelbett und Kommoden auf beiden Seiten. Das Bett ist nicht gemacht, und Männerkleidung liegt am Boden verstreut. Ich bin mir sicher, dass die Kleider der Frau im Wäschekorb sind, wo sie hingehören. Hinter einer schmalen Tür ist ein winziges Badezimmer mit gerade genug Platz für eine Toilette, ein Waschbecken und einen Duschkopf an der Wand. Was für eine wunderbar leere Zuflucht.

Ich seufze erleichtert auf, gehe zurück ins Wohnzimmer und bleibe stehen. Was zum Teufel habe ich gerade getan? Bin ich wirklich weggelaufen? Mein altes Leben muss ich jetzt vielleicht für immer hinter mir lassen. Ich habe meiner Familie Schande gebracht und das Arrangement mit Abdul gebrochen. Ich ringe mir die zitternden Hände.

Mein Blick fällt auf eine fast volle Flasche Tequila und ein Schnapsglas auf dem Küchentresen. Ich muss meine Nerven beruhigen.

Ich gieße mir ein Glas Tequila ein. *Ah!* Das brennt. Und wie das brennt. *Whoa.* Plötzlich bin ich entspannt. Ich glaube nicht, dass ich in der ganzen vergangenen Woche auch nur einmal so entspannt gewesen bin. Vielleicht nie. Wahrscheinlich war es keine gute Idee, dass ich vor Nervosität heute nichts gegessen habe. Stattdessen habe ich drei Tassen Kamillentee getrunken, in der Hoffnung, mich zu beruhigen. Was vollkommen unmöglich war und viel zu viel verlangt von ein paar Tassen Tee.

Dann wird es mir mit einem Schlag bewusst – ich bin frei. Die Last meiner Verpflichtungen ist verschwunden. Bis zu diesem Moment habe ich nicht gewusst, wie schlecht ich mich zuvor gefühlt habe.

Ich hebe meine Arme. „Lasst uns uns betrinken, besaufen, bis wir nicht mehr geradeausblicken können!" Ich bin mir nicht sicher, ob sich Seeleute wirklich so anhören, doch es klingt so wunderbar derb. Wie etwas, das die Wachen oder Dienstboten sagen würden, wenn wir nicht in Hörweite sind.

Eine anständige Prinzessin trinkt niemals harte Spirituosen, und ans Betrinken ist schon gar nicht zu denken. Doch ich bin keine anständige Prinzessin mehr. Ich bin geschockt, wie gut es sich anfühlt, frei zu sein.

Ich trinke noch ein Glas Tequila, und diesmal genieße ich das Brennen. Ich liebe dieses entspannte Gefühl. Ich gehe entspannt durch das Boot. Keine steife Haltung mehr. Ich grinse vollkommen grundlos vor mich hin. Junge, bin ich hungrig. Ich nehme die Packung Cocopops, mache sie auf und kippe mir eine Ladung direkt in den Mund. Die habe ich seit der Uni nicht mehr gegessen. Einfach köstlich. Ich kippe noch ein paar in meinen Mund und kaue genüsslich. Ein paar der Schokobälle rollen mir in den Ausschnitt, an meiner Bluse hinunter und auf den Boden. Ich rette ein paar aus meinem trägerlosen BH (der unter mein Hochzeitskleid gehört) und esse sie. Was für eine wunderbare Erfindung – Cocopops. Die sollten sie im Palast servieren. Plötzlich brennen meine Augen, und ich kneife sie zu, während meine Stimmung in Verzweiflung umkippt. Könnte gut sein, dass ich nie wieder im Palast frühstücken werde.

Ich esse eine weitere Handvoll Schokobälle und halte mich am Tresen fest, da der Raum schwankt. Ich muss mir überlegen, was ich als nächstes tun will.

Ich kann mich nicht ewig auf diesem Boot verstecken. Und reisen wird auch nicht so leicht. Die Presse wird sich auf mich stürzen. Die einzige Möglichkeit zur Flucht ist eine brandneue Identität. Meinen Reisepass kann ich nicht benutzen. Ich brauche einen falschen Pass, wie Annas Freundin, Prinzessin Polly, ihn hatte, als sie untergetaucht war. Das bin jetzt ich. Doch Polly ist auf Bewährung und wegen Identitätsdiebstahl nur knapp am Gefängnis vorbeigeschrammt.

Ich will nicht ins Gefängnis!

Als der Adrenalinrausch abflaut, holt mich der Tag ein, all die Anspannung der letzten Woche, das Gefühl des Verlusts dessen, was ich zurückgelassen habe. Es ist alles zu viel. Ich stolpere ins Schlafzimmer mit dem ungemachten Bett und krieche unter die Decke. Ich habe Vater verloren; ich habe das Gefühl, Mutter verloren zu haben; ich fühle mich, als würde ich treiben, und das nicht nur, weil ich auf dem Wasser bin. Seit dem Führungswechsel ist zu Hause alles anders. Ich weiß nicht mehr, wo ich hingehöre. Definitiv nicht zu Abdul, soviel ist sogar mir klar. Wer bin ich außerhalb des Palasts? Ich kann nicht einfach nur eine Prinzessin sein. An mir muss mehr dran sein.

Ein Kloß aus Emotionen wächst in meinem Hals, und dann bricht der Damm. Ich beweine den Verlust meines Vaters, den Verlust der Liebe meiner Mutter, den Verlust meiner selbst und meines alten Lebens. So. Viel. Verlust. Gnädigerweise entfaltet der Tequila seine Wirkung, und ich schlafe ein.

Ich wache langsam auf, als etwas Warmes auf meine Lippen drückt. Ein Kuss. Ich bin Dornröschen, erweckt vom Kuss eines attraktiven Prinzen. Wie schön. Auszeit! Es ist nicht Abdul, der hier ist, um mich zurück zum Altar zu schleifen, oder? Ich reiße erschrocken die Augen auf, setze mich abrupt auf und ziehe die Decke zu meinem Kinn hoch. Alles dreht sich von der plötzlichen Bewegung.

Ein blonder Mann sitzt auf dem Bett neben meiner Hüfte. Nicht Abdul. Seine Züge verschwimmen vor meinen Augen, und ich fokussiere ihn. Er sieht nicht aus wie jemandes Vater. Er ist vielleicht dreißig, mit wirren blonden Haaren, blauen Augen, einer perfekt geraden Nase und einem Bart, der dringend gestutzt werden müsste. Sein langärmeliges graues T-Shirt spannt über seinen Schultern und seinen Bizepsen. Er wirkt angespannt. Ich spüre eine angespannte Energie, die mir beinahe ein bisschen gefährlich vorkommt. Doch er hat mich geküsst. Denke ich zumindest. Etwas hat meine Lippen berührt. Vielleicht hat er ja mit den Fingerspitzen überprüft, ob ich noch atme.

„Ich lebe noch", sage ich und zwinge meine Stimme, selbstsicher und überzeugt zu klingen. „Hallo."

„Hallo, Herzchen. Runter von meinem Boot." Sein Akzent ist britisch. Seine Stimme ist tief, rau und auf irgendeine seltsame Art und Weise vertraut.

Meine Gedanken wirbeln durch die Benommenheit von Schlaf und Tequila, und ich versuche, mich daran zu erinnern, wie ich, nachdem ich von meiner eigenen Hochzeit weggelaufen war, im Bett dieses Fremden gelandet bin.

Er streckt seine große Hand aus und reißt mir die Decke weg. Einen Moment lang sticht mir ein tätowierter Adler auf der Innenseite seines Handgelenks ins Auge. Ich blicke an mir hinunter. Ich trage eine Dienstbotenuniform. Die Details kehren zurück. Ich habe eine Flucht hingelegt, die eines Weltklasse-spions würdig ist. Ich habe eine Dienstbotenuniform angezogen, bin zum Hafen geradelt und habe mich auf dem Hausboot einer Familie versteckt. Nein, scheinbar ist es *sein* Hausboot.

Er steht auf und deutet mit dem Daumen zur Tür. Er schert sich nicht um Höflichkeiten, doch genau genommen bin ich ein blinder Passagier. Er ist groß, über eins achtzig, mit sehnigen Muskeln. Er trägt schwarze Jeans und abgewetzte schwarze Stiefel.

Ich suche krampfhaft nach einer glaubhaften Erklärung für meine Anwesenheit, während ich meine Beine über den Rand des Bettes schwinge. Ich schaffe es, aufzustehen. Der Raum dreht sich nur minimal, doch dann beginnt mein Magen zu rebellieren und Galle steigt mir in den Hals. „Entschuldigung.“

Ich renne in das winzige Bad und schaffe es gerade noch rechtzeitig, um mir meine geliebten Cocopops noch einmal durch den Kopf gehen zu lassen. *Widerlich.* Nicht gerade meine Sternstunde. Ich würge wieder und wieder.

„Bist du okay?“, fragt er von der Tür aus.

Gah! Keine Zeugen! Ich richte mich schwankend auf, schlage die Tür zu, schließe sie ab und kehre eiligst zurück zur Toilette, um mich auch noch des Rests meines Mageninhalts zu entledigen.

Als ich fertig bin, gehe ich ans Waschbecken und bediene mich an den wenigen Waschutensilien, die ich in einem kleinen Schrank finde. Als ich mich mit der braun gelockten Perücke im Spiegel sehe, erschrecke ich. Die hatte ich ganz vergessen. Sie sitzt ein bisschen schief, also rücke ich sie zurecht. Dann putze ich mir mit dem Finger die Zähne und spüle mir den Mund mit Mundspülung aus.

Als ich herauskomme, sitzt er im Wohnzimmer. Der Tisch ist jetzt abgeräumt, und er sieht sich irgendetwas auf seinem Laptop an. Er sieht mich an, und plötzlich begreife ich, warum er sich so vertraut angehört hat. Er ist Jackson Walker. Er ist der Gitarrist und Leadsänger von Ignite. Sie haben auf dem Benefizkonzert einer Krebsstiftung in London gespielt. Ich habe moderiert. Seine laute Musik war mir auf die Nerven gegangen. Sein Auftritt war wild, verschwitzt und animalisch, was mich sowohl entsetzt als auch fasziniert hat. Er war anders als jeder Mann, den ich je zuvor gesehen habe, und ich hätte nie gedacht, dass ich ihn wiedersehen würde. Ein Rockgott. Ein legendärer Bad Boy.

Das genaue Gegenteil von mir.

Er macht eine lockende Bewegung mit dem Finger, und ich gehe auf ihn zu, vorsichtig, um meinen pochenden Schädel nicht zu abrupt zu bewegen.

Ich bemühe mich zu lächeln, in der Hoffnung, dass er mich nicht von Bord jagen wird. Ich brauche nur ein bisschen Zeit zum Nachdenken. Ich habe richtig Mist gebaut, und ich bin nicht bereit, mich Abdul, seiner Familie und meiner Familie zu stellen, solange ich keinen klaren Plan habe, wie ich mit alledem umgehen soll. „Ja?"

Er erwidert mein Lächeln nicht. „Du hast in mein Klo gekotzt und überall in der Küche Cocopops ausgeschüttet. Glanzleistung. Und jetzt verpiss dich." Er nickt in Richtung Tür.

Langsam drehe ich mich zur Küche um und wieder zurück zu ihm. „Die Küche ist sauber."

„Ich habe die Cocopops aufgekehrt. Hast du auch welche in die Schale gekippt, oder sind alle daneben gegangen?" Er klingt extrem genervt.

Ich erzähle ihm nicht, dass ich keine Schale benutzt habe. „Es dürfte dich freuen zu hören, dass ich das Badezimmer wieder so verlassen habe, wie ich es vorgefunden habe. Minus ein bisschen Zahnpasta und Mundspülung." Ich nehme ihm gegenüber Platz, erfreut zu sehen, dass mein Verstand wieder arbeitet.

Er sieht alles andere als erfreut aus, als er sich vorbeugt und die Arme vor mir auf den Tisch stützt. Seine Ärmel sind hochgeschoben und geben den Blick auf muskulöse, gebräunte Unterarme frei. Seine Stimme ist scharf, sein Blick direkt. „Ich mach's nicht mehr mit Groupies."

Ich kann nicht anders, ich muss lächeln. Er glaubt, ich bin ein Groupie. Ich muss wirklich überzeugend sein, wenn ich nicht wie eine Prinzessin wirke. Ich zwinge mein Lächeln weg und presse die Lippen aufeinander. Ich will schließlich nicht wie eine Idiotin aussehen.

Er starrt meinen Mund an, dann reißt er seinen Blick los und sieht mir in die Augen. „Ich gehe auf einen langen Trip. Solo. Kapische? Also noch einmal zum Mitschreiben. Runter von meinem Boot. Wie bist du überhaupt hier reingekommen? Ich hatte abgeschlossen."

Ich beiße mir auf die Unterlippe und lege mir einen Plan zurecht. „Wie lange?"

Er zieht die Augenbrauen hoch. „Wie lange ich will, dass du verschwindest? Für immer."

Wie unhöflich. Doch ich kann mit seinem Mangel an Manieren umgehen, da er auf andere Art und Weise ideal ist. „Ich meine, wie lang ist deine Reise?"

Seine Augenlider gehen auf Halbmast. „Solange ich will."

„Wo gehst du hin?"

Er atmet scharf aus. „Wenn ich es dir sage, verschwindest du dann?"

Ich nicke und bereue es sofort.

Er trommelt mit den Fingern auf den Tisch, dann sagt er schließlich: „Frankreich."

„Oh! Ich spreche Französisch."

„Genau genommen will ich nach Italien."

„Ich spreche auch Italienisch."

Er kneift seine blauen Augen zusammen. „China."

„Ich spreche Mandarin."

Er steht auf, geht zur Tür und öffnet sie. „Schön für dich. Und Tschüss."

Ich stehe auf, gehe einen Schritt in Richtung Tür und bleibe stehen. Das ist sie. Meine einzige Chance auf eine Atempause. Ich bin nicht bereit für die Ehe. Ich habe ja kaum gelebt. Ich will ein anderes Leben ausprobieren. Die Art von Leben, die vollkommen normal für ihn ist.

Er ist das Gegengift für mein oh-so-schickliches Leben.

Der Schlüssel zur neuen, ungeziemten Emma. Was für ein Glück, dass ich über sein Hausboot gestolpert bin!

Ich nutze den Moment mit wildem Optimismus und schlecht verhohlener Verzweiflung. „Ich habe gerade meinen Job im Palast gekündigt. Brauchst du zufälligerweise ein Dienstmädchen?"

3

____

Jackson

Ein Dienstmädchen? Soll das ein Witz sein? Erstens habe ich keine Dienstboten, es sei denn, mein Manager zählt als einer, doch die Hälfte der Zeit fühlt es sich so an, als würde ich für ihn arbeiten und nicht anders herum. Zweitens, hält sie mich für einen kompletten Idioten? Jeder kennt sie. Ich habe sie in zahllosen Hochglanzmagazinen, Klatschblättern und im Internet gesehen. Sie ist bekannt für ihre philanthropische Arbeit und ihre Verlobung mit einem reichen künftigen Sultan. Prinzessin Emma Rourke mit ihrem schicken Villroy-Akzent, Hochenglisch mit einem Hauch Französisch in der Melodie. Sie hat unsere Band bei dem Konzert dieser Krebsstiftung in London vorgestellt. Ich schlucke den Kloß in meinem Hals herunter, als ich an diese Nacht denke. Wir hatten gerade unseren Keyboarder Charlie verloren. Überdosis. Ich war außer mir vor Trauer und habe alles in meine Musik einfließen lassen. Er war wie ein Bruder für mich.

Ich starre finster in ihr perfektes Gesicht mit ihren großen, unschuldigen haselnussbraunen Augen, der kessen Nase und den geröteten Wangen für diese unwillkommene Erinnerung. Ihre langen, glatten, dunkelbraunen Haare hat sie unter einer wenig schmeichelhaften Lockenperücke versteckt. Ich gehe jede Wette ein, dass sie Jungfrau ist, so unschuldig wie ihre Augen aussehen und so förmlich und steif ihre Haltung ist. Ganz zu schweigen davon, dass sie seit ihrem sechzehnten Lebensjahr verlobt ist. Ihr Verlobter sieht aus, als hätte er einen Stock im Arsch, also gehe ich davon aus, dass zwischen den beiden nie mehr als Händchenhalten gelaufen ist.

Ich habe Null Interesse an einer jungfräulichen Prinzessin. Seit ich ein Teenager war, bin ich nicht mehr mit einer Jungfrau zusammengewesen – und damals war ich ein ziemlicher Arsch. Ich habe mich nur um meinen eigenen Spaß geschert. Und ich weiß, dass ich eine Hochwohlgeborene wie sie nicht verdient habe. Ich komme aus dem Nichts, und ich bleibe nie lange bei jemandem. Sie würde es bereuen, ihr erstes Mal an jemanden wie mich verschwendet zu haben, nachdem sie so lange gewartet hat. Ich wäre aus der Tür, bevor sie guten Morgen sagen könnte. Verdammt. Warum *denke* ich überhaupt daran, mit ihr zu vögeln?

Es ist dieser üppige Mund. Diese Pornolippen, und ja, ich habe meine Daumen auf ihre Unterlippe gedrückt, als sie geschlafen hat, weil ich wissen wollte, ob sie so weich ist, wie sie aussieht. Sie ist es. Und ihre wohlproportionierten Kurven in ihrer zu engen weißen Bluse und der schwarzen Hose sind mir auch nicht entgangen. *Hör auf, mit deinem Schwanz zu denken!* Sie kann nur Ärger bedeuten. Ich weiß, dass heute ihre Hochzeit ist. Das weiß jeder, also warum zum Henker ist sie so gekleidet?

Ihre Liste von Sünden ist lang und wächst. Sie ist in das Hausboot meines Kumpels eingebrochen, hat sich mit meinem Tequila besoffen, in meinem Bett geschlafen, gekotzt und meine Cocopops gegessen. Das war meine letzte Packung! Ich habe sie online bestellt, bevor ich auf diesen Trip gegangen bin (ich bin seit meiner ersten US-Tournee süchtig danach). Es gibt sie weder in Villroy noch in Fankreich. Das könnt ihr mir glauben. Ich habe es versucht. Ich meine, gibt es Schokofrühstücksflocken? Ja. Sind sie so gut wie Cocopos, das Original und die Besten? Nicht einmal annähernd. Sie hat die halbe Packung auf den Boden gekippt. Ein Sakrileg!

„Also?", fragt sie. „Willst du mich einstellen? Ich könnte den Job gebrauchen und reise gern." So selbstbewusst. So fein. Sie scheint vergessen zu haben, dass Dienstboten sich unterwürfiger geben sollten. Vielleicht hier und da ein *Sir* einwerfen.

Ich gehe zu ihr und ziehe ihr die Perücke vom Kopf. „Ich weiß, wer du bist, Hoheit."

Sie erstarrt. „Oh." Sie blickt zu mir auf, ihre Miene fassungslos. „Was hat mich verraten?"

„Ähm, alles?"

Sie verzieht ihre Lippen zu einem sexy Schmollmund und verschränkt die Arme vor der Brust. „Ich weiß auch, wer du bist."

„Wunderbar. Wir wissen beide, wer wir sind. Was muss ich tun, damit du mein Boot verlässt? Ich muss weg, bevor alle auf der Suche nach dir hier aufkreuzen." Ich bin seit zwei Wochen hier, doch ihre Hochzeit hat Paparazzi und Presse angezogen, und beide meide ich seit meinem letzten Skandal wie der Teufel das Weihwasser. Damals war ich stockbesoffen gewesen – Whiskey –, doch das hat mir nicht wirklich geholfen, als sich die Presse von mir abgewendet hat. Könnte sein, dass ich sowas gesagt habe wie *der Premierminister soll sich ins Knie ficken und der Präsident der USA gleich mit,* weil sie Musiker wie Weihnachtsgänse ausnehmen. Ich musste jemandem die Schuld dafür geben, und sie stehen ganz oben. Könnte auch sein, dass ich irgendwas von *Schlaffe Wurst, die sowieso niemand in den Mund nehmen will* gesagt habe. Ich war so richtig in Fahrt. So kreativ bin ich wahrscheinlich das ganze Jahr nicht gewesen. Doch die schlechte Presse hat der Band geschadet und den Druck auf unser nächstes Album erheblich erhöht – dass wir bald abliefern müssen –, um die Gunst der Öffentlichkeit zurückzugewinnen. Ich will meinen Bandkollegen John und Max auf gar keinen Fall schaden. Wir haben alle genug durchgemacht, als wir Charlie verloren haben.

Die, die nur das Beste für mich wollen (das heißt die, die einen nicht unerheblichen Teil meiner Kohle bekommen), haben entschieden, dass ich, bis mein nächstes Album reif zur

Veröffentlichung ist, den Ball flach halten soll. Ich bin der Songschreiber der Band, ob ich nun eine Spur Interesse oder Kreativität in mir übrighabe oder nicht. Offiziell bin ich zur Meditation in Tibet, und auf einem Hausboot herumzuschippern und hinzugehen, wohin es mir passt, kommt Meditation so nahe, wie es für mich nur geht. Sobald alle Kameras zu Emmas Hochzeit in Richtung Palast geströmt sind, bin ich noch ein letztes Mal hier essen gegangen, bevor ich wieder ablege.

Sie reibt sich die Nasenwurzel und schließt die Augen, scheinbar tief in Gedanken versunken. Ich werde sie über Bord werfen, wenn ich muss.

Sie lässt die Hand sinken, und ihre großen haselnussbraunen Augen leuchten auf. „Entführ mich. Ich zahle dir Lösegeld."

Ich weiche zurück. „Fuck, nein. Diese Art von Aufmerksamkeit brauche ich nicht." Ein gewisser Grad von unangemessenem Verhalten wird von einem Rockstar erwartet – die Groupies, Partys, selbst die eine oder andere Schlägerei, alles schön und gut. Aber Entführung? Das geht zu weit. Meine Tage als Kleinkrimineller sind lange vorbei, auch wenn ich nicht weiß, was vor mir liegt. Alles, was ich sehen kann, ist eine dunkle Leere.

„Ich kann nicht nach Hause zurück", sagt sie kleinlaut. „Noch nicht. Bitte lass mich bleiben. Ich bin mir sicher, dass ich dir irgendwie helfen kann."

Ich weiß nicht, warum sie auf der Flucht ist, und es ist mir egal. Sie ist eine Prinzessin. Sie kann ihre Juwelen versetzen – der riesige Klunker an ihrem Finger reicht wahrscheinlich schon – und selbst einen Weg von der Insel finden. Genau das sage ich ihr auch, doch sie scheint mich nicht zu hören.

Sie schiebt das Kinn vor und verkündet mit Endgültigkeit in der Stimme: „Du bist genau, was ich brauche, Jackson Walker."

Ich versteife mich. Aus irgendeinem Grund scheint sie sich einzubilden, dass ich den Ritter in glänzender Rüstung für sie spielen will. Verdammt unwahrscheinlich. Ich mustere sie von den vollen Brüsten zu ihrer schmalen Taille und ihren runden Hüften, bevor ich ihr wieder in die Augen sehe. Ich bin ihr gegenüber nicht so immun, wie ich das gerne hätte, und mit einem Mal sind meine Jeans unangenehm eng, doch ich grinse: „Vielleicht kannst du ja mich auf andere Weise dafür entschädigen, wenn ich dich an Bord bleiben lasse." Ich beuge mich vor, und sie macht große Augen und öffnet den Mund, als ich mit dem Finger über ihren pochenden Puls an ihrem Hals streiche. Ich senke meine Stimme zu einem heiseren Knurren. „Ein Monat, und mir gehört dieser hübsche Prinzessinnenkörper. Ohne Wenn und Aber." Ich rede wie ein vollkommenes Arschloch und erwarte eine Ohrfeige und einen schnellen Rückzug – genau, was ich damit bezwecke.

„Okay."

Mir bleibt der Mund offenstehen. „Wie bitte?"

Sie strahlt mich an, triumphierend, mit einem süßen Lächeln. „Ich gehöre dir. Einen ganzen Monat."

Ich verziehe das Gesicht. „Nein, das war nicht–"

Sie wirbelt herum und rauscht in mein Schlafzimmer. Ich höre das Klicken des Schlosses und kann es verdammt nochmal nicht fassen.

Ich gehe zur Tür und donnere mit den Fäusten dagegen. „Mach auf!"

„Nicht, bis wir auf dem offenen Meer sind."

„Du kannst nicht an Bord bleiben. Das hätte dich vergraulen sollen."

Stille.

Ich gehe in die Küche und durchwühle die Schubladen nach etwas, womit ich das Schloss aufbekommen kann. Ich finde ein steifes Stück Draht und mache mich ans Werk. Ein paar Sekunden später klickt das Schloss, und ich öffne die Tür.

Ihre Augen sind riesengroß. „Du hast das Schloss aber schnell aufbekommen. Bist du kriminell gewesen, bevor du ein Rockstar geworden bist?"

„Habe ich es schneller aufbekommen als du?"

„Ja!"

Ich weiß, dass ich die Kajüte abgeschlossen hatte. Ich will fragen, wo sie gelernt hat, ein Schloss zu knacken, doch mein

Bedürfnis, sie von Bord zu bekommen, ist stärker als meine Neugier. Jeden Moment könnten hier ein Schwarm Leute und eine Menge Kameras auftauchen. Ich will für die Band und mich nicht alles noch schlimmer machen. „Prinzessin, wollen wir es uns einfach machen, oder willst du's auf die harte Tour?"

Ihr Blick wandert zu meinem Schritt, und ich habe das Bedürfnis, mir die Hand davor zu halten. Ganz schön kess. Ihre haselnussbraunen Augen strahlen. „Die harte Tour."

Ich schieße auf sie zu, werfe sie über meine Schulter und halte ihre Beine mit einem Arm fest, damit sie mich nicht treten kann. Ich drehe mich um und gehe zur Tür, während sie mit den Fäusten auf mein Hinterteil einschlägt. *Autsch.* Das Mädchen hat einen ordentlichen Schlag. „Hör auf, mir den Hintern zu versohlen."

Ich versetze ihr einen Klaps auf ihren Po.

„Ohh."

War das ein Stöhnen? Ich bleibe stehen und fange mich wieder. „Ich hoffe, du kannst schwimmen." Ich gehe hinaus und die Stufen an Deck hinauf zur Reling.

Sie klammert sich an meinem Shirt fest. „Wirf mich nicht über Bord! Das würde nur eine Szene auslösen! Ich habe richtig Mist gebaut und kann mich dem noch nicht stellen!"

Ich zögere, als ich die nackten Emotionen in ihrer Stimme höre. Ich weiß, wie es ist, Mist zu bauen.

„Bitte, Jackson. Ich brauche ein bisschen Zeit, um mir über die nächsten Schritte klarzuwerden. Und – und ich möchte ein anderes Leben erleben. Meins nimmt mir die Luft."

Das verstehe ich. Das Bedürfnis, zu entkommen. Die Sehnsucht nach etwas anderem.

Sie wird ganz still. „Bitte lass mich bleiben. Ich brauche nur Zeit und Raum, um mich neu zu erfinden. Ich bin so verloren." Ihre Stimme bricht.

Ich atme tief durch. Ihre Worte klingen allzu vertraut. Ich will mich auch neu erfinden, denn im Augenblick bin ich nicht mehr als die leere Hülle eines Mannes. Je mehr ich versuche, mich zu zwingen, mich wieder an die Musik zu machen, desto schwerer ist es. Ich habe immer improvisiert und Charlie meine Ideen vorgespielt, doch jetzt gibt es keinen Charlie mehr. Ich habe meine Gitarre schon seit Monaten nicht mehr angefasst. Ich bin unglücklich, stecke fest. Ich bin erledigt. Während dieses Hausboottrips geht es darum, meine Musik wiederzufinden.

Ich bin nicht mehr derselbe, seit ich Charlie verloren habe. Sein Tod hat die Musik zu statischem Rauschen verzerrt. Verdammte Qual, beides zu verlieren. Ich habe bereits eine einjährige Verlängerung für meinen Vertrag bekommen, doch ich muss bald das nächste Album produzieren, sonst breche ich ihn. Dann könnte die Plattenfirma uns verklagen und wird wahrscheinlich das letzte bisschen Vermögen bekommen, das ich noch besitze – mein Haus. Das Geld ist eh schon knapp, nachdem ich Charlies Exfrau Dorrie und seinem vierjährigen Sohn einen fetten Scheck gegeben habe, damit sie keine Sozialhilfe beantragen müssen. Dorrie hat sowieso schon genug, worum sie sich Sorgen machen muss mit ihrem schweren Asthma und einem hyperaktiven Kind. Charlie hat ihnen nichts hinterlassen; er hat alles für Drogen und seinen Lebensstil rausgeschmissen. Ich bin zumindest mit Schuld daran. Ich bin derjenige, der ihn zu den Drogen gebracht hat. Ich habe den Absprung geschafft, er nicht. Ich bin clean, er ist immer tiefer gesunken. Darum ist seine Ehe den Bach runtergegangen. Nein, darum ist *alles* den Bach runtergegangen.

Ich beiße meine Zähne zusammen und stelle Emma auf ihre Füße. Aus der Nähe sind ihre Augen grünlich mit einem goldenen Ring um die Iris, groß und hoffnungsvoll. Ihre Wangen sind gerötet. Es ist, als würde man einen Welpen treten. Ich kann es nicht. „Ich setze dich im nächsten Hafen ab", knurre ich und gehe an den Anlegesteg, um die Taue zu lösen.

Sie folgt mir. „In Italien?"

„Frankreich." Das ist zwei Stunden von hier. Dann bin ich sie los. Sie ist eine Komplikation, die ich nicht brauche.

„Ich würde wirklich bevorzugen, weiter weg zu reisen."

Ich neige meinen Kopf. „Und mich kratzt wirklich nicht, was du bevorzugst." Ich habe die Taue gelöst und gehe zur

Brücke. Mein Kumpel hat mir gezeigt, wie man das Boot bedient, und ich habe es schnell begriffen.

Ein paar Minuten später, als ich das Boot vom Dock weg steuere, ist sie an meiner Seite. „Ich mache mich unabdingbar für dich. Und ich fange gleich damit an. Bring mir bei, das Ding zu fahren, und wir können uns abwechseln."

Ich knirsche mit den Zähnen. So einfach ist es auch wieder nicht. Davon abgesehen ist das ein Solotrip, damit ich meinen Scheiß geregelt bekomme, und nicht, um sie zu babysitten. „Wie wäre es, wenn du dich stattdessen *unsichtbar* machen würdest?"

Sie schmollt und schiebt ihre Unterlippe so vor, dass ich daran saugen und hineinbeissen will. *Nein, nein, nein.* So lange ist es für mich nun auch wieder nicht her, oder? Seit ich auf das Hausboot gekommen bin. Ein Monat. Genau genommen ist das eine lange Zeit für mich, darum fühle ich mich besser. Es liegt nicht an ihr. Jedes Paar schmollende Pornostarlippen würde reichen.

Ich wende meine Aufmerksamkeit wieder dem Manövrieren aus Villroys Hafen zu.

„Danke, Jackson. Ich verspreche, du wirst nicht einmal mitbekommen, dass ich hier bin." Sie drückt meinen Arm, und die Stelle wird warm. Verdammt.

Ich stoße einen langen Seufzer aus. „Ruf deine Leute an und lass sie wissen, dass du in Sicherheit bist. Ich will nicht, dass mir jemand was anhängt."

„Sobald wir von Villroy weg sind. Versprochen."

Ich weiß nicht, warum ich glaube, dass ich ihrem Versprechen vertrauen kann, da sie ganz klar in der Lage ist, jemanden zu täuschen – schließlich hat sie sich in einer Verkleidung vor ihrer eigenen Hochzeit versteckt – doch ich tue es. Diese Frau ist ein wandelnder Widerspruch.

Ein widerwilliges Lächeln zupft an meinen Lippen.

∾

Emma

Ich beobachte Jackson insgeheim eine Weile lang – außer

Sicht natürlich und nur für den Fall, dass irgendein Notfall eintritt und er mich dringend am Steuer braucht. Sieht ziemlich simpel aus. Als wir auf dem offenen Meer sind, steht er nur da, darum entschließe ich mich, mich nützlich zu machen.

Das erste, worum ich mich kümmere, ist das unordentliche Schlafzimmer. Ich hebe die schmutzigen Kleider vom Boden auf und sehe mich nach einem Wäschekorb um. Ich finde einen winzigen Kleiderschrank, der abgesehen von einem Gitarrenkoffer leer ist. Also da werde ich die schmutzigen Kleider nicht drauf werfen. Das ist wahrscheinlich eine Menge wert. Ich lege die schmutzigen Sachen auf die Kommode und beginne, in den Schubladen der Kommode nach einem Wäschesack zu stöbern, finde jedoch nur mehr Kleidung, nichts davon gefaltet. Hmm, ist das alles schmutzig oder sauber?

„Was machst du da?"

Ich zucke zusammen und wirbele herum. Mein Herz donnert gegen meine Rippen. „Ich räume deine schmutzige Wäsche weg."

„Warum?"

„Weil ich unabdingbar bin." Ich beende den Satz in einer höheren Tonlage, beinahe wie eine Frage. Ich nicke kurz, um meine Worte zu unterstreichen.

Er nimmt den Haufen Kleider von der Garderobe und wirft sie in eine kleine Koje über seinem Bett, in der er offensichtlich seine schmutzige Wäsche sammelt. Dann dreht er sich wieder zu mir um. „Setz dich ins Wohnzimmer und fass meinen Kram nicht an."

Wie undankbar! Sieht er nicht, dass es eine außergewöhnliche Geste meinerseits ist, das Zimmermädchen für ihn zu spielen? Ich habe Dienstboten für sowas. Ich öffne meinen Mund, um genau das zu sagen, doch dann verzichte ich lieber darauf. Meinem Ziel, an Bord bleiben zu dürfen, würde mich das keinen Deut näher bringen. Ich habe gehofft, dass seine Drohung, mich im nächsten Hafen von Bord zu werfen, nur Männergerede war, so wie es meine Brüder tun, doch ich muss die Möglichkeit in Betracht ziehen, dass er es so gemeint hat.

Ich gehe ins Wohnzimmer und setze mich aufs Sofa.

Er folgt mir, bleibt einen Moment lang vor mir stehen und sieht mich mit undurchdringlicher Miene an.

„Du solltest am Steuer bleiben, sonst laufen wir noch auf Grund", sage ich zu ihm.

„Danke für den Hinweis, *Hoheit*", knurrt er und geht.

Der Sarkasmus war unangebracht. Wenn er mir erlaubt zu bleiben, dann ist unser Deal, dass wir Liebhaber werden, und ich habe begeistert zugestimmt. Ich kann mir keinen besseren Weg vorstellen, mich von der alten, spießigen Emma zu befreien, als animalischen, schmutzigen Sex mit einem Bad Boy Rockstar. Zumindest nehme ich an, dass das die Art von Sex ist, die er bevorzugt. Ich selbst habe seit Jahren keinen gehabt. Ich bin mehr als überfällig und fühle mich gerade draufgängerisch genug, um es durchzuziehen. Meinem alten Leben bin ich ja schließlisch schon entflohen. Diese kurze Atempause soll mir einen Einblick in ein neues Leben geben. Das hoffe ich zumindest.

Ich gehe zurück ins Schlafzimmer, betrachte das ungemachte Bett und stelle mir vor, wie es wohl wäre, es mit Jackson zu teilen. Mir wird schon heiß, wenn ich ihn mir nur nackt vorstelle. Es ist ein Doppelbett, wenn auch nicht sehr breit. Ich stelle mir vor, dass er mit seiner großen, muskulösen Statur einen Großteil davon einnimmt. Ich würde die ganze Nacht dicht an ihn geschmiegt schlafen müssen. Ich reibe mir den Hals und stelle mir vor, wie er mich dort küsst. Ich habe nie die Nacht mit einem Mann verbracht. Sex, ja. Zusammen im Bett schlafen, nein. Es war unmöglich, weil ich ich bin und er er ist. Ich frage mich nicht zum ersten Mal, wie es Adam geht. Es ist sechs Jahre her. Vielleicht ist er verheiratet und hat selbst eine Familie. Ein Anflug von Sehnsucht lässt mich aktiv werden, und ich streiche die Laken glatt. Es ist nicht so, dass ich Adam sein Glück nicht gönne. Ich wünschte nur, wir wären in Kontakt geblieben. Er hat mir so viel gegeben, mir so viel beigebracht. Eine gewisse Zeit lang habe ich mich frei gefühlt, glücklich, als wäre alles möglich.

Das war jedoch, als ich jung und dumm gewesen bin. Gerade achtzehn, zum ersten Mal von zu Hause weg an der Uni. Ich hatte ihn ein Jahr lang und habe ihn von ganzem Herzen geliebt. Vielleicht ist das der wahre Grund, weswegen ich Abdul verlassen habe. Ich empfinde nichts für ihn, nicht einmal eine Spur der Anziehung, und ich kenne den Unterschied.

Ich runzele die Stirn und betrachte mein Werk. Das Bett sieht lange nicht so gut aus, wie wenn Lina es macht. Vielleicht, weil es keine Tagesdecke oder Dekokissen gibt. Ich ziehe die Decke über die Kissen, doch jetzt reicht sie nicht mehr bis ans Ende der Matratze. Dann eben ein Kompromiss. Ich ziehe die Decke so, dass sie bis zum Fußende reicht, lege die Kissen flach hin – et voilà! Das Bett ist gemacht.

Ich spähe in das winzige Badezimmer und sehe nach, was es dort aufzuräumen gibt. Es riecht immer noch ein bisschen nach Erbrochenem. Ich atme durch den Mund und schiebe das kleine, rechteckige Fenster über der Toilette auf. Dann wende ich meine Aufmerksamkeit dem Waschbecken zu und finde Zahnpastaspuren und Haare darin. Mein Magen rebelliert und Galle steigt auf, wahrscheinlich wegen des Geruchs. Ich kann es nicht. Ich verlasse eilig das Bad und gehe in die Küche.

Okay, das bisschen Geschirr im Waschbecken kann ich abwaschen. Ich finde einen Schwamm und Geschirrspülmittel unterm Becken und gieße eine großzügige Menge Seife ins Spülbecken. Einen Moment später bemerke ich meinen Fehler. Zu viel Seife. Die Seifenblasen türmen sich und alles ist extrem glitschig. Kein Problem, ich lasse einfach das Wasser laufen. *La-la-la.* Ich mache mich wirklich unabdingbar. Ich wische mit dem Schwamm über alles, spüle es lange ab und stelle es zum Trocknen auf die Arbeitsfläche.

Dann erkunde ich den Rest der Kajüte. Im Wohnzimmer ist nicht viel. Nur das u-förmige Sofa und der Tisch, sein zugeklappter Laptop und ein Einbauschrank mit einem Fernseher. Ich gehe in Richtung Bug, wo ein zweiter kleiner Sitzbereich ist, ähnlich dem im Wohnzimmer, nur in einem ausgebleichten Rot. Die passenden Vorhänge versperren die

Sicht. Ich schiebe einen beiseite und blicke aufs Meer hinaus. Freiheit. Was für eine schöne Sache.

Ich sitze lange da, starre den Horizont an und beobachte dann, wie die Küste von Frankreich näher kommt.

Ich gehe in die Küche, suche mir eine Schale und schütte eine großzügige Portion Cocopops hinein. Die Packung fühlt sich leicht an. Nur ein paar Brösel am Boden sind übrig. Kaum wert, die Packung deswegen aufzubewahren, darum kippe ich auch den Rest in meine Schale. Jetzt brauche ich nur noch Milch. Der kleine Kühlschrank ist recht dürftig bestückt. Ein paar Mitnahmekartons von zwei Restaurants, Senf, ein Beutel Äpfel, Nutella und Eier. Ah, da ist sie ja, in der Tür.

Ich gieße Milch auf die Cocopops, bis die Schale fast überquillt. Jetzt brauche ich nur noch einen Löffel.

Eine Minute später habe ich alles, was ich brauche, und gehe hoch auf die Brücke. „Ich hab dir einen Snack gemacht."

Er blickt über die Schulter und blinzelt. „Hast du die ganze restliche Packung benutzt?"

Ich gehe zu ihm und halte ihm die Schale entgegen. „Da war nicht mehr viel übrig. Ich kann Nachschub kaufen."

Er starrt die Schale an. „Die Milch."

„Ich dachte, so isst jeder seine Frühstücksflocken."

Er schließt die Augen. „Die Milch war sauer."

„Warum war sie dann immer noch im Kühlschrank?"

Er sieht mir in die Augen und zischt. „Weil ich den Müll noch nicht rausgebracht habe. Ich habe keinen Besuch erwartet, ja? Und schon gar nicht, dass ein Einbrecher meinen ganzen Vorrat Cocopops vernichtet."

Ich muss lachen. Ich habe noch nie jemanden gesehen, der sich so über Kinderfrühstücksflocken empört hätte.

„Du findest das wohl lustig?"

Ich ziehe mich einen Schritt zurück. „Nein, ich habe gerade nur was gesehen, das ein bisschen lustig war." Ich spähe über seine Schulter und tue so, als beobachte ich etwas im Wasser. „Ein verspielter Delfin."

Seine Augen sind mörderische Schlitze.

Meine Hand wandert unvermittelt zu meinem Hals.

„Deine Handtasche ist im Schrank unter dem Fernseher", knurrt er mich an. „Ruf zu Hause an."

„Mache ich. Weißt du daher, wer ich bin? Du hast in meiner Tasche rumgewühlt? Ich würde mich so viel besser fühlen, wenn dem so wäre. Nicht, dass ich will, dass du–"

„*Sofort*", sagt er in entschlossenem Befehlston, und ich straffe meine Schultern.

Mit so viel Würde wie irgend möglich, drehe ich mich um und gehe zurück in die Kabine. Ich hätte nicht lachen sollen. Ich bin auf dem besten Weg, mir auch das hier zu verderben. Er ist wild und frei, sagt, was er will, und tut, was er will. Meine guten Absichten ihm gegenüber haben nicht so richtig Fuß gefasst. Jetzt, da Fluchtplan A und B Sackgassen sind, brauche ich einen Plan C. Ich liebe die Idee, mich neu zu erfinden, ein bisschen rauszukommen und in eine andere Art von Leben hineinzuschnuppern. Das gibt mir eine Atempause von dem Schlamassel zu Hause und macht mir Hoffnung, dass auch ich eine Chance bekommen könnte, glücklich zu sein. Natürlich werde ich mich irgendwann der Situation stellen und alle um Vergebung bitten müssen, besonders Abdul. Ich kann mich nicht zu einem Leben mit ihm verpflichten. Das weiß ich jetzt.

Zuerst muss ich zu Hause anrufen. Ich hole mein Handy aus der Tasche, setze mich aufs Sofa und starre es an. Bei wem kann ich darauf vertrauen, dass er oder sie mich nicht sofort nach Hause schleift, um mich für meine Untaten zur Rechenschaft zu ziehen? Ich werde Anna anrufen. Sie ist diejenige, die mir einen Fluchtwagen besorgt hat, was bedeutet, dass sie auf meiner Seite ist. Ich rufe meine Zofe Lina an und bitte sie, diskret Anna zu finden und ans Telefon zu holen. Lange Minuten später sagt Anna: „Bitte sag mir einfach nur, dass du in Sicherheit bist."

„Ich bin in Sicherheit."

Sie atmet hörbar auf. „Wo bist du? Wann kommst du zurück? Was soll ich Abdul sagen?" Das war viel mehr als *sag mir einfach nur, dass du in Sicherheit bist.*

„Ich bin bei einem Freund auf seinem Hausboot."

„Du bist bei einem Mann?" Sie senkt die Stimme. „Ist er dein geheimer Liebhaber?"

„Nein!"

„Ich weiß nicht … Du hast mich überrascht, als du weggelaufenn bist. Ich dachte, du würdest vielleicht kurz ein bisschen rumfahren, zu Sinnen kommen und dann diskret die Hochzeit abblasen."

Ich schlucke schwer. „Rückblickend–"

Sie lacht. „Rückblickend weiß man immer alles besser. Ja, es war nicht der ideale Weg, damit umzugehen, doch zumindest hast du getan, was nötig war, um deinen Bedürfnissen zu folgen. Sie haben übrigens dein Kleid in der Wäscherei gefunden und auch die zerbrochene Porzellanfigur von der Torte. Scheint ein Omen zu sein, dass dein Kopf abgebrochen ist."

„Das dachte ich auch", antworte ich tonlos.

„Wo ist das Auto, das du genommen hast?"

„Ich habe es auf dem Dienstbotenparkplatz abgestellt. Der Schlüssel steckt."

„Gut gemacht! Wer hätte gedacht, dass die brave Emma so spontan sein kann?"

„Du weißt erst, wozu du in der Lage bist, wenn es darauf ankommt." Ich streiche mir durch die Haare. „Es war ziemlich überstürzt."

„Das ist eine Untertreibung. Hör zu, ich stehe hundert Prozent hinter dir. Ich war auch gegen diese arrangierte Ehe – doch, Emma, die Presse hat ihr Lager vor dem Palast aufgeschlagen und will nicht verschwinden. Die bisherigen Berichte sind nicht gut für den Ruf der Familie. Gabriel ist auf hundertachtzig, dass du uns mit den Konsequenzen allein gelassen hast, genauso wie deine Mutter, und Abduls Familie weigert sich abzureisen, bis die Ehe geschlossen ist."

„Es tut mir so leid! Ich bin in Panik geraten."

„Da ist noch mehr."

Ich klammere meine Finger fester um das Handy. „Was?"

„Abduls Familie sagt, wenn du nicht zurückkommst und ihn heiratest, werden sie unsere Familie wegen Vertragsbruchs verklagen. Es gibt unterschriebene Vereinbarungen. Er hätte vor ein paar Jahren jemanden heiraten können, doch er hat bis zu deinem fünfundzwanzigsten Geburtstag gewartet. Er hat sich an seinen Teil der Vereinbarung gehalten. Sie fordern, dass du deinen erfüllst. Ganz ehrlich, ich glaube, sie wollen sich einfach nicht der öffentlichen Demütigung stellen. Wenn wir einen Weg finden könnten, um es für sie leichter zu machen, es zu akzeptieren …"

„Ich weiß nicht, wie das gehen soll."

„Ich auch nicht. Aber wir müssen uns was einfallen lassen. Sie können nicht auf Dauer hier bleiben."

Ich atme zittrig aus. „Ich brauche ein bisschen Zeit weg von zu Hause, um nachzudenken. Ich wünsche mir fast, ich könnte tun, was Polly getan hat, weißt du? Einen Neuanfang als jemand anderes wagen." Anna ist eine entfernte Cousine von Polly, der untergetauchten Prinzessin, die ich im Augenblick überaus inspirierend finde.

„Du willst dich für eine Weile verstecken. Das ist auch okay, solange du weißt, dass du dich irgendwann deinem Leben stellen musst."

„Ich weiß. Ich … Es ist nur …" Meine Stimme bricht. „Ich habe Vater verloren; es fühlt sich an, als hätte ich auch Mutter verloren; und irgendwo unterwegs habe ich mich selbst verloren. Ich brauche Abstand, um herauszufinden, wer ich bin, wenn ich nicht im Palast bin."

„Oh Sweetie, ich verstehe. Lass mich darüber nachdenken, und ich melde mich bei dir mit einem Plan. Ich kann dir wahrscheinlich eine Woche rausschinden. Ich will auch, dass du ein bisschen Freiheit genießt. Von allen hier brauchst du sie am meisten. Du bist immer viel zu steif gewesen, ganz wie der alte Gabriel. Vielleicht musst du nur ein bisschen Zeit mit jemandem wie mir verbringen, um dich lockerer zu machen. Zu dumm, dass ich das Spaprojekt im Moment nicht allein lassen kann–"

„Ich bin dir so oder so dankbar. Ich werde auch darüber nachdenken." Anna meint es gut, doch sie übt zu viel Druck aus. Ich fürchte, dass sie mich zu einer Kopie ihrer Selbst machen will – direkt und ohne Filter. Manchmal wirkt sie richtiggehend ungehobelt.

„Ich habe deiner Mutter versprochen, dass ich es sie wissen lassen würde, wenn du dich meldest. An deiner Stelle würde ich bald mit einem Anruf von ihr rechnen."

Mit pochendem Herzen verabschiede ich mich. Dann warte ich, starre mein Handy an, und mein ganzer Körper vibriert vor Anspannung. Lange Minuten verstreichen. Mein Magen schlägt Purzelbäume, und mein Atem geht schneller, während mir diverse Worst-Case-Szenarien durch den Kopf gehen. Mutter wird mich verstoßen, sie wird mich für immer aus Villroy verbannen. Gerade, als ich mich wieder ein bisschen beruhige, klingelt mein Handy, und ich springe vor Schreck auf.

Ich werfe einen Blick auf das Display. Es ist ihr privater Anschluss. „Hallo, Mutter."

„Was hast du dir nur dabei gedacht?", fragt sie streng.

„Tut mir so leid, dass ich weggelaufen bin. Ich hätte mit dir reden sollen, bevor ich in Panik ausgebrochen bin, doch ich war so damit beschäftigt, meine Pflicht zu erfüllen, eine Allianz für das Königreich zu schmieden und dich stolz zu machen, dass ich meine Sorgen verdrängt habe, und dann sind sie im letzten Moment einfach herausgebrochen."

Stille. Kalter Schweiß tritt mir auf die Stirn, während ich darauf warte, dass das Damoklesschwert fällt – auf meinen Kopf.

„Mutter?"

Ihre Stimme ist eisig. „Du hast unsere Familie in große Verlegenheit gebracht. Du hast unsere Allianzen nicht nur mit Abduls Königreich, sondern mit seinen Bündnispartnern geschädigt, und – was für mich das Schlimmste ist – du hast dein Versprechen gebrochen. Du hast Schande über unseren Namen gebracht. Ich hätte nie gedacht, dass von allen meinen Kindern ausgerechnet du mich auf diese Weise verraten würdest."

Ich hole tief Luft. „Es war kein Verrat. Ich gebe zu, es war unangemessen, und die Blamage tut mir wirlich leid."

„Manchmal reicht ein tut mir leid einfach nicht." Sie legt auf.

Ich schlucke schwer, meine Augen brennen. Ich habe mein

ganzes Leben lang versucht, ihren hohen Erwartungen gerecht zu werden. Vergebliche Liebesmüh. Ich wische eine Träne weg. Vielleicht will ich es einfach nicht mehr versuchen.

Ich bin nicht mehr die Tochter meiner Mutter, keine Verlobte mehr, keine brave Prinzessin. Doch damit stellt sich eine Frage –

Wer ist Emma Rourke?

4

Emma

Wenn Jackson mich im nächsten Hafen absetzt, wo gehe ich dann hin? Könnte ich allein inkognito reisen und mir das eine oder andere ansehen? Vielleicht mit dem Zug. Das Wetter wird jetzt, im November, merklich kühler. Mit Frankreich, Spanien und Italien bin ich vertraut. Ich spreche alle drei Sprachen. Ich habe ein Ohr für Sprachen. Gott, ich bin müde. Ich lege meinen Kopf auf meine Arme und gönne meinem armen Gehirn eine Pause. Es war ein verrückter Tag.

Ein paar Minuten später klingelt mein Handy. Es ist eine private Palastnummer. Könnte Anna sein. Es könnte auch meine Mutter mit einem letzten Tritt in den Allerwertesten sein oder Gabriel, der mir die Leviten lesen will. „Hallo?", antworte ich leise, als würde das die Entrüstung der Person am anderen Ende mildern.

„Ich bin's, Anna. Okay. Ich habe ein paar Möglichkeiten. Adrian kann dir ein Zimmer im Fairmont Monte Carlo besorgen. Er ist da so oft im Casino, dass sie ihm keinen Wunsch abschlagen. Er sagt, du müsstest nicht einmal das Hotel verlassen. Sie haben da alles, was man sich nur wünschen kann, Restaurant, Spa, Casino – Mann, jetzt will ich auch da hin! Was denkst du?"

Adrian ist mein jüngerer Bruder und ein ausgezeichneter

Pokerspieler. Mein Kinn zittert. Er unterstützt mich trotz des Chaos', das ich angerichtet habe! Ich atme tief durch, um mich zu beruhigen, und versuche, darüber nachzudenken. Ich bin mir sicher, dass er im Casino bekannt ist, was bedeutet, dass sie mich wahrscheinlich erkennen würden und meine Chancen auf eine ruhige Auszeit gering sind.

„Hört sich nach zu vielen Menschen an. Was ist die andere Option?"

„Eine Villa am Comer See in Italien. Lucas kennt den Eigentümer, einen Hollywoodstar. Er wollte mir nicht verraten, wer er ist, doch er sagt, dass nur im Sommer jemand dort wohnt. Das einzige Problem ist, dass es ziemlich isoliert liegt. Glaubst du, eine Freundin wäre bereit, mit dir zu gehen? Oder könnten wir dir Lina schicken? Ich finde, du solltest jetzt nicht alleine sein. Du brauchst die Unterstützung von Freunden. Und du brauchst Sicherheitsleute. Sonst bist du nicht sicher, besonders, nachdem du nach deiner Nestflucht im Moment ein gefundenes Fressen für die Klatschpresse bist. So bezeichne ich es gegenüber der Familie, um ihnen klarzumachen, dass du einfach flügge geworden bist."

„Die Metapher ist wohl so gut wie jede andere." Es ist nicht richtig, aber irgendwie gefällt sie mir. Ich überlege, wen ich bitten könnte, mit mir in die Villa zu kommen. Ich habe eine Handvoll Freundinnen aus anderen Adelsfamilien. Sie würden es nicht verstehen, dass ich eine Auszeit vom höfischen Leben brauche. Sie lieben es. Und meine Zofe Lina würde mich nur an zu Hause erinnern.

„Ich werde meinen Freund einladen, dem das Boot gehört. Sein Name ist Jack." Ich benutze die Kurzform seines Namens, da ich nicht zu viel verraten will. Er muss sich auch Privatsphäre gewünscht haben, sonst hätte er diesen Trip nicht solo gemacht. Ich bezweifele, dass er mich begleiten möchte, doch wenigstens dürfte sich meine Familie bei dem Gedanken, dass ich nicht allein bin, besser fühlen. Genau genommen *will* ich nicht allein sein. Ich werde mich bemühen, Jackson dazu zu bringen, wenigstens darüber nachzudenken. Das klingt so viel einfacher, als zu versuchen, mich auf einem Boot nützlich zu machen.

„Oooh, Jack. Das hört sich gut an. Wie ist sein Nachname? Wie habt ihr euch kennengelernt? Wo ist er her?"

„Wir haben uns bei einer Wohltätigkeitsveranstaltung kennengelernt."

Sie schweigt einen Moment, dann zetert sie: „Das ist alles?"

„Ja. Er schätzt seine Privatsphäre."

„Emma, tut mir leid, aber das kannst du echt vergessen. Ich habe wirklich alle Hebel in Bewegung setzen müssen, um diese Woche für dich rauszuschinden. Als du verschwunden bist, war Gabriel in Panik, und als er wusste, dass du in Sicherheit bist, war er wütend, weil er jetzt gezwungen ist, sich mit diesem Mist auseinanderzusetzen."

„Es tut mir leid. Wirklich. Wenn ich die Zeit zurückdrehen könnte–"

„Ich weiß, ich weiß, doch Fakt ist, dass Gabriel dich hierher zurückbeordern könnte und du deinem König gehorchen müsstest. Ich bin das einzige, was zwischen deiner Freiheit und deiner Pflicht steht. Ich will, dass du diese Zeit hast, doch wir haben hier eine Menge am Hals, und wir müssen wissen, was du tust und mit wem. Wir können kaum die Sache mit den Medien händeln, wenn wir es mit weiteren Überraschungen zu tun bekommen. Du verstehst das, oder?"

Ich lege meine Hand über meinen Mund und flüstere ins Mikrofon: „Es ist Jackson Walker von Ignite."

Sie keucht. „O mein Gott."

„Er ist unglaublich nett gewesen, während dieser ganzen … ähm … unerwarteten–"

„Emma, hast du eine Ahnung, was es für einen Skandal gäbe, wenn jemand herausfinden würde, dass du mit ihm durch die Gegend ziehst? Weißt du, wie schlecht es wäre, wenn jemand dich mit ihm in Verbindung bringt? Und das nach deinem Skandal gerade?"

„Ich habe die Berichterstattung über ihn nicht verfolgt–"

„Wenn ich schlecht sagen würde, wäre das gelinde ausgedrückt. Die Presse hat sich gegen ihn gewandt. Viele seiner Fans sprechen sich gegen ihn aus. Er hat den britischen Premierminister und den US-Präsidenten beleidigt. Er ist einfach zu weit gegangen. O Gott. Und wir haben hier damit zu tun, dass sich Abduls Königreich und seine Bündnispartner von uns abwenden. So leid es mir tut, Emma, und ich sage das als *riesiger* Fan von Jacksons Musik, doch er ist so ziemlich der schlechteste Umgang, den du im Moment wählen könntest. Und hast du eine Ahnung, wie sein Ruf aussieht, was Frauen angeht? Schlimmer als der von Phillip! Männliche Schlampe im Quadrat.“ Phillip ist mein älterer Bruder – einst unter dem Spitznamen königlicher Hottie bekannt –, der lange Zeit kreuz und quer durch Europa gebrunftet hat. Er hat sich gefangen und nicht zuletzt dank seiner Verlobten Ruby seinen Ruf repariert.

Diese neue Information sagt mir jedoch, dass Jackson der perfekte Mensch ist, um mich bei ihm eine Woche lang zu verstecken. Wenn er wie Phillip ist, dann verstehe ich ihn zumindest zum Teil (Stichwort Bindungsphobie), und er dürfte wie kein anderer den Skandal, in den ich verwickelt bin, verstehen. Er würde den Ball flach halten wollen, genau wie ich. „Ich mache mir keine Sorgen wegen seines Rufs oder seines Skandals. Wir würden uns diskret verhalten. Davon abgesehen sind Jackson und ich nur Freunde. In gewisser Weise. Ich bin mir nicht sicher, ob er mich auch nur für annähernd so faszinierend hält wie ich ihn.

Sie schnaubt abfällig. „So läuft das bei ihm nicht. Wie lange glaubst du, dass diese Freundenummer funktionieren würde, wenn ihr allein in einer Villa wärt? Und er ist nicht der Typ Mann, den du je mit nach Hause bringen könntest. Niemand würde ihn gutheißen.“ Sie seufzt. „Selbst mein Einfluss hat seine Grenzen.“

Mein Magen zieht sich zusammen, und ich habe einen bitteren Geschmack im Mund. Ich habe meine Familie bereits mit dem Abdul-Fiasko enttäuscht. Ich will nicht riskieren, sie noch einmal zu enttäuschen. Offensichtlich darf ich nicht auf romantische Gedanken kommen, was Jackson angeht.

Anna fährt in einem sanfteren Ton fort. „Du kannst gerade nicht klar denken, darum werde *ich* es für dich tun. Klares Nein zu Jackson Walker. Ich schicke dir zwei Bodyguards und einen deiner Brüder. Und ich weiß, ein Bruder ist nicht gerade deine erste Wahl zur moralischen Unterstützung, doch deine Schwester muss zurück zur Arbeit und kehrt bald in die USA zurück, und ich muss mich hier um alles kümmern. Es ist am besten, das alles diskret zu behandeln. Du bekommst eine einwöchige Atempause, um einen klaren Kopf zu bekommen, doch dann musst du nach Hause zurückkommen und dich deinem Leben stellen."

Ich verspanne mich. Sie schickt mir einen Babysitter. Das ist genau wie mein altes, beengtes Leben, in dem alles für mich entschieden wird und in dem meine Pflicht meiner Familie und dem Königreich gegenüber allem, was ich will, vorgeht. Ich weiß nicht einmal, was ich will, abgesehen von einer Chance, zu entdecken, wer ich außerhalb der Palastmauern bin. Vielleicht werden mir dann endlich meine wahren Wünsche klar, und ich bekomme auch eine Chance, glücklich zu werden.

Ich antworte ruhig. „Es ist nicht einmal sicher, ob Jackson mich begleiten würde, doch ich würde ihn gerne fragen. Die Bodyguards kannst du gerne schicken. Keine Brüder."

Sie seufzt. „Zwing mich nicht, die Königinnenkarte zu spielen."

Alles in mir sträubt sich. Ich hasse das Gefühl, keine Kontrolle über mein Leben zu haben. Ich habe ganz kurz die Freiheit kosten dürfen, und jetzt zieht sich die Schlinge schon wieder um mich zu.

„Ich hab dich lieb, Emma. Bitte nimm mein Angebot an."

Mir stockt der Atem. Sie liebt mich? Meine Schwägerin gehört noch nicht lange zur Familie. Doch wenn ich darüber nachdenke, wie sie versucht hat, vor dem Tag der Hochzeit mit mir über Abdul zu reden ... Dass sie diejenige war, die es mir ermöglicht hat, rauszukommen und nachzudenken ... Und jetzt ist sie die einzige, die mir eine Chance anbietet, durchzuatmen. Es muss wohl wahr sein.

Tränen steigen mir in die Augen, und mein Hals schnürt sich mir zu. „Es bedeutet mir so viel, dich auf meiner Seite zu haben, Anna. I-ich hoffe, wir können mehr Zeit miteinander verbringen, wenn ich zurückkomme."

„Das wäre schön. Dann bist du einverstanden mit den Bedingungen?"

„Ja." Es ist meine einzige Wahl. Und sie hat mehr getan, als ich mir erhoffen konnte.

„Großartig. Wo seid ihr jetzt?"

„Wir sind unterwegs zum Hafen von Nantes."

„Weißt du, ich habe Gabriel gesagt, dass er in Nantes nach dir suchen soll. Das ist der nächstgelegene Hafen, aber neiiiin. Er hat darauf beharrt, dass es zu sehr auf der Hand liegt und du entweder nach England oder Spanien unterwegs sein musst. Er war ganz verrückt vor Sorge und hat offensichtlich nicht klar denken können. Deine anderen Brüder waren auch nicht gerade hilfreich. Sie hatten gehofft, dass du Abdul nicht heiraten würdest, und sind davon ausgegangen, dass du dich irgendwo auf der Insel versteckt hast. Gabriel und ich wussten allerdings, dass dir eine Sicherung durchgebrannt ist und du Villroy verlassen würdest."

Ich erlaube mir die Andeutung eines Lächelns. Meine Brüder ziehen mich vielleicht zu oft auf, doch sie wollen das Beste für mich und wussten, dass es nicht Abdul war.

Anna fährt fort. „Silvia ist bestürzt, dass du nicht mit ihr gesprochen hast. Sie hätte dich mit zurück in die USA genommen – auf einen langen Besuch." Meine zwei Jahre jüngere Schwester Silvia hat einen Amerikaner geheiratet und lebt jetzt auch da.

Ich höre auf zu lächeln. Silvia und ich haben uns nie nahe gestanden. Sie ist Adrians Zwillingsschwester, und sie waren einen Großteil ihrer Kindheit hindurch unzertrennlich gewesen. Sie war immer eifersüchtig gewesen auf meine Beziehung zu Mutter. „Ich wollte mich ihr und ihrem Mann nicht aufdrängen. Ich werde mich aber bei ihr melden."

„Der Jet ist in Nantes, da Phillip damit für deine Hochzeit hergekommen ist. Ich sage ihm Bescheid, dass er dich erwarten soll. Brauchst du irgendwas? Klamotten? Geld? Reisepass?"

„Ich habe alles, was ich brauche." Nicht wirklich, doch ich kann mir in Italien etwas zum Anziehen kaufen. Ich will nicht, dass sie noch mehr für mich tun muss. „Danke, Anna. Ich bin dir was schuldig."

„Glaub bloß nicht, dass ich es nicht einfordern werde." Sie lacht. „Ich hoffe, dass diese Woche genau das ist, was du brauchst. Mach's gut."

Ich verabschiede mich von ihr und sitze einen Moment lang gedankenverloren da. Ich hoffe, dass eine Woche mir eine gewisse Klarheit bringen wird, auch wenn ich weiß, dass nichts die schwerwiegenden Konsequenzen beseitigen kann, denen ich mich bei meiner Rückkehr stellen muss. Ich bin mir nicht sicher, wie ich das mit Abdul und seiner Familie geradebiegen soll.

Die Tür geht auf, und Jackson kommt herein. „Wir sind da." Er sieht mich misstrauisch an, als ob er befürchtet, dass ich darauf bestehen könnte, an Bord zu bleiben. Ich habe wohl vorhin ein bisschen arg hartnäckig mit ihm diskutiert.

Ich stehe auf. „Oh ja. Danke für's Mitnehmen. Bleibst du in Nantes, oder fährst du in Richtung Süden weiter?" Ich gehe davon aus, dass er irgendwo hin will, wo es wärmer ist – schließlich ist November.

Er fährt sich mit der Hand durchs Haar. „Das Wetter sieht nicht gerade vielversprechend aus im Golf von Biscaya. Vielleicht bleibe ich ein paar Tage hier." Spanien also.

„Dann würdest du also solo vor Spanien und Südfrankreich rumschippern und irgendwann in Italien landen? Oder war es China?" Ich lächele strahlend, um ihn wissen zu lassen, dass ich ihm wegen seiner Abfuhr von vorhin nicht böse bin. „Das könnte lange dauern."

Er zuckt mit einer Schulter. „Wenn ich eins habe, dann ist es Zeit."

„Klingt anstrengend."

„Ich werde Pausen machen."

Ich gehe auf ihn zu. „Ich mache auch eine Pause. Ich gehe in die Villa eines Freundes am Comer See in Italien. Die Königin hat mir eine einwöchige Atempause von meinem Leben gewährt. Dann muss ich mich mit dem Desaster auseinandersetzen, das ich zurückgelassen habe."

„Was hast du angestellt? Bist du vorm Altar weggerannt?"

Ich schneide eine Grimasse. „Nicht ganz vorm Altar, doch ja, ich bin an meinem Hochzeitstag weggelaufen. Zumindest habe ich Abdul die Demütigung erspart, am Altar zu stehen und vergeblich auf mich zu warten. Nicht, dass das ein großer Trost wäre." Ich ringe das erbärmliche Gefühl des Bedauerns nieder. Ich hätte es ganz anders angehen sollen, doch dafür ist es jetzt zu spät. „Ich werde mich der Sache stellen. Den Medien, der vermasselten Allianz, meinem ehemaligen Verlobten, dem geschädigten Ruf meiner Familie." *Und meiner Mutter.*

„Das ist eine ziemlich lange Liste", sagt er in überraschend mitfühlendem Ton. „Klingt, als wäre die ganze Welt gegen dich. Ich kenne mich ein bisschen damit aus."

Ich kämpfe gegen den Impuls an, ihn zu umarmen. Ich wusste, dass er Verständnis für meine Situation haben würde. Ich wünsche mir so sehr, dass er mich an Stelle meines Bruders nach Italien begleiten könnte. Ich weiß nicht einmal, wen Anna schicken will. Ich hoffe nur, dass es nicht Lucas ist. Er würde mich eher aufziehen und sich über mich lustig machen, als mir als Vertrauter zur Seite zu stehen.

Er dreht sich um, blickt aus dem Fenster und zieht die Vorhänge zu. „Am Hafen warten die Paparazzi. Woher wussten sie, dass du hierher kommen würdest?"

Ich beiße auf meine Unterlippe. „Vielleicht sind sie deinetwegen hier."

Er stemmt die Hände in seine Hüften. „Nein. Niemand weiß, dass ich auf diesem Kahn bin. Ich habe ihn von meinem Kumpel geliehen, von jemandem, den ich kannte, bevor ich berühmt war, darum kann das unmöglich jemand mitbekommen haben."

Ich atme zittrig aus. „Sie sind wahrscheinlich hier, weil meine Schwägerin veranlasst hat, den Jet für den Trip zum Comer See vorzubereiten. Er steht nicht weit von hier auf einem privaten Flugplatz." Ich sehe ihn einen langen Augenblick lang an. Er ist ein Tier von einem Mann mit seiner rauen Stimme, seiner ungezügelten Sexualität und seinen entspannten, männlichen Bewegungen. Sonst begegne ich nur zugeknöpften, glattrasierten, furchtbar adretten Männern. Er hat mich über seine Schulter geworfen und mir den Hintern versohlt. Und es hat mir gefallen. Ich beiße mir auf die Unterlippe. Mein Herz pocht, die Schmetterlinge tanzen in meinem Bauch. Ich kann das nicht. Oder doch? Ich stecke sowieso schon bis zum Hals in Schwierigeiten. Doch wenn ich jetzt nichts unternehme, heißt es für immer Abschied nehmen.

Sein Blick fällt auf meine Lippen und springt zurück zu meinen Augen.

„Jackson, ich wünschte …"

„Was?"

Ich schüttele den Kopf. „Ich wollte dich einladen, mit mir an den Comer See zu kommen, nur für eine Woche, doch … das war wohl albern."

Er kommt zu mir und mustert mich eindringlich. „Warum willst du so unbedingt Zeit mit mir verbringen? Bist du ein Fan?"

„Gott, nein. Deine Musik zerrt an meinen Nerven."

Er lacht laut auf. „Ich kann mich dir gut vorstellen, wie du dir klassische Musik im Palast anhörst."

„Unter anderem." Ich mag auch Blues und Folk, doch ich denke nicht, dass ein Rockgott wie er sowas zu schätzen weiß.

„Ruf doch einfach eine deiner Freundinnen an und lade sie ein. Ich bin mir sicher, dass du in der Hautevolee gut vernetzt bist."

„Das ist jetzt alles anders", platze ich heraus. „Sie würden nie verstehen, warum ich eine Auszeit vom Leben am Hof will." Und die Wahrheit ist, ich will alles, was er repräsentiert, denn das ist genau das, was ich in meinem Leben vermisse. Anna will zwar nicht, dass ich ihn mit nach Italien nehme, nicht, dass er mitkommen will, doch vielleicht könnten wir immer noch eine … Erfahrung auf dem Boot machen. Es wäre ein gigantischer Schritt für mich, das Wilde, Ungezähmte zu erleben, das Jackson nun einmal repräsentiert – selbst wenn es nur ein einziges Mal wäre. Die Zeit, die Anna mir gewährt hat, ist so kurz, da muss ich jeden Moment voll auskosten.

Ich wappne mich und sage ehrlich: „Ich will mich noch nicht von dir verabschieden. Ich will d–"

Er weicht einen Schritt zurück. „Falsche Adresse."

Ich schlucke und zwinge mich zu einem neutralen Gesichtsausdruck. Offensichtlich will er mich nicht. Es tut weh, doch zumindest weiß ich es jetzt. Jetzt kann ich wenigstens weitermachen, ohne Bedauern – zumindest was ihn angeht.

Ich setze ein Lächeln auf. „Du hast mich nicht ausreden lassen. Ich wollte sagen, ich will, dass du mir das Gitarrespielen beibringst."

Er sieht mich skeptisch an. „Klar doch. Gitarre."

„Vielleicht könntest du mir einen ähnlichen Kollegen empfehlen?"

„Einen ähnlichen Kollegen", echot er.

Ich erwärme mich für die Idee. Sie ist nicht ideal, doch es ist vielleicht die einzige Alternative. „Ja, jemanden, der Ecken und Kanten hat wie du und genauso unanständig ist. Vielleicht könnte dein Kollege mir ja beibringen, Gitarre zu spielen."

Ein Lächeln umspielt seine Lippen. „Da fällt mir gerade niemand ein. Du solltest einen Musiklehrer einstellen."

Ich trete auf ihn zu und gestehe: „Es ist der unanständige Teil, den ich dringender brauche. Es heißt, man wird wie die Leute, mit denen man sich umgibt. Ich habe mein Leben umgeben von gesitteten und standesgemäßen Menschen verbracht. Ich habe eine Woche, um ein anderes Leben zu erleben. Das gehört dazu, wenn ich mich neu erfinden will."

Er starrt mich an, und ich mache mir Hoffnugen, bis er sagt: „Du hast sie doch nicht mehr alle."

Ich stemme meine Hände in meine Hüften. „Hast du nie das Gefhül gehabt, dass du wie ein Fisch mit dem Strom schwimmst und alles wunderbar ist und so läuft, wie es das sollte, und dann wolltest du plötzlich all das hinter dir lassen und neu anfangen?"

Er blinzelt angesichts meines Ausbruchs, sagt jedoch nichts.

Ich blicke an die Decke und kämpfe gegen die Tränen an. Vielleicht mache ich mir etwas vor. Vielleicht werde ich immer die brave Emma Rourke sein, die ihre Pflicht tut und ein Leben lebt, das andere für sie geplant haben.

„Hey, nicht weinen."

„Ich weine nicht." Ich wische schnell die eine Träne weg, die entkommen ist. „Vergiss es. Mein Bruder kennt ein paar Typen aus Hollywood. Vielleicht hat ein Schauspieler keine Hemmungen, ein bisschen Zeit mit mir zu verbringen." Ich lächele ihn mit feuchten Augen an. „Ich kenne schon eine Frau ohne Hemmungen, und sie hatte keine große Wirkung auf mich." Anna ist eher eine Kuriosität als ein Einfluss, auch wenn sie mir langsam ans Herz wächst.

Er verschränkt die Arme und knurrt. „Und was gedenkst du mit diesem hemmungslosen Mann zu tun?"

Seine Empörung interpretiere ich als gutes Zeichen. Vielleicht will er mich ja doch?

Ich hebe mein Kinn und sage in selbstbewusstem Ton: „Ich habe noch nicht entschieden, was genau ich mit einem hemmungslosen Mann tun will, doch ich weiß, dass er mich aus meiner Komfortzone zwingen würde, und genau das brauche ich. Einen Schock für mein System, etwas ganz anderes."

Er schüttelt den Kopf. „Damit forderst du den Ärger geradezu heraus. Hast du gar keinen Selbsterhaltungstrieb?"

Mir stellen sich die Nackenhaare auf, denn zum ersten Mal in meinem Leben weiß ich tatsächlich, was ich will – ihn –, doch ich kann ihn nicht haben. Ich ziehe mein Handy aus der Tasche. „Dann schicke ich Lucas jetzt eine SMS. Er ist derjenige mit den Hollywood-Verbindungen." Ich tippe eine kurze Nachricht, von der ich nicht vorhabe, sie abzuschicken, da ich bluffe wie ein Profi. Ich würde nie auf die Hilfe meines Bruders zurückgreifen, um einen Mann zu finden. Sobald er mit dem Lachen fertig wäre, würde er wahrscheinlich irgendjemanden aus dem Palast schicken, um mich nach Hause zu holen und mich wegzusperren.

Ich hebe meinen Kopf. „Lucas hat schon zugestimmt, mich in der Villa mit einem wilden Comedian, einem Grungedrummer oder einem Rebell von einem Prinzen aus Dänemark zu erwarten. Wow, er hat bessere Verbindungen, als ich dachte. Die Qual der Wahl. Hm, Rebell oder nicht, ich will keinen Prinzen mehr, darum ist die Frage wild oder Grunge? Was denkst du?“

Er schnaubt. „Mach's gut, Emma.“

Shit. Das hat nicht funktioniert. Ich stecke mein Handy in meine Handtasche und sage ungerührt: „Mach's gut, Jackson.“ Ich sammele die Reste meiner Würde ein und verlasse das Boot. Ein Stück vom Steg entfernt wartet ein schwarzer Mercedes auf mich. Ich sehe meine Bodyguards nicht, doch ich weiß, dass sie da sein müssen. Sie fahren immer mit mir. Ich zögere und überlege, ob ich auf sie warten soll, doch ich kann es nicht ertragen, wieder reinzugehen, nachdem Jackson meinen Bluffversuch durchschaut hat. Ich habe mich noch nie einem Mann angeboten, und die Zurückweisung tut weh.

„Hier drüben, Hoheit! Hier!“

„Warum sind Sie weggelaufen?“

„Haben Sie einen geheimen Liebhaber?“

„Ist Abdul fremdgegangen?“

Die Reporter stürzen sich auf mich und halten mir Mikrofone unter die Nase. Die Blitze der Kameras blenden mich. Mein Herz rast. Ich stelle mich auf Zehenspitzen, um mich nach meinen Bodyguards umzusehen, und werde von allen Seiten gestoßen. Ich kann sie nicht finden. Ich hätte meinen Stolz herunterschlucken und wieder in die Kajüte gehen sollen. Ich war so beschäftigt damit, einen halbwegs würdigen Abgang zu machen, dass mir nicht bewusst gewesen war, dass die größere Gefahr hier draußen lauert. Ich habe mich nie allein durch eine Horde Reporter kämpfen müssen.

„Entschuldigen Sie. Tut mir leid. Ich muss hier durch“, sage ich und wiederhole es noch einmal auf Französisch. Sie drängen sich so dicht um mich, dass ich mich nicht bewegen kann. Zum ersten Mal überhaupt bekomme ich es in der Menge mit der Angst zu tun. Ich vergrabe meine Hände in meinen Hosentaschen, ziehe den Kopf ein und versuche erneut, mich an ihnen vorbeizuschieben, doch ohne Erfolg. Ein Mann packt meinen Arm und fragt mich, ob jemand aus dem Palast mir bei der Flucht geholfen hat. Ich reiße mich los und stolpere gegen einen großen Mann, einen weiteren Reporter.

„Bitte! Lassen Sie mich durch." Ich versuche, mich durchzuschieben, werde jedoch hin- und hergestoßen. Die Fragen werden lauter, doch ich kann sie kaum hören, so laut ist das Rauschen in meinen Ohren. Plötzlich kommen zwei schwarzgekleidete Männer auf mich zu. Es sind Viktor und Oliver. Ich bin gerettet!

Viktor kommt direkt auf mich zu, und Oliver schiebt sich von hinten durch die Menge. Eine Hand landet auf meiner Schulter, und ein strenger Befehl dröhnt in mein Ohr. „Verschwinden Sie!"

Ich wirbele herum. Das war nicht Oliver. „Jackson! Du …" Ich verstumme entsetzt, als Oliver Jackson zu Boden reißt und bedrohlich über ihm aufragt.

Ich schiebe mich zwischen Oliver und Jackson. „Tun Sie ihm nichts! Er ist ein Freund von mir." Ich wende mich Jackson zu, der Oliver finster anstarrt. Ich kann es selbst durch seine Sonnenbrille spüren. „Bist du okay?" Er sieht aus, als versuchte er, sich unkenntlich zu machen mit einer Baseballmütze, Hoodie und Sonnenbrille. Doch ich erkenne seine Stimme. Und seinen struppigen Bart, seine Nase, seine Lippen, seine Hände. Alles leicht erkennbar für mich. Es gibt nicht viel, was mir an ihm während der Überfahrt nicht aufgefallen wäre.

„Ja, ja", brummt er und steht auf. „Das habe ich nun davon, dass ich den Ritter in glänzender Rüstung für dich spiele."

Die Reporter umringen uns, stellen wild durcheinander Fragen und schreien unsere beiden Namen, doch Viktor und Oliver halten sie davon ab, zu nahe zu kommen.

Ich umarme ihn impulsiv und lächele ihn an. „Du bist für mich gekommen."

Er seufzt. „Du bist eine Gefahr für dich selbst."

5

Emma

Jackson und ich werden schnell in den wartenden Mercedes gedrängt. Der Schaden ist angerichtet. Jemand hat ihn erkannt, nachdem ich überrascht seinen Namen gerufen habe. Es gibt Fotos von uns zusammen und Fotos von ihm flach auf dem Rücken mit einem meiner Bodyguards in bedrohlicher Haltung über ihm. Das einzige, was wir tun können, ist, vom Ort des Geschehens zu fliehen.

Der Fahrer verlässt das Hafengelände, und ich atme erleichtert auf. Viktor sitzt auf dem Beifahrersitz. Ich bin auf dem Rücksitz, eingeklemmt zwischen Oliver und Jackson. Ich wende mich Jackson zu. „Danke, dass du mir zu Hilfe gekommen bist. Ich habe noch nie solche Angst in einer Menge gehabt."

Er nimmt seine Sonnenbrille ab und begegnet kurz meinem Blick, während er murmelt: „Das war doch nichts."

„Ma'am, Sie hätten auf uns warten sollen", sagt Viktor. Er begleitet mich schon lange, ein Mann in seinen Dreißigern mit kurzen, dunkelbraunen Haaren, einem kantigen, sauber rasierten Kinn und furchteinflößendem Körperbau. Ich weiß, dass ich auf seine Diskretion vertrauen kann.

„Ich weiß", sage ich. „Ich habe nicht vor, diesen Fehler nochmal zu machen. Was machen wir jetzt? Ein bisschen herumfahren, warten, dass sich die Aasgeier verziehen, und dann Jackson absetzen–"

„Ma'am, die Reporter gehen nirgendwohin", sagt Viktor. „Sie warten darauf, dass Mr. Jackson zu seinem Boot zurückkehrt."

„Ich werde holen, was auch immer Sie vom Boot brauchen", sagt Oliver zu Jackson. „Sobald Sie sicher im Jet sitzen." Oliver arbeitet noch nicht so lang für unsere Familie, darum kann ich nur hoffen, dass er auf absolute Diskretion hingewiesen wurde. Seine Haare sind blond, raspelkurz, was sein Gesicht kantiger und strenger wirken lässt, obwohl er wahrscheinlich nur ein paar Jahre älter ist als ich.

Ich sehe Jackson an, der grimmig dreinblickt. Ich will nicht, dass er das Gefühl hat, zu irgendetwas gezwungen zu werden, weil er versucht hat, mir zu helfen. „Der Jet kann dich hinbringen, wo immer du willst", sage ich zu ihm. „Wir können dein Boot dorthin bringen lassen."

Er lässt sich im Sitz herunterrutschen, die Augen halb geschlossen. „Ich bin dein Gitarrenlehrer, also gehe ich mit dir."

Mir bleibt der Mund offen stehen, mein Herz pocht. Anna hat nein gesagt, was Jackson Walker angeht. Sein Skandal plus mein Skandal ist zu viel. Wage ich es, den Zorn meiner Familie herauszufordern? Andererseits ist meine Familie bereits wütend auf mich, und jetzt, da die Reporter Jackson und mich zusammen gesehen haben, stecke ich sowieso schon knietief in genau dem Ärger, den ich vermeiden sollte. Schlimmer kann es nicht werden. Warum also sollte ich die Gelegenheit nicht beim Schopfe packen?

„Wunderbar", sage ich zu Jackson und bemühe mich, locker zu klingen. Ich kann nicht fassen, dass das tatsächlich passiert. Ich verbringe die Woche mit einem legendären Bad Boy. Das muss einen Menschen doch verändern. Auf die köstlichste Art und Weise. Allerwenigstens bekomme ich Gitarrenunterricht von einem Meister.

„Ja", sagt er.

Oliver streckt Jackson über meinen Schoß die Hand entgegen. „Ich brauche die Bootsschlüssel. Ich packe Ihre Sachen, bringe Sie zum Jet, und dann lasse ich das Boot in den Hafen von Villroy bringen."

Jackson lehnt sich zurück. „Warum kann ich das Boot nicht hierlassen?"

„Sie haben keine Genehmigung, und hier gibt es keine Sicherheit."

„Für den Kahn interessiert sich doch niemand. Es ist ein altes Hausboot."

„Jetzt wissen sie, dass es Ihnen gehört, Sir. Die Schlüssel, bitte."

„Es ist der sicherste Ort dafür", erkläre ich Jackson.

Er seufzt und wirft mir einen beunruhigten Seitenblick zu. Vielleicht gefällt ihm der Gedanke nicht, nach Villroy zurückkommen zu müssen – angesichts all der Aufmerksamkeit, die es mit sich bringen wird, doch es wäre viel schlimmer, das Boot unbewacht hierzulassen.

Er gräbt seine Schlüssel aus seiner Tasche und drückt sie Oliver in die Hand. „Packen Sie einfach alles, was in der Kommode ist, meine Toilettenartikel, meinen Laptop und meine Gitarre. Die Gitarre ist im Kleiderschrank." Er lehnt sich wieder zurück und setzt seine Sonnenbrille auf.

Ich kann ein Lächeln nicht unterdrücken.

Jackson

Ich plane nicht, Emma zu vögeln. Darum geht es mir nicht. Als sie von Herzen gesprochen hat, Tränen in den Augen, die Stimme verletzlich und ehrlich, und mich gefragt hat, ob ich weiß, wie es ist, wenn man begreift, dass man festsitzt und einen Neuanfang braucht, ja, da hat sie ins Schwarze getroffen. Das ist mein Leben in ein paar Worten zusammengefasst. Und ich werde nicht lügen, der Gedanke, dass sie die unangemessene *Wasauchimmer* irgendeines dahergelaufenen Typen auf sich abfärben lassen will, hat bei mir alle Alarmglocken schrillen lassen. Gott. Sie ist zu verdammt unschuldig, um zu wissen, auf was sie sich da einlassen würde. Ich hätte mich raushalten sollen mit einer leise nagenden Stimme, die mir gesagt hätte, dass ich ein Arsch bin, es zuzulassen, doch dann ist sie in diesen Mob von Paparazzi gelaufen wie ein Lamm zur Schlachtbank. Sie haben ihre Verletzlichkeit schamlos ausgenutzt und sie dabei beinahe niedergetrampelt. Ich *musste* etwas tun. Dummerweise auch ihr Bodyguard. Warum zum Teufel hat sie nicht auf ihre Leute gewartet, damit die sie durch die Reporter hindurch eskortieren? Sie braucht jemanden, der auf sie aufpasst. Ironischerweise bin ich das, ein abgefuckter Musiker, der mit seinem eigenen Skandal fertigwerden muss.

Sie ist vielleicht schlimmer dran als ich, und irgendwie fühle ich mich besser, jetzt, da ich jemanden gefunden habe, der in derselben beschissenen Situation steckt. Ich weiß nicht. Vielleicht bin ich es leid, allein zu sein. Vielleicht weiß ich nicht, was zum Henker ich will. Ich weiß, was ich nicht will – mehr lange Tage und Nächte, in denen ich versuche, das Unmögliche zu schaffen. Ich habe einen Vertrag und muss spätestens im Januar ins Studio, um das nächste Album aufzunehmen. Jetzt haben wir Mitte November. Wenn ich nichts abliefere, bekomme ich meinen nächsten Vorschuss nicht *und* werde wegen Vertragsbruch verklagt. Und wenn ich pleite gehe, gibt es kein Geld mehr für Charlies Sohn Jack. Er hat ihn nach mir genannt. Wie könnte ich mich da nicht um ihn kümmern?

Ich kann Emmas Anspannung spüren, als sie auf dem Weg zum Flughafen aus dem Fenster starrt. Sie kann es nicht erwarten, davonzukommen, weit weg von den Urteilen anderer. Ich verstehe das. Ihre Verletzlichkeit hat mich handeln lassen. Ich werde es wahrscheinlich bereuen. Ich bin auf dem Weg zum Flughafen mit einer in Verruf geratenen Prinzessin, und mein einziges Fluchtmittel, mein Boot, wird in der Nähe ihres Zuhauses sein, was definitiv nicht unbemerkt bleiben wird. Wenn ich nächste Woche da aufkreuze, darf ich mich wahrscheinlich mit dem Pressemob auseinandersetzen. Dafür sollte mich verdammt nochmal jemand zum Ritter schlagen. Im Ernst.

Wir werden also die Freundenummer versuchen. Ich lasse mich nicht auf Beziehungen ein. Und schon gar nicht mit jungfräulichen Prinzessinnen. Es dürfte allerdings unterhaltsam werden, zuzusehen, wie diese zugeknöpfte, brave Prinzessin versucht, die Rebellin zu spielen. Sie hält es wahrscheinlich schon für wild, einen Song zu spielen, in dem ein Kraftausdruck vorkommt.

Ich richte mich in meinem Sitz auf und versuche, meine Beine ein bisschen auszustrecken.

Emma strahlt mich an. „Ich freue mich so darauf, Gitarre zu lernen."

Meine Muskeln entspannen sich. Es ist eine Weile her, dass jemand so glücklich ausgesehen hat, nur mit mir zusammen zu sein. Ich habe in letzter Zeit einer Menge Leute ans Bein gepisst. „Ja? Und was bringst du mir bei?"

Sie beißt sich auf ihre köstliche Unterlippe. „Ich könnte dir Sprachen beibringen, Etikette, Gesellschaftstänze, such dir was aus."

„Hm, keine leichte Entscheidung bei diesen verlockenden Alternativen."

„Ich habe Philosophie studiert, falls das eher was für dich ist."

Ich lehne meinen Kopf an die Kopfstütze und schließe meine Augen. Plötzlich bin ich müde. Ich habe in letzter Zeit nicht gut geschlafen. „Okay, deine erste Lektion als meine Gitarrenschülerin ist mehr zuzuhören als zu reden."

„Weil es meinen Hörsinn schärft und mich auf die Frequenzen der Stimmen und der Umgebungsgeräusche einstellt?"

Ich lache fast. Als würde ich mir je sowas einfallen lassen. „Ja."

Sie verstummt und lauscht wahrscheinlich den Umgebungsgeräuschen. Den Rest der Fahrt schweigt sie, und ich döse ein.

Als der Wagen am Flughafen ankommt, sagt sie: „Ich habe dich viel atmen gehört."

„Das tue ich. So ziemlich jeden Tag."

„Und die Geräusche des Autos – die Reifen, der Motor, der Fahrtwind."

Ich habe keine Ahnung, was ich sagen soll. Das war nicht

als Übung gedacht gewesen. Sie sieht mich erwartungsvoll an.

„Brillant", sage ich, und sie schenkt mir dieses strahlende Lächeln. Wärme schleicht sich in meine Brust. Ich verdiene dieses Lächeln nicht. Die Wahrheit ist, dass sie sich trotz meiner Berühmtheit mit mir unters gemeine Volk mischt. Meine Familie wären die Dienstboten, die ihre Schuhe polieren. Mein Vater hat uns verlassen, als ich zwei war, und wir haben von Sozialhilfe gelebt, auch wenn meine Mom sich als Putzfrau krumm gearbeitet hat. Ich bin als Unruhestifter vom Gymnasium geflogen, was meiner schüchternen Mom furchtbar peinlich war. Alle sagen, dass ich nach meinem Nichtsnutz von einem Vater komme, weswegen ich nie eine Frau oder Kinder wollte. Es gibt keinen Grund, dieses Nichtsnutz-Gen weiterzuvererben. Mein älterer Bruder war ein Einserschüler, der Liebling der Lehrer. Doch als ich das Gitarrespielen für mich entdeckt habe, ist meine Aggression anderen gegenüber deutlich weniger geworden.

Doch Emma hier gehört zur Elite. Wenn ich mit Ignite nie einen Hit gelandet hätte, hätten wir uns nie kennengelernt. Sie hätte mich nie kennenlernen *wollen*. Doch dann erinnere ich mich daran, dass Emma meine Musik nicht mag. Nichts könnte sie weniger interessieren, als dass ich der Frontmann von Ignite bin. Abgesehen von Gitarrenunterricht will sie nichts von mir. Das hilft mir, mich ein bisschen zu entspannen.

Der Fahrer dreht sich zu uns um. „Möchten Sie im Jet oder im Terminal auf Mr. Jacksons Gepäck warten, Hoheit?"

„Wir warten im Jet", sagt Emma und wendet sich mir zu. „Im Terminal gibt es nur ein paar Reihen abgewetzte Vinylbänke. Im Jet ist es bequemer. Oder wir können an der frischen Luft warten, wenn dir das lieber wäre."

„Ich würde mir gerne die Beine vertreten", sage ich.

Sie nickt kurz. „Dann tun wir das."

Sie bedankt sich und verabschiedet sich freundlich vom Fahrer und Oliver, bevor sie aussteigt. Ich folge ihr, und Viktor erscheint auf ihrer anderen Seite.

Der Wagen fährt in die Richtung zurück, aus der er

gekommen ist. Ich tue es wirklich. Oliver wird meinen Kram hierher bringen, und dann werde ich eine Woche lang mit einer Prinzessin leben. Ich werfe Emma einen verstohlenen Blick zu. Sie reibt sich die Oberarme gegen die Kälte. Sie ist von ihrer Hochzeit weggelaufen, ohne einen Mantel mitzunehmen, wahrscheinlich vollkommen in Panik. Ich bin mir sicher, dass das dicke Ende für sie erst noch kommt, wenn sie wieder nach Hause zurückkehrt. Ich will ihr gerade meinen Hoodie anbieten, als Viktor seinen schwarzen Blazer auszieht und ihn ihr um die Schultern legt.

„Danke", sagt sie und zieht ihn fester um sich.

Viktor sieht in seinem schwarzen T-Shirt und seiner schwarzen Hose aus, als machte ihm die Kälte nichts aus. „Gern geschehen, Ma'am. Hier drüben ist ein kleiner Zulieferweg, auf dem Sie sich die Beine vertreten können."

„Klingt gut", lächelt sie, und wir gehen hinüber zu der schmalen Straße.

Viktor ist eine stille Präsenz, und Emma ist plötzlich ungewöhnlich still. Auf Smalltalk habe ich keine Lust, darum gehe ich einfach neben ihr her. Überraschenderweise ist es eine behagliche Stille, und die Aussicht auf ein abgeerntetes Feld fühlt sich friedlich an.

Nach dem Spaziergang gehen wir an Bord, um auf mein Gepäck zu warten. Ich lasse Emma vorgehen, als wir die Stufen zur offenen Tür hinauf gehen.

Emma bleibt wie angewurzelt stehen, als wir eintreten, und murmelt: „Lucas", als wäre es ein Fluch.

Ich nehme meine Sonnenbrille ab und hänge sie in den Ausschnitt meines Hoodies. Ein großer Typ Mitte zwanzig mit dunkelbraunen Haaren und Bart, der in einer Sitzgruppe ein Stück weit entfernt sitzt, hebt zum Gruß die Hand. Prinz Lucas Rourke.

Er schmunzelt. „Ich habe mich für den Emmadienst freiwillig gemeldet, da es die Villa meines Freundes ist. Und ich glaube, die angemessene Begrüßung wäre, *hallo, mein wunderbarer Bruder, danke, dass du mir den Arsch rettest und mir diese Flucht vor meinem persönlichen Desaster ermöglichst.*"

Emma marschiert zu ihm, und sie liefern sich eine hitzige

Diskussion. Ich sehe mich um; sonst ist niemand von der königlichen Familie hier. Nur der Pilot und eine Flugbegleiterin vorne im Cockpit, beide lächelnd, offensichtlich amüsiert über die Geschwister.

Es gibt vier Reihen von Liegesitzen vorn. Ich ziehe meinen Hoodie aus, nehme meine Baseballmütze ab und setze mich in der zweiten Reihe ans Fenster.

„Darf ich Ihnen etwas zu trinken bringen, Sir?", fragt die Flugbegleiterin, eine wohlgeformte Brünette Anfang zwanzig.

„Wasser, bitte." Einen Moment später bringt sie es mir. „Danke."

Sie bleibt stehen und sagt mit leiser, heiserer Stimme: „Ich bin ein großer Fan."

„Danke."

„Wie haben Sie Emma kennengelernt, wenn Ihnen die Frage nichts ausmacht?'

„Sie macht mir aber etwas aus."

Sie nickt knapp, dreht sich um und kehrt an ihren Platz vor dem Cockpit zurück.

Ich öffne die Wasserflasche und setze sie gerade an, als Emma sich auf den Platz neben mir fallen lässt und gegen meinen Arm stößt. Wasser schwappt über meinen Bart und mein Longsleeve.

„Oh, tut mir leid!", entfährt es ihr, und sie wischt mit den Fingern über meinen Bart. „Weich", haucht sie geradezu. „Und so feucht."

Ich bin gleichzeitig angetörnt und amüsiert. „Könnte ich bitte eine Serviette bekommen?"

Die Flugbegleiterin eilt mit einer Handvoll Servietten herbei. Ich wische mir mit ein paar davon den Bart ab. Emma wischt über meine Brust und reibt fest genug, dass die Serviette reißt.

Ich schiebe ihre Hand weg. „Schon gut, Liebes. Passt schon so."

Sie betrachtet angewidert die verschlissene Serviette. „Was für ein schlechtes Produkt."

Die Flugbegleiterin nimmt schnell unseren Müll und

bringt uns frische Wasserflaschen. Emma lächelt sie an. „Danke, Peggy."

„Gern geschehen, Ma'am." Peggy wirft mir einen nachdenklichen Blick zu, als wolle sie mehr sagen, doch dann ruft der Pilot sie zum Preflight-Check.

„Bitte ignoriere meinen Bruder einfach", sagt Emma angespannt. „Das wird wunderbar." Sie beugt sich zu mir herüber und flüstert: „Ich freue mich so, dass du mitkommst."

Ich flüstere zurück: „Ist dein Sultan so ein Wichser?" Ich meine den ehemaligen Bräutigam.

Sie wird rot. „Er war noch kein Sultan, und er ist ein netter Mann."

„Warum hast du ihn dann abserviert?"

„Es hat sich einfach falsch angefühlt", flüstert sie mit gesenktem Blick. „Mein Bauchgefühl hat mir gesagt, dass ich es nicht durchziehen kann."

„Hat es sich die ganze Zeit bis zum großen Tag richtig angefühlt?"

Sie verzieht das Gesicht. „Nein."

„Warum hast du dir dann so viel Zeit gelassen, mit ihm Schluss zu machen?"

Sie faltet ihre Hände steif auf ihrem Schoß. „Ich möchte nicht darüber reden."

Eine große Hand erscheint vor mir, gefolgt vom ernsten Gesicht ihres Bruders. „Hallo. Ich bin Emmas Bruder Lucas."

Emma stößt ihn weg. „Geh zurück auf deinen Platz."

Er ignoriert sie und sagt in missbilligendem Ton: „Ich kenne dich."

„Ich glaube nicht, dass wir uns schon mal begegnet sind", antworte ich. Er kennt meinen *Ruf*; mich kennt er nicht.

Er kneift seine blaugrünen Augen zu abweisenden Schlitzen zusammen. „Ich werde die ganze Zeit in Italien da sein. Betrachtet mich als euren Anstandswauwau."

„Lucas!", zischt Emma. „Verschwinde!"

Ich lächele Lucas entspannt an. „Freut mich, dich kennenzulernen, Anstandswauwau. Emma und ich sind nur Freunde."

Er betrachtet mich argwöhnisch, bevor er sich auf dem

Platz auf der anderen Seite des Mittelgangs anschnallt und mich finster anstarrt.

Jetzt ist es eine Party. Wir drei plus zwei Bodyguards eine Woche lang in einer Villa. Großartig. Ist es zu spät, jetzt noch auszusteigen?

Emma wendet sich mir zu und sagt leise in entschlossenem Ton: „Er lässt uns in die Villa, und das war's."

„Weiß er das auch?", antworte ich ebenso leise.

„Ja", flüstert sie. „Ich habe es ihm schon gesagt. Ich glaube nicht, dass er sich freiwillig gemeldet hat. Gabriel – das ist mein älterer Bruder und der neue König – hat ihn geschickt, damit er mich babysittet. Ich bin fünfundzwanzig Jahre alt, doch Gabriel sieht immer noch das kleine Mädchen mit den Zöpfen in mir. Er hat *keine* Ahnung, wozu ich imstande bin."

Ich sehe sie fasziniert an. „Wozu bist du imstande?"

Sie hebt ihr Kinn. „Zu vielem."

„Philosophie zum Beispiel?"

Sie wirft mir einen bösen Blick zu. „Es ist schlimm genug, dass meine Brüder sich über mich lustig machen. Das brauche ich nicht auch noch von dir."

Ich schmunzele. „Aber ich hatte nie eine kleine Schwester zum Aufziehen."

Ihre Lippen zucken. „Das ist keine Entschuldigung."

Ich lache, auch wenn Lucas meinen Kopf von der Seite mit Blicken durchbohrt.

„Und ja, Philosophie gehört dazu, nützliche Dinge aber auch."

„Was für nützliche Dinge? Schlösser knacken?"

Sie lächelt mysteriös. „Unter anderem. Meine Brüder unterschätzen mich."

Ich werfe Lucas einen Blick zu, und er macht ein paar Gesten und deutet auf mich und dann auf Emma. Himmel. Die Nachricht ist klar: Finger ins Loch, Finger horizontal über die Kehle und ein Fingerzeig in meine Richtung. Er zieht die Stirn kraus und sieht mich mordlustig an. Nachricht angekommen. Fick meine Schwester, und ich bring dich um.

Ich blicke geradeaus. „Dann ist Lucas einer dieser großen

Brüder mit einem übermäßig ausgeprägten Beschützer-instinkt?"

„Nein, das ist Gabriel. Lucas ist nur ein Plagegeist."

„Ich verstehe." Ich kann spüren, dass er uns beobachtet, darum flüstere ich: „Bei diesem Trip erwartet niemand, gevögelt zu werden, korrekt?"

Sie wird leuchtendrot, und ihre Finger wandern an ihren Kragen. „N-nein. Ich würde nie erwarten …" Sie hustet. „Ich weiß nicht, wie du darauf kommst. Ich meine, du hast auf Villroy gesagt … doch dann … lass uns nicht darüber reden …" Sie räuspert sich. „Okay?"

Ich muss sie einfach aufziehen. Sie kann nicht einmal das Wort aussprechen, und das, nachdem sie behauptet hat, sie wolle es provokant. „Was ist mit" – ich hüstele – „dich aus deiner, ähm" – ich räuspere mich – „Komfortzone zu stoßen?"

Sie kneift die Augen zusammen, bevor sie steif antwortet: „Es gibt andere Seiten an einer Frau als Körperteile, über die man nicht spricht."

Ich würde sie zu gerne eines dieser Körperteile ausspre-chen hören. „Über welche Körperteile spricht man nicht?"

„Halt die Klappe."

Ich lache.

Emma

Ich koche vor Wut. Nicht wegen Jackson. Ich bin es gewohnt, von den Männern in meinem Leben aufgezogen zu werden. Es ist Lucas. Schlimm genug, dass er hier ist, doch muss er mich und Jackson den ganzen Flug nach Italien anstarren, als wären wir im Zoo? Es ist peinlich, dass er sich nicht einmal die Mühe macht, es unbemerkt zu tun. Ich glaube nicht, dass er von Annas Warnung, Jackson nicht mitzubringen, weiß, denn er hat es nicht erwähnt, und sie hat wahrscheinlich kein Wort darüber verloren, in der Annahme, dass ich ihr gehorchen würde, was ich normaler-weise tue, doch eins hat zum anderen geführt, und jetzt ist es eben so. Offensichtlich weiß Lucas von Jacksons skandalösem Ruf. Ich bin mir nicht sicher, ob Jackson und ich schon überall über das Internet gepflastert sind, und ich will es auch nicht wissen. Ich hatte wirklich gehofft, Jackson auf dem Flug ein bisschen besser kennenzulernen, doch nachdem sich Lucas ein paarmal in unsere Unterhaltung eingemischt hat, hat Jackson sich hingelegt und seine Mütze ins Gesicht gezogen.

Ich weiß zu schätzen, dass Lucas mir eine sichere Zuflucht zur Verfügung stellt. Ich dachte nur, dass ich eine Chance bekommen würde, mal aus mir herauszugehen und zu erkunden, was auch immer es in mir zu erkunden gibt, fern vom Palastleben. Lucas erinnert mich an Zuhause, an Familie und Pflicht. Nicht, dass er sich je davon stören ließe. Vielleicht liegt es daran, weil er der drittgeborene Junge ist. Er hat nie den Druck gespürt, lernen zu müssen, wie man über ein Königreich herrscht, und meine Eltern haben meinen Brüdern jede Menge Freiheit gegeben. Lucas ist nicht, was ich als wild bezeichnen würde, doch wenn er es ist, ist er sehr diskret dabei, denn man hört so gut wie nie Pikantes in den Medien über ihn. Er liebt es allerdings zu feiern, sich unter Promis zu mischen und hat kein Problem damit, sich lockerzumachen. Ich seufze. Vielleicht sollte ich versuchen, mehr wie Lucas zu sein, nur, dass ich keinen Spaß an lauten Partys mit betrunkenen Leuten habe und pünktlich um halb zehn zu Bett gehe, was früher ist, als die meisten Partys überhaupt anfangen. Ich folge dieser strikten Routine schon seit Jahren, da ich mir eingeredet habe, dass die Regeln und die hohen Standards, die ich mir auferlege, nötig sind, um meine Rolle, die königliche Familie zu repräsentieren, angemessen auszufüllen. Jetzt bin ich ratlos.

Wir landen in Mailand, wo bereits ein Wagen auf uns wartet. Lucas deutet auf einen großen Rollenkoffer, der aus dem Jet geladen wird. „Silvia hat ein paar Sachen für dich gepackt."

Meine Wangen werden rot vor Scham, und mein Hals schnürt sich zu. Silvia ist meine einzige Schwester, doch ich habe nicht mit ihr über meine Sorgen gesprochen. Ich hätte mich an sie wenden sollen. Wir sind schließlich aus einem

Blut. Und trotzdem war sie so aufmerksam und hat für mich gepackt. „Das war süß von ihr."

Lucas nickt. „Ich bin neugierig, was sie für dich gepackt hat. Sie war wütend, dass du so unglücklich warst und sie nie einen Ton darüber gehört hat. Vielleicht hat sie dir Altweiberklamotten eingepackt. Oh warte, das sind ja nur deine normalen Klamotten. Ha-ha."

Jackson lacht, und mein Bruder macht sofort ein finsteres Gesicht.

Ich sehe beide Männer böse an, auch wenn Lucas recht hat. Meine Kleidung besteht zum größten Teil aus pastellfarbenen Kleidern, die mindestens knielang sind. Nichts, was auch nur annähernd sexy wäre. Ich weiß nicht, warum ich auch nur ansatzweise eine Chance hätte, Jackson dazu zu verleiten, mich von meinem alten, spießigen Lebensstil zu befreien. Selbst *wenn* ich ein schmeichelndes Kleid hätte, er hat nicht das geringste Interesse an mir, abgesehen davon, mich wie ein großer Bruder aufzuziehen. Dazu kommt, dass wir einen lästigen Wachhund haben. Ich unterdrücke ein Seufzen. Ich werde auf diesem Trip Gitarrespielen lernen und ein bisschen Raum zum Atmen haben. Das ist alles. Ich muss dankbar sein für das, was mir gewährt wurde, und hoffe, dass ich mir in dieser Zeit über meine Wünsche für meine Zukunft klar werde.

Ein gemieteter schwarzer Mercedes mit getönten Scheiben wartet auf uns. Oliver setzt sich ans Steuer. Lucas besteht darauf, dass Jackson sich auf den Beifahrersitz setzt, um seine Beine ausstrecken zu können, auch wenn Lucas auch lange Beine hat. Er ist nur zwei, vielleicht drei Zentimeter kleiner als Jackson. Ich setze mich auf die Rückbank hinter Viktor, und Lucas setzt sich mit selbstgefälliger Miene zu mir.

„Die Villa ist sehr sicher, abgelegen und mit einem modernen Sicherheitssystem ausgerüstet. Es gibt einen Verwalter, der einmal am Tag vorbeikommen wird, um zu sehen, ob wir irgendwas brauchen."

„Das hört sich wunderbar an", sage ich mit so viel Begeisterung, wie ich angesichts seines Verhaltens Jackson gegenüber aufbringen kann. „Danke", füge ich ein wenig verspätet hinzu.

„Wow, endlich, ein Danke", kräht Lucas.

Ich beiße meine Zähne aufeinaner und schweige. Zwischenzeitlich ist es dunkel geworden. Der Tag ist endlos gewesen, und ich kann es nicht erwarten, ins Bett zu kommen.

Sobald der Wagen losfährt, zückt Lucas sein Handy und schreibt in schneller Folge SMSen, wahrscheinlich, um zu berichten, dass wir sicher angekommen sind.

Ich schließe meine Augen und döse beinahe ein, als es mich wie ein Schlag trifft, dass Lucas erwähnt haben könnte, dass Jackson bei uns ist. Mist. Ich weiß, dass die Bodyguards und die Palastangestellten niemals Meldung über mein Verhalten machen würden, es sei denn, ich wäre in Gefahr. Lucas ist die Schwachstelle. Es könnte allerdings auch sein, dass Jackson und ich schon auf jeder Klatschseite im Internet abgebildet sind. Ich will *nicht*, dass Gabriel mir befiehlt, nach Hause zu kommen. Dem König muss ich gehorchen. Ich bin im Begriff, Lucas zu fragen, was er geschrieben hat, als er sich umdreht und langsam den Kopf schüttelt, die Lippen zu einer dünnen Linie aufeinander gepresst.

Mein Magen zieht sich zusammen. Es ist vorbei. Meine Fingernägel graben sich in meine Handflächen. Der einfachste Wunsch, einen Gast meiner Wahl mitzubringen, und schon ist es vorbei.

Lucas flüstert mir direkt ins Ohr. „Ich habe gerade erfahren, dass Anna dir gesagt hat, dass du ihn *nicht* mitbringen sollst."

Ich nicke.

„Gabriel ist nicht glücklich."

Ich schneide eine Grimasse. „Zwingt er mich, nach Hause zu kommen?", flüstere ich.

„Ich weiß nicht. Anna sagt, dass sie sich um ihn kümmert. Aber, Emma, die Medien sind–"

„Sag es mir nicht. Bitte."

Sein Blick ist direkt, sein Ton scharf. „Wir reden später."

Meine Augen weiten sich angesichts seines Tons. So

spricht er sonst nicht mit mir. Er ist immer herzlich und entspannt. Großartig. Um allem anderen noch die Krone aufzusetzen, darf ich mir jetzt auch noch einen Vortrag von einem Partylöwen anhören.

Es ist alles zu viel. Ich schließe meine Augen, sperre die Welt aus und döse innerhalb von Minuten ein. Ich wache erst auf, als mein Bruder mir gegen den Arm stößt. „Wir sind da."

Ich steige aus. Das Haus ist dunkel, darum kann ich nicht viel erkennen. Es ist ein großes, mehrstöckiges Natursteinhaus direkt am Ufer des Sees. Es hat einen kleinen Privatstrand, einen Pool mit einem kleineren Steinbau und eine Terrasse.

Die Bodyguards bleiben dicht bei mir, als ich Lucas mit meinem Gepäck folge. Jackson spielt die Nachhut. Er bedauert es wahrscheinlich schon, zu meiner Rettung geeilt und zu diesem Trip genötigt worden zu sein. Die gute Nachricht für Jackson ist, dass auf Befehl des Königs wahrscheinlich morgen schon alles vorbei sein wird. Lucas tippt den Code für die Haustür ein und betritt als erster das Haus.

„Oh, wie hübsch", sage ich und gehe ins Wohnzimmer. Es ist warm und gemütlich mit unverputzten Natursteinwänden und freiliegenden Deckenbalken. Die zwei cremefarbenen Sofas mit weinroten Kissen und rustikalen Beistelltischen und einem Sofatisch sehen einladend aus. Der Boden ist aus rostroten Ziegeln. Alles ist offen gestaltet, der Essbereich liegt gleich daneben mit einem langen Holztisch mit breiten Holzplanken und Stühlen mit Sitzflächen aus Weidengeflecht.

Ich wende mich Lucas zu. „Wem gehört das Haus? Es ist so schön rustikal."

„Blaze Tanner. Und du musst dir keine Sorgen machen, dass er reinplatzen könnte. Seine Frau hat gerade Zwillinge zur Welt gebracht, und sie werden eine Weile in L.A. bleiben."

„Oh, ich liebe seine Filme."

Jackson schweigt immer noch.

Ich wende mich Lucas zu. „Danke für deine Hilfe heute. Fährst du heute Abend noch zurück nach Mailand oder morgen früh?" Ich versuche, die Dringlichkeit in meiner Stimme zu unterdrücken, da ich weiß, dass ich vielleicht nur eine Nacht in Freiheit haben werde und dafür sicher keinen Anstandswauwau haben will.

„Lass uns reden", er nickt in Richtung Wohnzimmer. „Du auch, Jackson. Ich bin übrigens ein Fan von Ignite."

Jackson vergräbt seine Hände in seinen Hosentaschen. „Danke."

Lucas setzt sich aufs Sofa und winkt uns zu sich. „Kommt schon, ich beiße nicht. Nicht sehr."

Ich setze mich neben ihn, während Jackson vorm Wohnzimmer stehen bleibt.

Lucas hält sich die Hände wie eine Flüstertüte vor den Mund. „Da muss ich ja schreien, damit du mich hören kannst."

„Kommt mir eher wie ein Familiengespräch vor", sagt Jackson.

„Es betrifft dich auch", ruft Lucas übertrieben laut.

Jackson kommt näher, doch er setzt sich nicht.

Lucas beugt sich vor, die Ellbogen auf seinen Knien, und sieht mir in die Augen. „Was ist los mit dir, Emma? Ich habe dich noch nie so erlebt. Du hast dich immer brav an alle Regeln gehalten. Und jetzt rennst du von deiner Hochzeit weg, um mit einem Rockstar zusammenzusein?"

„Ich hatte nichts damit zu tun", blafft Jackson. „Lass mich da raus."

Ich verteidige ihn sofort. „Ich habe mich auf Jacksons Hausboot versteckt – ein absoluter Zufall, und dann, nachdem er sich freundlicherweise bereit erklärt hat, mich in Nantes abzusetzen, ist er zu meiner Rettung gekommen, als die Reporter und die Paparazzi sich auf mich gestürzt haben."

„Wo waren deine Bodyguards?", fragt Lucas und sieht sich vorwurfsvoll um.

Ich sehe sie nirgendwo. Viktor und Oliver müssen wohl damit beschäftigt sein, sich das Haus und das Grundstück anzusehen. „Es war nicht ihre Schuld. Ich bin von Bord gegangen, bevor ich sie gesehen habe. Sie waren auf dem Weg zu mir."

„Wie bist du denn auf diese Schnapsidee gekommen?",
fragt Lucas.

Ich zucke mit den Schultern und weiche Jacksons Blick
aus. Ich will nicht vor ihm über den wahren Grund reden –
Jacksons Zurückweisung. Ich würde gerne den letzten Rest
meiner Würde behalten.

„Warum?", hakt Lucas nach.

Ich atme langsam aus. „Ich habe nicht klar gedacht. Das
war der längste Tag meines Lebens."

Seine Stimme wird sanfter, doch irgendwie schneiden
seine Worte so nur tiefer. „Gabriel war außer sich darüber,
wohin du verschwunden sein könntest. Abdul war am Boden
zerstört. Er hat so lange auf dich gewartet. Seine Familie
kocht vor Wut. Von Jacksons jüngstem Skandal hast du sicher
gehört. Und die Klatschpresse bringt ihn jetzt mit dir in
Verbindung."

„Scheiß auf die Presse", knurrt Jackson.

Lucas wirft ihm einen bösen Blick zu und sagt mit stahl-
harter Stimme: „Der Name unserer Familie wird durch den
Schmutz gezogen." Ich habe meinen Bruder nie so
auftreten gesehen. Vielleicht, weil er nie die Möglichkeit
dazu hatte, als dritter in der Thronfolge. Ich wünsche mir
nur, dass ich nicht die eine Verantwortung wäre, die er zu
haben glaubt.

„Ich liebe Abdul nicht", sage ich leise. „Ich bin nicht bereit
für eine Ehe."

Lucas' aquamarinblaue Augen, die denen unseres Vaters
so ähnlich sind, sind warm und verständnisvoll. „Der Druck
ist zu viel gewesen. Es ist ein Wunder, dass es nicht früher
passiert ist, so, wie du dich immer strikt an das höfische
Protokoll gehalten hast. Du bist genauso schlimm wie
Gabriel."

Ich nicke. „Darum bin ich so dankbar für diese kurze
Atempause hier."

Er zieht mich in eine kurze Umarmung und küsst mich
auf den Kopf. Ich lächele ihn mit unerwarteter Zuneigung
und Tränen in den Augen an.

„Geh erst einmal schlafen", sagt er. „Du wirst es brauchen,

um dich dem zu stellen, was morgen auf dich zukommen wird."

Ich straffe meine Haltung. Er hat recht. Ich weiß nicht, was morgen bringen wird, doch ich weiß, dass es nichts Gutes sein wird. Ich habe die Situation nur noch schlimmer gemacht, indem ich Jackson hierher gebracht habe, und Gabriel wird mich sicher sein Missfallen spüren lassen. Das könnte für lange Zeit meine einzige friedliche Nacht sein.

Lucas steht auf und fragt Jackson: „Warum genau bist du hier?"

Jackson hebt die Hände. „Ich–"

Ich springe auf. „Jackson hat zugestimmt, mir das Gitarrespielen beizubringen."

Jackson reibt sich den Nacken, während Lucas ihn argwöhnisch mustert.

„Ist das nicht nett?", sagt Lucas gedehnt. „Gitarrenunterricht von einem Rockstar. Neuer Teilzeitjob für den Frontmann von Ignite?"

„Ich reise morgen früh ab", brummt Jackson.

„Nein!", rufe ich. Lucas' Kopf fliegt zu mir herum. Ich neige normalerweise nicht zu Ausbrüchen und hebe selten meine Stimme. „Du bleibst", sage ich ruhig.

Lucas schüttelt den Kopf. „Emma, du hast *keine Ahnung*, welche Konsequenzen es haben wird, wenn er hier bei dir bleibt. Denk an Abdul und seine Familie, unsere Familie, die Medien, besonders mit unserem neuen Vorhaben–"

„Es ist eine Woche", sage ich im vernünftigsten Tonfall, den ich aufbringen kann. Auch, wenn es vielleicht nur ein Tag sein könnte.

„Ich gehe schlafen", sagt Jackson, nimmt seinen Seesack und den Gitarrenkoffer und geht nach oben.

Ich folge ihm und schleife meinen schweren Koffer hinter mir her. Lucas nimmt ihn mir ab und geht an mir vorbei. Oben angekommen sagt er zu Jackson: „Da ist dein Zimmer." Er deutet auf das Zimmer, das der Treppe am nächsten ist. „Komm, Emma, du bekommst das große Schlafzimmer als Belohnung dafür, dass du endlich den Kopf aus dem Sand gezogen und die Kontrolle über dein Leben übernommen hast. Auch wenn du es auf die ungünstigste Art und Weise getan hast. Siehst du, was für ein guter Bruder ich bin?"

Ich öffne meinen Mund und schließe ihn wieder. Es klang beinahe so, als hätte er so etwas wie Dank verdient, doch ich fühle mich auch in gewisser Weise beleidigt. Er stellt meinen Koffer in das Zimmer und kehrt in den Flur zurück. „Ich nehme das Zimmer neben Emma", verkündet er dort laut genug, damit es nicht nur Jackson, sondern das ganze Land hört.

Die Tür zu Jacksons Zimmer fällt ins Schloss.

Ich wende mich gedemütigt Lucas zu. „Was ist bitte dein Problem? Du musst nicht den Wachmann für mich spielen. Jackson ist keine Bedrohung für mich."

„Emma, Emma, Emma, deine Unschuld wird irgendwann noch dein Untergang sein. Hast du eine Ahnung, was für einen Ruf er hat? Er wird dich benutzen und fallen lassen, ohne sich auch nur einmal umzudrehen." Er schüttelt den Kopf. „Gitarrenunterricht. *Bitte*. Er versucht, dich zu verführen."

„Der Unterricht war meine Idee! Und er hat nicht einmal das geringste Interesse an mir. Er behandelt mich wie eine lästige kleine Schwester, zieht mich auf und so weiter."

„So fängt es an. Er entwaffnet dich und dann *Bamm!* Er ist eine männliche Schlampe, und ich meine das nicht als Kompliment."

„Wie könnte jemand das auch jemals als Kompliment auffassen?"

Er beugt sich vor. „Hör zu, du bist der Situation nicht gewachsen. Ich weiß nicht, wie du dich überhaupt mit ihm anfreunden konntest–"

„Wir haben uns bei einer Wohltätigkeitsveranstaltung kennengelernt. Seine Band hat gespielt, und ich habe moderiert."

„Und was dann? Ihr seid in Kontakt geblieben?"

„Nein. Doch das Schicksal hat interveniert und mich auf sein Boot gebracht."

„Schicksal", schnaubt er. „Wach auf. Er will eine königliche Trophäe, die Prinzessin ficken. Er hat wahrscheinlich nur darauf gewartet, dass du deinen Verlobten verlässt–"

„So war das nicht!" Ich verschränke meine Arme und hebe mein Kinn. „Und hör auf, mir Vorträge zu halten. Ich komme sehr gut klar."

Seine Stimme wird sanfter. „Du bist verlobt, seit du sechzehn bist. Du hast so wenig Erfahrung mit Männern, und schon gar nicht von seinem Schlag. Ich mache mir Sorgen um dich."

Ich lasse meine Arme sinken, denn seine aufrichtige Sorge macht mich weich. „Mach dir keine Sorgen, okay? Ich verspreche, ich weiß, was ich tue. Ich brauche nur eine Auszeit, um Gitarre zu lernen und zu atmen." Ich schneide eine Grimasse. „Wie lange sie auch sein mag."

Er küsst mich auf die Wange. „Ich verstehe. Ich atme auch gerne."

Ich muss lachen.

„Ich bleibe hier, solange er hier ist."

„Lucas!"

Er dreht sich um und geht in das Schlafzimmer neben meinem. Argh!

6

Emma

Ich kann es nicht erwarten, meinen Pyjama und meine Zahnbürste auszupacken, darum wuchte ich zuallererst den Koffer auf das extrem einladend aussehende große Doppelbett. Ich öffne ihn und finde eine zusammengefaltete Notiz auf meinen ordentlich gepackten Kleidern.

Emma,

ich weiß, dass du ein paar Zentimenter kleiner bist als ich, doch ich konnte es nicht ertragen, eine Rebellenbraut mit deiner traurigen Kollektion von Möchtegern-Mom-Kleidern loszuschicken. Hast du sie deine ganze Garderobe aussuchen lassen? Ich hoffe, dass dir mein Beitrag zu deiner Sache dient. Anna hat eines ihrer Lieblingskleider eingepackt, das sie „wegen des Decolletéefaktors" nicht mehr anziehen kann. Muss echt hart sein, Königin zu sein. Ha! Sie sagt, es reicht ihr kaum bis übers Hinterteil, darum dürfte es bei dir fast bis zum Knie reichen.

Ich hab dich lieb,
Silvia

P.S. Bitte besuch mich in den USA. Ich vermisse meine große Schwester.

Gah! Warum bricht denn schon wieder der Damm? Ich wische mir die Tränen weg. Nur, weil ich eine impulsive Enscheidung getroffen habe, verliere ich jetzt plötzlich die Kontrolle über meine Emotionen. Ich bin dazu erzogen worden, stoisch zu sein, all die vertrackten Gefühle tief in mir zu begraben. Das lockert sich bei mir schon ein bisschen. Ich sollte mich freuen, doch es ist unangenehmer als ich dachte.

Ich schniefe und wische mir meine Nase mit dem Handrücken ab. Vielleicht bedeutet der Versuch, mich von meinen strengen Einschränkungen zu befreien, dass ich die Kontrolle vollständig verliere und alles aus mir herausströmen wird. Und dann werde ich womöglich noch gefühlsduselig und umarme spontan alles und jeden, wie meine Schwägerin Anna es tut. Es passiert schon! Ich habe Jackson aus einem Impuls heraus umarmt, als er mich im Hafen vor dem Reportermob gerettet hat. Das ist nicht die Person, die zu werden ich geglaubt habe. Ich wollte glücklich sein, mich aber dabei unter Kontrolle haben.

Ich gehe ins en-suite Bad, nehme ein Kosmetiktuch und putze mir die Nase. Ein Blick in den Spiegel in meine tränennassen Augen, und mein abgespanntes Gesicht bringt mich dazu, meine Haltung zu straffen. Rourke-Frauen sind nicht weich.

Ich marschiere zurück zum Koffer und mache mich daran, herauszuholen, was ich brauche. Dann kann ich der Versuchung nicht widerstehen, mir anzusehen, was Silvia für mich eingepackt hat. Ich lege meine braven, pastellfarbenen langärmeligen Kleider aufs Bett und hole Silvias Beitrag heraus – schwarze enge Jeans und einen roten Pullover mit V-Ausschnitt. Kein Kaschmir, aber weich. Es ist ein sehr amerikanisch aussehendes Outfit. Ist wohl logisch, da sie mittlerweile seit Jahren dort lebt. Was Schuhe angeht, habe ich meine bequemen flachen Ballerinas in Schwarz, Dunkelblau und Taupe. Anna hat mir ein dunkelgrünes Kleid mit tiefem

Ausschnitt, betonter Taille und kurzem Rock geschickt. Es ist aus einem weichen, stretchigen Material gemacht. Würde ich es wagen, ein solches Kleid zu tragen? Ich wollte ja einen Neuanfang. Morgen. Jetzt brauche ich erst mal Schlaf.

Ich hänge die Kleider in den begehbaren Kleiderschrank, mache mich bettfertig und schlafe ein, sobald mein Kopf das Kissen berührt.

Zu meiner üblichen Zeit um halb sechs am Morgen springe ich aus dem Bett. Ob ich gerne zu den Leuten gehören würde, die ausschlafen können? Absolut. Das Problem ist nur, ganz gleich, wann ich ins Bett gehe, ich wache um halb sechs auf, als hätte ich einen inneren Wecker. Darum halte ich mich rigoros an meine Schlafenszeit um halb zehn.

Heute ist mein Neuanfang. Ich werde den Moment nutzen, bevor irgendjemand auftaucht und etwas anderes sagt. Ich bin mir nicht sicher, welches meiner zwei neuen Outfits ich anziehen soll, darum probiere ich beide an. Zuerst die Jeans. Uff, ich bekomme sie nicht über meine Hüften. Ich bin kleiner und kurviger als Silvia. Der Pullover passt, doch ohne ein passendes Unterteil ziehe ich ihn wieder aus. Ich hole Annas dunkelgrünes Kleid aus dem Schrank. Wow. Ich quelle aus dem Oberteil heraus. Kann man unter diesem Ding überhaupt einen BH tragen? Der Rock endet in der Mitte meiner Oberschenkel, was bedeutet, dass er bei meiner eins siebenundsiebzig großen Schwägerin skandalös kurz sein muss. Ich bin eins sechzig. Wage ich es, es anzuziehen? Wird mein Bruder mich auslachen? Doch viel wichtiger, wird es Jackson gefallen?

Ich denke an Jackson, der am anderen Ende des Flurs schläft und es gewohnt ist, dass sich ihm sexuell selbstbewusste Frauen an den Hals werfen. Dann denke ich an den blöden Lucas nebenan, der sich aufführt wie eine viktorianische Anstandsdame. Er wird wohl damit leben müssen, dass ich ein paar neue Sachen ausprobiere. Und ich werde ihm eine runterhauen, wenn er lacht.

Ich hänge das Kleid wieder auf den Bügel, nehme meinen großen Kulturbeutel und gehe duschen. Silvia hat ganze

Arbeit geleistet. Sie hat sogar mein Lieblingsmakeup, Cremes und Parfum eingepackt. Vielleicht hat meine Zofe ihr geholfen. Diese einfache Umsicht rührt mich.

Eine Stunde später bin ich fertig. Ich trage das dunkelgrüne Kleid mit dem einzigen BH, den ich habe, der unter den tiefen Ausschnitt passt. Er ist aus Spitze mit Körbchen, die nur das Nötigste verdecken. Ich kann nicht ohne BH gehen, denn dann würde alles unkontrolliert herumhüpfen. Ich kann es nicht erwarten, mit meiner ersten – und leider vielleicht einzigen – Gitarrenstunde anzufangen. Vielleicht führt sie zu mehr in der Privatsphäre von Jacksons Schlafzimmer. Jetzt oder nie. Ich habe es noch nie im Leben gewagt, mich ins Schlafzimmer eines Mannes zu schleichen, doch ich habe nichts zu verlieren. Ich ziehe meine taupefarbenen Ballerinas an, öffne meine Schlafzimmertür so leise wie möglich und schleiche mich den Flur hinunter zu Jacksons Zimmer. Die Tür meines Bruders ist noch geschlossen. Er ist noch nie ein Frühaufsteher gewesen.

Ich öffne leise Jacksons Tür, schlüpfe in sein Zimmer und ziehe die Tür hinter mir zu. Er liegt auf dem Bauch in einem französischen Bett. Die weiße Decke bedeckt nur die untere Hälfte seines Körpers. Er ist oben ohne, sein gebräunter, muskulöser, tätowierter Rücken liegt frei. Als ich mich näher heranschleiche, wird mein Mund trocken. Der Mittelpunkt der Tätowierung ist ein gezackter Ring auf seinem oberen Rücken mit Flammen, die daraus emporsteigen und über seine Schulterblätter lodern. Ich würde zu gerne die Flammen mit meinen Fingern nachzeichnen, doch ich traue mich nicht.

Sein Gesicht ist von mir abgewandt, darum gehe ich um das Bett herum. „Jackson?"

Keine Antwort.

Ich stoße vorsichtig seine Schulter an. „Jackson."

Er brummt etwas Unverständliches.

„Kannst du mir eine Gitarrenstunde geben, bevor Lucas aufwacht? Ich will nicht, dass er zusieht. Ich fürchte, dass ich mich nicht sonderlich geschickt anstellen werde." Ich bin recht zufrieden mit meiner Argumentation. Es klingt nicht so, als erhoffe ich mir mehr als Unterricht.

Seine Augen sind geschlossen. „Was?"

„Ich will nicht, dass Lucas mir beim Gitarrelernen zusieht. Können wir es jetzt machen?"

„Was?"

„Gitarre."

Er öffnet ein Auge. „Wie viel Uhr ist es?"

Ich werfe einen Blick auf die Digitaluhr auf dem Nachttisch. 06:35. „Fast sieben."

Er schließt das Auge wieder. „Am Morgen?"

„Ja, natürlich am Morgen. Hast du gedacht, du hättest den Tag verschlafen?"

Er zieht ein Kissen über seinen Kopf.

Ich nehme es weg. „Tu das nicht. Du brauchst Sauerstoff."

Er stöhnt. „Schließ die Tür ab. Ich will nicht, dass Lucas reingestürmt kommt und mir die Hölle heiß macht."

Ich erstarre. Mein Herz beginnt zu pochen. *Die Tür abschließen?* Heißt das, dass er an Bord ist? Ist er nackt unter seiner Decke? Hat er mein wenig züchtiges Kleid gesehen und begriffen, dass ich Sex will? Das ist so viel leichter als erwartet.

Ich eile zur Tür, schließe sie ab und kehre zum Bett zurück, wo ich schnell meine Schuhe ausziehe und atemlos unter die Decke schlüpfe. Damit verlasse ich definitiv meine Behaglichkeitszone. Und es ist so lange her, viel länger, als ich ihm gegenüber je zugeben würde. Nach meiner Beziehung mit Adam habe ich mich entschlossen, mich für Abdul aufzusparen. Ich war praktisch mit ihm verlobt und fand es unfair, auf der Jagd nach anderen Männern gesehen zu werden. Nicht, dass ich jemals auf die Jagd gegangen wäre. Ich war mein ganzes Leben lang eine richtige Prinzessin, abgesehen von der Sache mit Adam, und jetzt kann ich mich endlich befreien.

Ich kuschele mich an ihn; sein Körper gibt Hitze ab wie ein Ofen. Es ist wunderbar warm, und er riecht so gut, wie Meer und Mann. Nur, dass er sich nicht bewegt. Ist er schon wieder eingeschlafen? Sein Gesicht ist von mir abgewandt. Ich beuge mich über ihn, um nachzusehen. Er hat die Augen geschlossen, die Lippen geöffnet und atmet ruhig und gleichmäßig.

Ich lasse mich wieder neben ihn auf die Matratze fallen. Der Reiz hat nicht ausgereicht, um dem Schlaf zu widerstehen. Ich seufze. Zumindest hat er mich nicht rausgeschmissen. Vielleicht dachte er, dass es leichter wäre, mich bleiben zu lassen, als sich die Mühe zu machen, genug aufzuwachen, um mich rauszuwerfen. Oder vielleicht hat er gedacht, ich würde eine Szene machen und es würde Lucas und meine Bodyguards aufwecken, die zu meiner Rettung herbeieeilen würden. Ich habe ihm schließlich auf dem Boot einen kleinen Kampf geliefert.

Ich hebe vorsichtig die Decke hoch und spähe darunter. Nicht nackt. Dunkelblaue Retropants. Wenn er aufwacht, ist er vielleicht bereit, etwas zu tun. Ich drehe mich auf die Seite und lege eine Hand auf seinen Rücken. Er regt sich nicht einmal. Ich kann mich entspannen, da er offensichtlich wieder tief und fest schläft.

„Ich mag ein bisschen von deiner Musik", flüstere ich. „Die Balladen. Was du bei der Wohltätigkeitsveranstaltung gespielt hast, euer Hit *Inferno* ist wie Fingernägel auf einer Kreidetafel für mich. Ich weiß nicht, wie ich es beschreiben soll. Manche Musik berührt mich tief. Sie kann meine Stimmung heben, manchmal zu einem geradezu ekstatischen spirituellen Erlebnis. Mir sind dabei auch schon die Tränen gekommen, nicht, dass ich wirklich geweint hätte, aber ich habe sie kommen gespürt."

Ich streichele seinen Rücken und über sein Schulterblatt und liebe die Wärme und das Gefühl seiner Muskeln unter meiner Handfläche. „Ich höre viel Musik. Ich liebe die Energie von Livekonzerten und besuche so viele ich kann. Und wenn ich nicht gerade Musik höre, höre ich sie in meinem Kopf. Ich habe, seit ich an die Universität gegangen bin, nicht mehr Flöte gespielt. Ich würde gerne wieder Musik in mein Leben bringen. Darum habe ich dich um den Gitarrenunterricht gebeten. Ich mag Akustikgitarre. Elektrisch ist auch okay, solange es nicht zu laut ist."

Ich nehme meine Hand zurück und ziehe die Decke zu

seinen und meinen Schultern hoch. Dann liege ich einfach nur mit geschlossenen Augen da und lasse mich treiben, während ich in meinem Kopf die vergangenen vierundzwanzig Stunden Revue passieren lasse. Ich habe das Gefühl gehabt, festzuhängen. Warum habe ich nicht schon viel früher den Mund aufgemacht? Ich schätze, es liegt an meiner Erziehung – Pflicht, Ehre, Dienen. Das Königreich und die Familie gehen immer vor. Gabriel folgt denselben Regeln, und es hat mir gefallen, Teil dieses erhabenen Lebensstils zu sein. Er und meine Mutter, die ehemalige Königin, waren meine Vorbilder und sind tief in dem Stoff verwoben, aus dem ich gemacht bin.

„Ich habe nie wirklich erkundet, was mich glücklich macht", flüstere ich dem schlafenden Jackson zu. „Ich bin mir nicht einmal sicher, ob ich es überhaupt weiß. Abgesehen von der Musik, die mich ab und an berührt. Doch ich kann nicht mein ganzes Leben damit verbringen, Musik zu hören. Ich muss irgendetwas tun."

Ich werde still und überlege, was das sein könnte. Was sind meine Stärken? Ich kann mich selbst verteidigen, und dank Adam weiß ich, wie man ein Schloss knackt. Ich spreche fließend Französisch, Spanisch, Italienisch und Madarin. Ich habe an meinem Malayisch gearbeitet, um mich auf mein neues Leben mit Abdul in Kainei vorzubereiten, doch es ist mir schwer gefallen. Vielleicht war das ein Zeichen, dass ich den Weg, der für mich vorgezeichnet worden war, nicht weitergehen sollte.

Ich liege da und starre Jacksons Hinterkopf an. Sein dunkelblondes Haar ist zerzaust und steht in alle Richtungen ab. Ich finde es liebenswert. Ich streiche es glatt, seufze, rolle mich auf den Rücken und starre hellwach an die Decke.

Viel später wendet Jackson mir seinen Kopf zu und öffnet die Augen. „Hey."

„Hallo."

Er setzt sich auf und schwingt die Beine aus dem Bett, weg von mir. Ich lasse meine Schultern hängen. Die ganze Zeit an ihn geschmiegt zu liegen und mit dem schlafenden Jackson zu reden, hat mir das Gefühl gegeben, ihm nahe zu sein. Als er gesagt hat, dass ich die Tür abschließen solle, dachte ich, dass er tatsächlich ein bisschen Intimität haben wollte.

„Findest du mich verführerisch?", frage ich leise.

Er stützt die Ellbogen auf seine Knie. „Emma", seufzt er.

„Und?"

Er sieht mich über seine Schulter an. „Ich finde alle Frauen verführerisch. Nimm's nicht persönlich."

Ich schnaube und stehe auf.

„Habe ich dich beleidigt?" Ohne eine Antwort abzuwarten, geht er ins En-Suite-Bad.

„Nein", sage ich ihm hinterher. „Ich war nur neugierig. Jetzt, da das geklärt ist, können wir mit dem Gitarrenunterricht anfangen."

„Warte da." Er schließt die Badezimmertür.

Ich warte so lange, dass es geradezu lächerlich ist. Es hört sich an, als ob er duscht. Eine lebhafte Vision eines nackten, nassen Jackson taucht vor meinem inneren Auge auf. Seine nassen Haare aus dem Gesicht gestrichen, seine harte, breite Brust. Er ist gut bestückt, da bin ich mir sicher. In meiner Vision ist er es auf jeden Fall. Dick und hart wegen mir. Weil ich ihn mehr in Versuchung geführt habe als je eine andere. Hitze breitet sich tief in meinem Bauch aus, während ich mir meine Lippen auf diesem atemberaubenden Body vorstelle, seinen Duft, seinen Geschmack.

O mein Gott! Ich zucke zusammen, als plötzlich die Badezimmertür auffliegt und Dampfschwaden heraus wabern.

Er hat ein weißes Handtuch um seine Taille geschlungen, die nassen Haare aus dem Gesicht gestrichen wie in meiner Fantasie. Er reibt sich mit der Hand den Bart. „Als ich gesagt habe, warte da, habe ich nicht dieselbe Stelle gemeint. Warum gehst du nicht meine Gitarre holen und klimperst ein bisschen darauf rum, um dich daran zu gewöhnen, ja?"

„Okay, sicher, und du?" Mein Blick folgt ihm, als er langsam zu seinem Seesack schlendert, um sich etwas zum Anziehen zu suchen. Er wirft den Sack aufs Bett. „Ich trinke einen Kaffee." Er schmunzelt.

Ich lächele. Er ist so verspielt. Es ist beinahe wie Flirten, auch wenn ich nicht zu viel hineininterpretieren sollte. Er hat gesagt, dass er alle Frauen mag. Ich wende mich ab, kaue auf meiner Unterlippe herum und sage mir, dass ich aufhören sollte, so viel zu hoffen. Doch das ist neu für mich, die Hand auszustrecken nach etwas, das ich will, und Fakt ist, dass ich hier bin und diese anderen Frauen nicht. Ich erlaube mir den Genuss, seine breite, nackte Brust anzustarren, die wenigen Brusthaare, die Höhen und Täler seiner Muskeln, die Beule in seinen Boxershorts.

„Die Gitarre ist direkt hinter dir", sagt er.

Meine Wangen brennen. Ich begreife den Wink mit dem Zaunpfahl und drehe mich zum Gitarrenkoffer in der Ecke neben dem Kleiderschrank um. Ich lege ihn auf den Boden, öffne ihn und lausche dem Rascheln seiner Kleider, während er sich anzieht und meine Vorstellungskraft die atemberaubenden Details ergänzt. Das Rascheln endet wenig später, darum nehme ich an, dass er fertig ist. Ich hole eine glänzende Akustikgitarre mit schwarzem Design auf dem Korpus, Wirbel und Sternenexplosionen. Die Gitarre sieht geliebt aus. Ich bin ein bisschen überrascht, dass er mir erlaubt, sie aus dem Koffer zu nehmen. Vorsichtig nehme ich sie heraus und setze mich auf die gepolsterte Bank am Fußende des Betts.

Er kommt zu mir, jetzt gekleidet in ein graues T-Shirt und Fetzenjeans, barfuß. Er duftet köstlich nach Seife und etwas, das nur er hat, so maskulin und sexy. „Komm, ich stimme sie für dich."

Ich sehe zu, wie er die Saiten zupft, ein paar Akkorde anschlägt und die Wirbel dreht.

Dann reicht er sie mir. „Bist du Rechtshänder?"

„Ja."

„Okay, dann hältst du sie richtig. Ist es angenehm so?"

„Sehr." Nicht wirklich, doch ich fühle mich geehrt, seinen Schatz halten zu dürfen.

„Mach dein Handgelenk locker." Er deutete darauf. „Fang mit der Tonleiter an. Ist ganz leicht." Er demonstriert es mit einer Luftgitarre und zupft an den Saiten. „G, A, B, C, D, E, F, G."

Mein Gehirn kann es nicht umsetzen, darum gebe ich ihm

die Gitarre. „Hier, mach du es vor, dann versuche ich, es nachzumachen. Ich muss es richtig sehen."

„Vielleicht sollte ich ein paar YouTube-Videos für dich finden."

„Ich bin *deinet*wegen hier. Du bist der Experte, nicht irgendein x-beliebiger Fremder aus dem Internet."

Er schüttelt den Kopf. „Ich bin kein Experte."

„Komm schon, ich habe den ganzen Morgen darauf gewartet." Ich werfe einen Blick auf die Uhr. „Es ist schon fast neun!"

„Wann bist du nochmal reingekommen?"

„Ist noch nicht allzu lange her", weiche ich aus. „Und jetzt spiele." Ich versuche, ihm die Gitarre zu geben, doch er nimmt sie nicht.

„Ich bin kein abgerichtetes Äffchen, das du rumkommandieren kannst."

„Ich weiß. Du bist ein Rockgott."

Sein Kiefer spannt sich an. „Nicht mehr."

„Du bist ein ausgebildeter Musiker", sage ich mit zusammengebissenen Zähnen.

„Autodidakt."

„Willst du mir jetzt Unterricht geben oder nicht?", platzt es aus mir heraus. Ups. Ich hoffe, ich habe Lucas damit nicht aufgeweckt.

Er starrt mein Decolletée an. „Hast du den Fummel von der Frau geklaut, die hier wohnt?"

Ich senke meinen Blick und sehe, dass die Spitzencups meines BHs aus dem Ausschnitt hervor blitzen. Ich rücke das Kleid zurecht und begegne seinem erhitzten Blick. Hitze breitet sich auch in meinem Körper aus, und meine Nervenenden erwachen knisternd zum Leben. „Ich bin keine Kriminelle."

„Du bist in mein Hausboot eingebrochen."

„Das war Teil meiner geheimen Flucht. Das heißt nicht, dass ich kriminell bin. Das Kleid ist ein Geschenk von Königin Anna."

Seine Stimme ist rau. „Steht dir."

Ich streiche über meine ordentlich zu einem Knoten

gebundenen Haare. „Danke." Ich wende mich der Gitarre zu und zupfe an den Saiten. Da sind ein paar Punkte am Gitarrenhals, darum drücke ich die Saiten dort mit der anderen Hand. Ich schaffe es, der Gitarre Töne zu entlocken, doch die Tonleiter ist es nicht. Er greift um mich herum, richtet meine Finger und benennt die Noten, während ich die Saiten zupfe. Mein Puls pocht und Hitze schießt durch meinen Körper bis zu meinen Haarspitzen. Gott, ich hoffe, er spürt es nicht.

Er lässt seine Hände sinken. „Mach das ein paarmal und sag dazu die Noten."

Ich kann mich viel besser konzentrieren, wenn er mich nicht anfasst. Ich spiele die Tonleiter, vergesse die Hälfte und lasse mich von ihm korrigieren. Es dauert nicht lange, bis ich hören kann, dass es richtig ist.

„Jetzt zeige ich dir ein paar Akkorde."

Sie gefallen mir, denn sie klingen wie echte Musik. „Hast du Notenblätter da? Ich kann Noten lesen. Als ich jünger war, habe ich Flöte gespielt."

„Nein, aber wir sollten dir welche besorgen, ein paar leichte Lieder finden, die du gerne lernen möchtest." Er glaubt, wir haben die ganze Woche. Ich fürchte, wir haben nur heute Morgen, jetzt, da Anna und Gabriel wissen, dass Jackson hier bei mir ist.

„Kannst du mir nicht jetzt was Einfaches beibringen?"

Er ist still und starrt die Gitarre an. Gerade, als ich denke, dass er nein sagen wird, nimmt er mir sie ab. „Das ist Bob Dylans Version von *House of the Rising Sun*." Er spielt es für mich und schließt die Augen, während er mit seiner tiefen, heiseren Stimme dazu singt.

Meine Nackenhaare stellen sich auf, und ich bekomme eine Gänsehaut. Der Song ist schön und bewegend, seine Stimme volltönend.

Als der Song endet und er seine Augen öffnet, ist seine Miene entspannter, als ich sie seit unserer Begegnung gesehen habe. „Der Song war ursprünglich ein altes englisches Volkslied über Prostitution, was ihn besonders aufregend gemacht hat für mein fünfzehnjähriges Ich." Er wirft mir ein schiefes

Lächeln zu, bei dem sich mein Herz zusammenzieht. „Das war das erste Lied, das ich je gespielt habe."

„Es war wunderschön!" Er gibt mir die Gitarre und erklärt mir die Akkorde. Ich fange langsam an, und seine geschickten Finger helfen mir durch den Song. Ich schaffe es durch die erste Strophe.

„Gut", sagt er. „Und jetzt sing mit." Er rezitiert den Text für mich.

Ich spiele erneut, konzentriere mich auf meine Finger und summe mit, zu verlegen, um vor ihm zu singen.

„Es macht mehr Spaß, wenn du mitsingst", sagt er und wiederholt den Text für mich.

„Ich kann nicht singen."

„Jeder kann singen. Los, ich singe mit dir."

Ich fange wieder an zu spielen. Die Noten fallen mir jetzt ein bisschen leichter, und er fängt an, mit seiner tiefen Stimme zu singen. Er versetzt mir einen sanften Stoß gegen die Schulter. Ich summe ein bisschen, werde rot und stolpere prompt über einen Akkord. Ich schüttele den Kopf und fange von vorn an, während Jackson mir schweigend zusieht.

Ich sehe die Gitarre an, zufrieden, dass ich einen einfachen Song spielen kann.

„Wir arbeiten uns ans Singen ran, ja? Keine Urteile."

Ich hebe lächelnd den Kopf und gebe ihm seine Gitarre. „Danke, Jackson. Für alles. Dass du mit mir gekommen bist, dass du mir Gitarrespielen beibringst, dass du meinen Bruder erträgst. Es bedeutet mir viel."

„Danke, dass du mich eingeladen hast." Er starrt die Gitarre an. „Das ist das erste Mal seit vier Monaten, dass ich gespielt habe."

„Warum hast du so lange nicht gespielt?"

„Ich konnte nicht. Ich habe es versucht, und ich weiß nicht …" Er streicht mit dem Finger über das Motiv auf dem Korpus. „Ich habe meinen Drive, meine Passion dafür verloren."

„Spiel weiter."

Ich stehe auf und gehe, in der Hoffnung, dass er weiterspielen würde, sobald er allein ist. Ein paar Augenblicke später höre ich ihn noch einmal *House of the Rising Sun* spielen und leise dazu singen.

Ja. Ich lächele strahlend, hebe den Kopf, schließe die Augen und lasse mich von der Musik einhüllen und empor heben.

7

Auf der Suche nach Frühstück öffne ich den Kühlschrank, aufgedreht von meiner Gitarrenstunde mit Emma. Es ist früh für mich, doch ich bin hellwach. Der Rausch, Musik so zu entdecken, wie es am Anfang für mich gewesen ist, indem ich sie unterrichte, hat mich überrascht. Diese einfach Lektion hat all den Druck, etwas Großartiges oder Originelles erschaffen zu müssen, verschwinden lassen. Zu hören, wie ihre zögernden Noten Selbstbewusstsein gewinnen, ihr unsicheres Summen, die Begeisterung eines Anfängers, all das hat etwas in mir aufgebrochen. Ich habe nie zuvor daran gedacht zu unterrichten, doch das Geschenk der Musik an eine begeisterte Schülerin weiterzugeben, hat mich umgehauen.

Ich finde Eier, Milch und Toastbrot und mache mir Rühreier und Toast. Damit sind aber auch schon die Grenzen meines kulinarischen Talents erreicht. Jemand hat vor unserer Ankunft für uns eingekauft, das ist cool. Es macht mir nicht einmal etwas aus, dass Lucas meinen Absichten misstraut. Das sollte er auch, bei meinem Ruf. Es gibt keinen Mangel an Frauen auf der Straße, doch nachdem Charlie gestorben ist, habe ich die Groupies aufgegeben. Ich habe von einem Tag auf den anderen die meisten meiner Laster aufgegeben –

keine Groupies, keine Kippen, kein Gras. Ich habe damit Schluss gemacht, weil er für mich zu einer warnenden Geschichte geworden ist. Verdammt, ich vermisse ihn. Er war bei mir, seit ich mit fünfzehn das erste Mal eine Gitarre in die Hand genommen habe und wir eine Band gegründet haben. Emma wäre der Kick für ihn gewesen, und er hätte wahrscheinlich eine hammermäßige Imitation ihres vornehmen Akzents hingelegt.

Nach dem Frühstück ziehe ich Stiefel und Lederjacke an und erkunde das Gelände. Die Aussicht auf den See und die Hügel in der Ferne ist atemberaubend. Es gibt einen Pool vor einem Naturstein-Poolhaus, eine Steinterrasse mit gepolsterten Sesseln und Chaiselongues und diverse verstreute Bänke, um die Aussicht zu genießen. Hier ist es ruhig. Das Haus befindet sich auf einem Grundstück weit weg von seinen Nachbarn. Ruhm stiehlt einem die Privatsphäre, und Geld kauft sie zurück.

Ich setze mich auf eine Bank mit Blick auf den See und strecke meine Beine aus. Ich mag es lieber, an Land zu sein und das Wasser zu betrachten. Das Hausboot habe ich mir von einem Kumpel ausgeliehen, der es seit seiner Hochzeit vor drei Jahren nicht mehr benutzt hat. Ich wollte es viel mehr wegen der Privatsphäre als alles andere. Aber diese abgelegene Villa in Italien funktioniert noch besser. Ich habe mehr Platz, Gesellschaft, wenn ich will, und einen Hausverwalter, der sich um alles Mögliche kümmert.

„Stört es dich, wenn ich mich dazusetze?", fragt eine tiefe Stimme hinter mir.

Ich bin nicht überrascht, Lucas zu sehen. Ich habe das Gefühl, dass jetzt *das Gespräch* ansteht. „Kein Problem, Mann, setz dich."

„Von der Aussicht bekomme ich auch nie genug", sagt er, reibt seine Hände aneinander und bläst hinein. Es ist ein bisschen kühl, und er trägt nur ein hellblaues Hemd, keine Jacke. Er muss mich gesehen haben und hier rausgeeilt sein, um alleine mit mir zu sprechen. „Hast du was gegessen?"

„Ja, vorhin."

Er nickt.

Stille, abgesehen vom Geräusch des sanft plätschernden Wassers. Ich warte. Die Stille dauert so lange, dass ich anfange zu glauben, dass er nur die Aussicht genießen will.

Endlich spricht er. „Ich habe mir überlegt, nach Mailand zu fahren, ungefähr eine Autostunde von hier, hast du Lust?"

„Nein, ich bleibe lieber hier."

„Bist du sicher?"

„Ja, ich möchte im Moment lieber die Öffentlichkeit meiden."

„Vielleicht morgen dann. Montags ist es hier ziemlich ruhig. Wir könnten einen der Bodyguards mitnehmen, um dir die Presse vom Leib zu halten."

„Passt schon, danke."

Er trommelt mit den Fingern auf sein Bein. „Hier ist absolut nichts los."

„Ich mag die Ruhe."

„Du bist Rock'n'Roll, Mann! Im Ernst, magst du die Ruhe wirklich?"

„Früher mochte ich sie nicht, doch jetzt bin ich ausgebrannt von all den Touren und dem ganzen Scheiß."

Sein Blick ist hart und direkt. „Erzähl mir die wahre Geschichte, wie du meine Schwester kennengelernt hast. Ich weiß, dass sie kein Fan ist. Sie steht auf Blues, Folk und Klassik. "

Überrascht öffne ich den Mund. Emma hat verborgene Tiefen. Die Musik, die sie mag, hat was Tiefes. Meine Musik ist viszeraler, rauer. „Wir haben uns auf einer Wohltätigkeitsveranstaltung kennengelernt, wie sie gesagt hat. Sie hat meine Band angesagt. Es war reiner Zufall, dass sie auf meinem Boot gelandet ist."

„Sei ehrlich zu mir", sagt er eindringlich. „Wir machen uns alle Sorgen um sie. Dass sie quasi vom Altar weggelaufen ist, ist untypisch für sie. Sie hat ihr ganzes Leben lang die Regeln befolgt. Sie liebt die Regeln, lebt für sie. Jetzt fliegt sie ohne Netz und doppelten Boden und hängt mit dir rum. Warum bist du hier, Jackson? Die Wahrheit."

Ich begegne seinem Blick. „Sie hat mich eingeladen."

„Warum hast du ja gesagt? Willst du sie?"

„Sie braucht jemanden, der auf sie aufpasst."

„Das mache ich!", bellt er. „Unsere ganze Familie passt auf sie auf! Sag mir, warum du hier bist!"

Ich reibe meine Stirn. Emma hat nicht übertrieben, als sie gesagt hat, dass ihr großer Bruder einen zu ausgeprägten Beschützerinstinkt hat. „Ich habe nicht vor, ihr wehzutun. Ich bringe ihr nur Gitarrespielen bei."

„Bullshit!"

Jetzt strömen die Worte nur so aus mir heraus. „Hör zu, ich bin hier, weil ich seit einem Monat auf einem Hausboot verschanzt bin und es nicht schaffe, meine verdammte Gitarre in die Hand zu nehmen. Dann taucht Emma auf und bittet mich, mit ihr hierher zu kommen und ihr Gitarrespielen beizubringen. Zuerst habe ich nein gesagt, doch dann ist sie in den Mob aus Reportern und Paparazzi gelaufen, ist fast niedergetrampelt worden, darum habe ich eingegriffen, und das einzige, was ich danach tun konnte, war, mitzuspielen, als ihre Bodyguards uns ins Auto verfrachtet haben. Alles, was sie wollte, war eine kurze Auszeit von dem Chaos, das sie angerichtet hat, und das verstehe ich, weil ich dasselbe brauche. Und darum bin ich hier."

„Ihr seid also nur zwei verlorene Seelen, die Frieden suchen?", fragt er mit vor Sarkasmus triefender Stimme.

Ich starre auf den See. „Du weißt, dass ich Charlie verloren habe."

„Ja, ich habe davon gehört", sagt er mit sanfter Stimme. „Tut mir leid."

Ich schlucke den Kloß in meinem Hals herunter und starre in die Ferne. „Ich bin seitdem nicht mehr derselbe. Ich habe keinen Bock mehr, die Songs von Ignite zu spielen. Sie erinnern mich an ihn. Ich fühle mich wie Emma; ich will nur sagen, scheiß auf alles und fang von vorne an, doch ich kann nicht. Ich bin in einem Vertrag gefangen. Ich muss neues Material produzieren. Das war aber was, was Charlie und ich zusammen gemacht haben. Ich habe mich mit ihm unterhalten und mir Ideen von ihm geholt. Mein kreativer Brunnen ist ausgetrocknet; die Leidenschaft, die mich getrieben hat, ist tot und verschwunden." Ich sehe ihm in die Augen. „Der Gitarrenunterricht mit Emma heute hat mich seit Monaten mal wieder zu meiner Gitarre greifen lassen. Ich habe wieder eine Verbindung zur Musik gefunden. Das ist eine riesige Sache für mich. Vielleicht tut sie mit dem Unterricht mehr für mich als ich für sie."

„Also willst du sie nicht?"

Ich bemühe mich um einen neutralen Gesichtsausdruck und verstecke die Begierde, die ich zu ignorieren versuche, seit ich die schlafende Emma in meinem Bett auf dem Boot gefunden habe und sie diese großen haselnussbraunen Augen geöffnet und mich angestarrt hat. „Zwischen uns läuft nichts. Wir sind Freunde."

Er starrt mich so lange an, dass ich sicher bin, dass er mich durchschaut. Schließlich sagt er: „Sie ist seit ihrem sechzehnten Lebensjahr verlobt. Sie ist ihr ganzes Leben lang behütet und an ihre königlichen Pflichten gebunden gewesen. Verstehst du das? Sie ist wie ein Fohlen, das seine Beine ausprobiert. Samthandschuhe, Mann."

Fass sie nicht an. „Verstanden."

Er legt mir eine Hand auf die Schulter. „Tu ihr weh, und du bist tot."

„Ich habe nicht die Absicht, ihr wehzutun. Ich habe ihr das erste Lied, das ich je gelernt habe, beigebracht–" Meine Stimme wird heiser, meine Kehle schnürt sich zu. „–und es fühlte sich an, als hätte es ein Gewicht von meiner Brust genommen, als könnte ich wieder atmen. Die Musik lebt in mir durch sie. Es ist eine Offenbarung."

Er starrt mich lange an und nimmt mein Maß, bevor sich ein breites Lächeln auf seinem Gesicht ausbreitet. „Sie ist deine Muse. Verscherze es dir nicht mit deiner Muse."

Ein langsames Lächeln bricht aus mir heraus. Vielleicht ist sie das. „Verdammt richtig."

Er steht auf. „Also gut. Ich werde Emma mal fragen, ob sie in die Stadt will. Vielleicht kann sie sich da was aussuchen, was ein bisschen weniger nach alter Dame aussieht. Hast du ihre Kleider gesehen?"

„Hast du?"

Er runzelt die Stirn. „Was meinst du?"

Ich denke an vorhin zurück, an das offenherzige grüne Kleid, das ihre schönen Kurven umspielt. „Sie sagte, es sei ein Geschenk von Anna."

„Oh, Scheiße." Er dreht sich um und geht zurück zum Haus.

Ich lächele in mich hinein. Emma kommt anscheinend aus ihrem Kokon, und ich bin der glückliche Bastard, der es miterleben darf. Ich werde sie nicht anfassen. Ich weiß es besser, als diesen zerbrechlichen Anfang zwischen mir und meiner Muse kaputtzumachen. Musik ruft mich zurück zu ihr und ich werde alles tun, um bei ihr und in Emmas Gunst zu bleiben.

~

Emma

Ich sitze den ganzen Tag wie auf Kohlen und warte darauf, dass das Handy klingelt oder ein Wagen vorfährt und Gabriel herausspringt, um mir persönlich die Leviten zu lesen und mich nach Hause zu eskortieren.

Doch nichts.

Keine SMS. Keine Anrufe.

Anna scheint mir wirklich den Rücken freizuhalten.

Lucas und Jackson vertragen sich jetzt auch.

Frieden.

Danke.

~

Jackson

Am nächsten Morgen öffnet sich knarrend die Schlafzimmertür und ich reiße die Augen auf. Ich habe schon immer einen leichten Schlaf gehabt. Ich liege auf dem Bauch, mein Kopf ist zur Tür gedreht. Es ist Emma, vom Flurlicht von hinten beleuchtet, diesmal mehr bekleidet – in einem weich aussehenden Pullover und Jeans. Der Pullover schmiegt sich perfekt um ihre prachtvollen Titten. Ich schließe die Augen und ahme den Schlaf der Toten nach. Sie ist eine Frühaufsteherin. Ich wette, sie ist hier, um um ihre nächste Gitarrenstunde zu bitten, doch ich bin zu müde, um mich zu bewegen.

Ich höre, wie sie die Tür abschließt, auf Zehenspitzen zum Bett kommt und die Schuhe leise auszieht. Sie hat keine Ahnung, wie verlockend sie ist, wenn sie am frühen Morgen in mein Bett kriecht. Die meisten Typen würden das ausnutzen. Sie hat Glück, dass ich es bin, denn ich interessiere mich nicht für brave jungfräuliche Prinzessinnen. Ich kann ihre Kurven genießen, ohne sie zu berühren. Obwohl sie letzte Nacht gar nicht so brav gewirkt hat. Sie hat sich eine italienische Seifenoper angesehen, eine Episode nach der anderen, während sie Chips gegessen und schnaubend gelacht hat. Ich habe beobachtet, wie sie Chips direkt aus ihrem Dekolletée gegessen hat. Sie war viel interessanter als die Show, die ich sowieso nicht verstanden habe.

Ich kann spüren, dass sie mich anstarrt.

„Jackson?", flüstert sie.

Ich reagiere nicht.

Sie fährt mit einer warmen Hand über meine nackte Schulter. „Es ist Zeit für unsere Gitarrenstunde. Diesmal ist es schon nach sieben. Ich weiß, dass du gerne ausschläfst."

Ich brumme und drehe meinen Kopf in die andere Richtung. Ausschlafen bedeutet Mittag oder später. Sie hebt die Bettdecke hoch, rutscht darunter und schmiegt sich an mich. Genau wie gestern. Sie hat keinen Selbsterhaltungstrieb. Sie seufzt, rückt näher und streichelt meinen Rücken. Ihre Stimme ist leise und verletzlich. „Mein Vater ist vor ein paar Monaten gestorben."

Mein Herz pumpt angestrengt angesichts der dunklen Verzweiflung, die ich in ihrer Stimme höre. Ich habe noch das Bedürfnis verspürt, jemanden zu beschützen, doch ich möchte ihr diese Dunkelheit ersparen.

Ihre Hand verlässt meinen Rücken. Sie presst sich gegen

meine Seite und fährt mit leiser Stimme fort: „Ich vermisse ihn schrecklich." Ihre Stimme stockt. „Meine Mutter war so tief betrübt, dass ich das Gefühl habe, sie auch verloren zu haben. Wir waren uns immer so nah. Sie hat einfach dicht gemacht und sich in ihrem Zimmer versteckt. Sie hat kaum mit mir gesprochen, und das war, bevor ich all dieses Chaos angerichtet habe. Ich habe mein ganzes Leben damit verbracht, mich nach ihrem königlichen Vorbild zu richten. Ich denke, das ist der Grund, warum ich den Mut aufgebracht habe, mich gegen meine arrangierte Ehe aufzulehnen. Meine Hochzeit schien ihr gleichgültig zu sein und es hat mir nicht genug bedeutet, es zu versuchen."

Sie hätte einen Mann geheiratet, nur um ihre Mutter zufriedenzustellen? Das ist krank.

„Mit dem neuen König und der neuen Königin ist zu Hause alles anders. Vielleicht bedeutet das, dass ich jetzt auch anders sein muss, verstehst du?"

Ich tue weiter so, als würde ich schlafen. Ich möchte sie nicht in Verlegenheit bringen, und sie scheint das Bedürfnis zu haben, sich alles von der Seele zu reden.

Ihre Stimme wird lauter. „Ich war der ganze Stolz meiner Mutter. Nach vier Söhnen war ich ihre heiß ersehnte Tochter. Dann ist sie sogar noch einmal schwanger geworden, um mir eine Schwester zu schenken. Sie hat Zwillinge bekommen, einen Jungen und ein Mädchen. Die Zwillinge stehen einander nah, und ich war das fünfte Rad am Wagen."

Sie war trotzdem das Lieblingskind ihrer Mutter. Warum kümmert es sie so sehr, was ihre Mutter über ihr Leben denkt? Mein älterer Bruder war der Lieblingssohn, und ich habe vor langer Zeit aufgehört, mich darum zu kümmern, was meine Mutter von meinem Leben hält. Sie war erleichtert, als ich ausgezogen bin.

Sie seufzt. „Vielleicht war ich meiner Mutter nicht so nahe, wie ich dachte. Sie hat den Ernst des Zustandes meines Vaters bis fast zum Ende vor uns geheim gehalten." Sie bewegt sich, und ihre Hand landet auf meinem Rücken, wobei ihre Fingerspitze meine Tätowierungen nachzeichnet. Es kitzelt ein bisschen, doch ich lasse es mir nicht anmerken. „Ich habe meine

Pflichten gut gelernt und zu welchem Zweck? Alles hat sich verändert. Meine Eltern regieren nicht mehr. Die neue Königin, Anna, stellt mit ihren neuen Ideen und ihrer Energie den Palast und die gesamte Insel auf den Kopf. Ich gehöre nicht mehr dorthin." Ihre Stimme bricht. „Ich habe meinen Platz verloren."

Ich kann das Elend in ihrer Stimme nicht länger ertragen. Ich wende ihr den Kopf zu. „Wenn du diesen Typen geheiratet hättest, hättest du einen neuen Platz eingenommen."

Sie richtet sich abrupt auf. „Ahh!"

Ich setze mich auf und lege meine Hand auf ihren Mund. „Schhh, wenn Lucas dich hört, stürmt er das Zimmer."

Ihre Augen sind riesig. Sie schiebt meine Hand weg. „Wie viel hast du gehört?"

„Alles."

Ihr bleibt der Mund offen stehen. „Und du hast so getan, als ob du schläfst, um meine intimsten Geständnisse zu hören?"

„Du hast das Bedürfnis gehabt zu reden, also habe ich dich gelassen."

Sie lässt sich auf die Matratze fallen und zieht die Decke über den Kopf. „Ich schäme mich so."

„Nein. Es hat mir gut gefallen. Du hast gewirkt wie ein echter Mensch."

Sie reißt die Decke herunter. „Im Gegensatz zu was? Einer Roboterpuppe?"

Ich unterdrücke ein Grinsen. „Gibt es sowas?"

„Ich bin froh, dass du mich so unterhaltsam findest."

Ich liege auf der Seite und stütze meinen Kopf in meine Hand. „Ich finde dich faszinierend."

„Ach so?", fragt sie leise.

„Gott ja. Du warst das Lieblingskind. Ich war das nicht. Jetzt kann ich hören, wie es auf der anderen Seite ist."

„Warst du böse?"

„Ja, Prinzessin, ich war böse. Ein sehr ungezogener Junge."

„Das finde *ich* faszinierend. Du könntest mir beibringen, ungezogen zu sein."

Ich unterdrücke ein Stöhnen. Scheiße, sie hat keine Ahnung, wie verlockend sie ist. Ich weiß es besser, wirklich. Und ich habe auch nicht vor, mich mit ihren überfürsorglichen Brüdern anzulegen, besonders wenn einer von ihnen ein König ist.

„Sollen wir den Gitarrenunterricht einfach mit dem unanständigen Zeug ergänzen?", sage ich gedehnt und spiele den Coolen. Ich kann mit ihr spielen, ohne die Grenze zu überschreiten.

Sie rollt sich auf die Seite, und ihre großen haselnussbraunen Augen leuchten auf. „Ja."

Meine Finger kribbeln vor Verlangen, sie zu berühren, eine Hand in ihr weiches Haar zu schieben und sie an mich zu ziehen–

Ich lasse mich auf den Rücken fallen und starre an die Decke. „Ich bin nicht mehr so böse. Ich habe die meisten meiner Laster aufgegeben."

„Aber du warst mal böse. Ich habe Bilder von dir gesehen, als du dich vor einer Kneipe mit ein paar Typen geprügelt hast."

Ich wende ihr meinen Kopf zu. „Das leugne ich auch nicht. Früher habe ich mich viel öfter geprügelt. Erst im reifen Alter von 30 Jahren bin ich ruhiger geworden. Ich habe niemandem etwas zu beweisen. Ich habe es ganz nach oben geschafft. Und ich bin jetzt nicht mehr so wütend, wie ich es als Kind gewesen bin."

„Du bist dem entwachsen." Sie schürzt ihre Lippen. „Sieht so aus, als hätte ich dich vor ein paar Jahren treffen sollen."

„Damals war ich eine einzige Katastrophe. So wie du jetzt, aber mit mehr Alkohol, Drogen und Frauen."

Sie setzt sich auf. „Jetzt, da du wach bist, können wir ja mit dem Gitarrenunterricht weitermachen."

„Beantworte mir zuerst eine Frage."

Sie sieht mich misstrauisch an. „Was?"

„Warum bist du vor deiner Hochzeit weggelaufen?" Ein Teil von mir glaubt, dass es eine spontane Entscheidung war. Kalte Füße in letzter Minute, und dass sie in ihr altes Leben zurückkehren wird. Vielleicht wird sie sogar den Mann heiraten, der für sie ausgewählt worden ist.

„Ich habe dir doch schon mal erklärt, dass mein Bauchgefühl mir gesagt hat, dass es nicht richtig ist. Ich habe der Ehe nur zugestimmt, um die Tradition fortzusetzen. Meine Eltern hatten eine arrangierte Ehe, aus der Liebe geworden ist. Ich weiß nicht, was letzten Endes der Auslöser war. Vielleicht hat es sich einfach langsam in mir aufgebaut, doch plötzlich hatte ich das Bedürfnis, auszubrechen, also bin ich davongelaufen."

„Wenn im Palast alles wieder zur Normalität zurückkehren würde und du dir über deinen Platz im Leben bewusst wärst, würdest du den nächsten Mann heiraten, den sie für dich auswählen würden?"

Sie schüttelt langsam den Kopf. „Etwas in mir ist kaputt gegangen. Ich bin nicht mehr die brave alte Emma. Ich muss nur herausfinden, wer die neue Emma ist. Da kommst du ins Spiel."

„Und wie?"

„Erst einmal mit Gitarrenunterricht."

„Und dann was?"

„Du bringst mir bei, wie man böse ist."

Ich ignoriere meinen schmutzigen Verstand, der vor Ideen tobt. *Jungfräuliche Prinzessin voraus!* „Einen guten rechten Haken hast du schon mal."

Sie strahlt. „Den habe ich, nicht wahr? Ich kann mich sehr gut selbst verteidigen, auch mit einem Messer als Waffe."

Ich unterdrücke meinen Schock. „War das Teil deiner Brave-Prinzessin-Ausbildung?"

„Nein, Dummchen, das war von ... ach, vergiss es." Sie steht auf und geht auf meine Gitarre zu. „Ist sie noch gestimmt?"

In meinem Kopf dreht sich alles um das, was sie gesagt hat. Warum weiß sie, wie man ein Messer benutzt? Emma hat einige ungewöhnliche Eigentümlichkeiten. Dies ist erst der dritte Tag, den ich mit ihr verbringe, doch ich spüre, wie sehr ich von ihr angezogen werde. Ich muss Abstand zwischen uns schaffen. „Du solltest nicht mehr hier reinkommen."

„Warum nicht?" Sie zupft ein paar Noten auf der Gitarre.

Ich stehe am Fußende des Bettes, um zu sagen, dass ich sie nicht hier haben möchte, aber sie sitzt auf der Bank und wiegt meine Gitarre, als ob sie in sie verliebt wäre. Ich erinnere mich an dieses Gefühl, als ich die Gitarre für mich entdeckt habe. Ich habe sie von einem Onkel geerbt, den ich noch nie getroffen habe, dem Bruder meiner Mutter. Sie war sein wertvollster Besitz, und sie ist damit von der Beerdigung zurückgekommen und hat sie mir und meinem Bruder angeboten. Ich wollte sie; er nicht. Das war der Beginn meiner ersten und einzigen Liebesbeziehung.

Sie blickt mit ihren großen unschuldigen Augen zu mir auf. „Ich brauche das. Bitte gib mir weiter morgens Unterricht. Lucas würde es mit seinem urteilenden Blick ruinieren. Er wird mich aufziehen und mich auslachen, weil ich so schlecht spiele."

„Lucas wird wahrscheinlich am Nachmittag ausgehen. Er ist gestern nach Mailand gefahren."

„Aber darauf kann ich nicht zählen. Darauf, dass er ausschläft, schon."

Ich setze mich neben sie, und sie gibt mir die Gitarre. „Vielleicht möchte ich auch ausschlafen."

„Ich habe dich schlafen lassen."

„Nein, du hast mir ein Ohr abgekaut." Ich stimme die Gitarre, und etwas in mir beruhigt sich. Vielleicht stimme ich mich wieder auf etwas ein, das mir viel bedeutet. Ich spiele ein paar Noten von „One Thing", einer Ballade, die ich für Ignite geschrieben habe, und dann spiele ich weiter und singe mit. Es tut nicht so weh wie sonst, wenn ich nur für sie spiele.

Als ich fertig bin, ruft sie aus: „Oh, Jackson, ich habe eine Gänsehaut! Das war so wunderschön. Bitte bring es mir bei."

Also tue ich es.

Sie hat Schwierigkeiten mit den Akkorden. Es ist ein Song für Fortgeschrittene. Sie wird rot, beschämt wegen der falschen Noten. Ich unterbreche sie, indem ich meine Hand auf ihre lege. „Du setzt dich zu sehr unter Druck. Es geht nicht darum, es richtig zu machen. Lass … einfach deine Finger spielen. Was auch immer für dich gut klingt, ja?"

Sie spielt eine Tonleiter. „Das klingt gut."

„Einfach, aber okay. Was sonst?"

Sie hält ihre Finger hoch. „Meine Finger werden wund. Hast du zufällig ein Plektron?"

Ich hole eines aus dem Koffer. „Du kannst es benutzen, aber es ist besser, Hornhaut zu bilden, indem du viel spielst."

„Hornhaut? Das hört sich schrecklich an."

„Aber deine Musik wird gut klingen." Ich stehe auf, gehe zum Bett, lasse mich wieder auf die Matratze fallen und schließe meine Augen. „Spiel."

Sie spielt die Tonleiter und jeden der Akkorde, die ich ihr beigebracht habe. Dann zupft sie willkürlich, spielt ein paar Saiten, bevor sie abrupt anhält. Ich kann spüren, dass sie mich anstarrt.

„Ich weiß, dass du nicht schläfst", sagt sie.

„Ich höre. Spiel *House of the Rising Sun*." Ich erinnere sie an die Akkorde.

Sie tut es und schafft es langsam durch das ganze Lied. Dafür, dass das erst ihre zweite Stunde ist, ist sie schon ziemlich gut. Sie hat gestern geübt. Wenn sie so weitermacht, wird sie es schnell lernen.

Ich setze mich auf. „Wie wäre es, wenn du die Gitarre mitnimmst und morgens alleine übst? Du hast ein gutes Ohr. Ich unterrichte dich, wann immer Lucas ausgeht." Dass sie jeden Morgen in mein Bett klettert, kann auf die Dauer nur Ärger bedeuten.

„Nein. Das ist deine Gitarre." Sie gibt sie mir zurück.

Ich stoße einen übertriebenen Seufzer aus und bemühe mich um einen unbeschwerten Ton. Ich möchte ihr die neu entdeckte Freude an der Musik nicht nehmen, doch einer von uns muss die Grenze ziehen. „Bitte versprich mir, dass du morgen früh nicht wieder im Morgengrauen herkommen wirst. Ich brauche meinen Schlaf."

Sie lächelt verschmitzt. „Wenn du mich nicht hier haben willst, schließ die Tür ab." Sie wirbelt herum und schwebt aus dem Raum.

Ich sitze einen Moment lang da und frage mich, warum sie so selbstzufrieden wirkt, doch dann trifft mich die Erkenntnis wie ein Schlag – dann knackt sie eben einfach das

Schloss. Ich werde sie nie aus meinem Bett fernhalten können. Es wird verdammt nochmal zur Folter, meine Hände bei mir zu behalten.

Das Kranke an der Sache ist nur, dass mir dieses Spiel gefällt.

8
———

Emma

Niemand ist hier außer mir und meiner geliehenen Gitarre. Und die Bodyguards natürlich, aber sie sind sehr diskret. Oliver steht draußen, und Viktor ist oben. Nach dem Mittagessen sind Lucas und Jackson mit zwei Motorrädern, die hier in der Garage standen, durch die Hügel gefahren. Lucas wollte zu meiner eigenen Sicherheit nicht, dass ich mitfuhr, und keine Diskussion half. Jackson sah aus, als fände er das Ganze amüsant. Dabei ist es alles andere als lustig, überfürsorgliche, ältere Brüder zu haben. Es ist verdammt lästig. Ich lächele in mich hinein. Ich bin schon viel lockerer und benutze mehr Schimpfwörter in meinem Kopf. Es ist erst mein zweiter Tag hier, und ich fange an, mich zu entspannen.

Ich klimpere eine Weile auf der Gitarre herum und versuche, einfach „damit zu spielen", wie Jackson es gesagt hat. Doch ohne Noten fällt es mir schwer. Es hört sich nicht gut an, die Noten fließen einfach nicht. Ich rufe ein paar YouTube-Videos auf meinem Handy auf und sehe mir Gitarrenstunden für Anfänger an. Dann suche ich online nach Noten. Ich finde ein paar Stücke, die mir gefallen, und probiere sie aus. Es geht nur langsam voran.

Nachdem ich genug habe, erkunde ich das Haus. Es ist seltsam, aber ich bin noch nie in meinem Leben so wunderbar allein gewesen. Zu Hause sind meine Familie, Zofen, Besucher, Palastwachen. An der Universität waren es andere Studenten und Adam. Ich fühle mich fast ein wenig nervös, was natürlich albern ist. Es gibt ein Sicherheitssystem und meine Bodyguards sind hier.

Oben sind vier Schlafzimmer, jedes mit eigenem Bad. Das Hauptschlafzimmer, in dem ich wohne, hat das größte Bett mit einem gepolsterten, geometrisch gemusterten Kopfteil in Blau und Grün. Das Zimmer hat eine rustikale Balkendecke, und es gibt ein paar Sessel zum Lesen an den mit Blumenvorhängen geschmückten Fenstern. Die anderen drei Schlafzimmer sind eindeutig für Gäste, alle in neutralen Weiß- und Brauntönen gehalten. Ich winke Viktor durch die offene Tür seines Zimmers zu, als er von seinem Telefon aufblickt. Er nickt mir kurz zu.

Ich gehe die Treppe hinunter und schlendere durch das Wohn- und Esszimmer. Es gibt auch ein Familienzimmer und eine Küche, doch ich habe keine Lust, fernzusehen oder zu essen. Ich ziehe meinen weißen Wollmantel an, ein weiteres Kleidungsstück, das Silvia so umsichtig für mich in meinen Koffer gepackt hat, und gehe zum See.

Es ist so still, dass ich die entfernten Laute von Vögeln, das Plätschern des Wassers und das Rauschen der Brise hören kann. Ich erschauere, als es windig wird, und mache mich auf den Rückweg zurück zum Haus.

Im Haus ist es viel zu still. So fühlt sich absolute Freiheit an. Still und allein mit meinen Gedanken. Zugegebenermaßen ist das recht langweilig.

Ich finde eine Stereoanlage in einem Wohnzimmerschrank und schalte sie ein. Jazz. Ich spiele mit den Reglern. Es ist eine Art Streaming-Dienst, der verschiedene Musikstile anbietet. Normalerweise würde ich bei einem ruhigen Song hängenbleiben, doch ich entscheide mich, nach Rock zu suchen. Rock fehlt die Balance zwischen Melodie und Harmonie, doch die Musik hat Lärm und Energie. Meine Nerven klirren, als ich genau den richtigen Song finde, und das betrachte ich als gutes Zeichen. Es ist so gar nicht mein üblicher Geschmack.

Ich schiebe den Sofatisch zur Seite, mache mir etwas Platz

und probiere ein paar Drehungen aus. Ich sehe mich um. Es gibt nur ein hohes Fenster an einer Wand des Wohnzimmers und ein großes Fenster an der anderen Wand mit Blick auf Gras und Bäume. Sehr privat. Ich nehme die Nadeln und Klemmen aus meinem üblichen, gepflegten Chignon und fahre mir mit den Fingern durch die Haare. Dann hebe ich meine Hände in die Luft und schwinge meine Haare herum. Woo! Das fühlte sich gut an. Ich wiege meine Hüften und tanze wild durch das Wohnzimmer, während sich der Song zu einem Crescendo entwickelt. Ich springe auf das Sofa, spiele Luftgitarre und lasse meine langen Haare im Takt fliegen.

Der Song endet, und ich hebe meinen Kopf. Noch ein rockiges Lied! Ich springe vom Sofa und rocke weiter. Ich bin aufgekratzt, voller Energie und bewege mich wie eine Besessene. Ich fahre mit meinen Händen an meinem Körper hinauf und hinab. Ich rocke diese Jeans. Ich habe sie in der Kommode gefunden. Sie ist sexy und eng. Ich experimentiere und versuche es mit einem Knurren hier und da.

Und dann steige ich auf den Sofatisch und BRÜLLE!

Ich drehe mich und brülle nach Osten! Nach Süden! Nach Westen!

Dann springe ich vom Tisch und tanze wie verrückt. Keiner kann mich stoppen. Ich bin außer Kontrolle!

„Alles in Ordnung, Ma'am?", fragt Viktor, der aus dem Nichts auftaucht und sehr besorgt klingt.

Ich straffe abrupt meine Haltung und glätte meine Haare. „Ja, danke. Ich habe nur getanzt."

„Es hat sich angehört, als hätten Sie sich verletzt, Ma'am", sagt er völlig ernst.

Ich zwinge mich, nicht rot zu werden. „Das bin ich nicht. Danke für Ihre Sorge."

Der Hauch eines Lächelns huscht über sein Gesicht, bevor er zu seinem gewohnten neutralen Gesichtsausdruck zurückkehrt, sich verbeugt und nach oben geht.

Meine Stimmung ist dahin. Ich ziehe mich eilig in mein Zimmer zurück, um zu duschen.

Ich bin gerade mit dem Trocknen meiner Haare fertig, als

ich ein lautes Donnern über mir höre. Ich gehe die Treppe hinunter und blicke aus den Fenstern, gehe von Raum zu Raum und versuche, die Ursache zu finden. Viktor ist schon unten und spricht mit leiser Stimme über sein drahtloses Headset mit Oliver draußen. Dann sehe ich ihn – einen Helikopter im Landeanflug auf die Wiese hinter dem Haus. Wer kann das sein? Haben die Eigentümer beschlossen, vorbeizuschauen? Reporter? Bei einem schrecklichen Gedanken pocht mein Herz gegen meine Rippen. Was ist, wenn Abdul hier ist, um mich zu entführen und mich für eine Zwangsheirat in sein Königreich zurückzubringen? Seine Monarchie ist absolutistisch. Vielleicht hat er seine Wachen mitgebracht. Anna hat gesagt, Abduls Familie sei noch im Palast und verlange, dass ich meiner Verpflichtung nachkomme. Vielleicht hat er es satt zu warten.

Ich überlege kurz, ob ich mich verstecken oder ein Messer suchen soll, um mitzukämpfen, oder soll ich mit einem selbstbewussten Lächeln auf ihn zugehen? Ich entscheide mich für einen Kompromiss, indem ich in die Küche husche, wo reichlich Waffen in den Schubladen schlummern, und mit angehaltenem Atem warte.

Es klopft an der Tür, und dann klingelt es. Wenn es Abduls Leute wären, würden sie wohl kaum anklopfen, sondern einfach die Tür aufbrechen.

Ich gehe leise zum Foyer und spähe um die Ecke zur Tür. Viktor geht, um sie zu öffnen. Ich sehe Gabriel im Profil durch das hohe Fenster der Tür. Er spricht mit jemandem, wahrscheinlich Anna. Hinter ihm stehen zwei Wachen, zusammen mit Oliver. Ich lasse den Kopf hängen. Es ist aus. Meine Woche hat nur zwei Tage gedauert, und jetzt muss ich mich für das, was ich getan habe, verantworten. Ich werde mich nicht einmal von Jackson verabschieden können. Er ist immer noch mit Lucas unterwegs, und ich habe nicht einmal seine Nummer.

Ich wappne mich und gehe auf sie zu, als sie eintreten. „Hallo.“

Gabriel funkelt mich an, seine aquamarinen Augen sind scharf und sein Gesichtsausdruck hart. Erinnerungen an unsere Wikinger-Vorfahren zeigen sich in seiner hochgewachsenen Statur und Haltung. Er hat oft gesagt, dass er im falschen Jahrhundert geboren wurde und ein Kriegerkönig hätte sein sollen.

Ich bin kurz davor, herauszuplatzen: „Es tut mir leid", als er mich in eine fast verzweifelte Umarmung zieht.

„Okay", lacht Anna. „Lass sie zwischendurch auch mal wieder atmen. Ich habe dir gesagt, dass es ihr gut geht. Entschuldige, Emma, er musste es selbst sehen."

Ich nicke atemlos. Gabriel lässt mich endlich los. „Emma, warum bist du nicht zu mir gekommen? Ich hätte dir geholfen, aus dieser Vereinbarung mit Abdul herauszukommen."

Ich zucke mit einer Schulter. „Alle waren so mit der Planung beschäftigt, da war so viel Momentum, das mich vorangetrieben hat, dass ich mir nicht erlaubt habe, an eine Alternative zu denken."

Die drei Bodyguards treten ein und warten in der Nähe.

Gabriel mustert mich aufmerksam. Anna sieht mitfühlend aus.

Ich senke meine Stimme. „Ich denke, es hat sich in meinem Kopf zu einem Crescendo entwickelt und dann ist einfach das Fass übergelaufen."

„Komm mit nach Hause", befiehlt Gabriel.

„Dräng sie nicht", sagt Anna und drückt seine Schulter. Sie dreht sich um und umarmt mich, bevor sie mich aus der Umarmung entlässt, ihre Hände auf meinen Schultern, einen wissenden Ausdruck in ihren braunen Augen. „Ich habe gehört, du hast einen Besucher."

Ich schlucke. „Jackson hat mir geholfen, als ich in einen Schwarm aus Reportern gelaufen bin, bevor die Bodyguards soweit waren, und–"

Sie fällt mir ins Wort. „Und dann haben die Reporter und Paparazzi sich auf euch beide gestürzt, darum habt ihr die Flucht ergriffen, und du dachtest, schlimmer könnte es sowieso nicht werden, da könntest du ihn genauso gut einladen zu bleiben. Um dir Gitarrenunterricht zu geben, oder? Weil ihr beide nur Freunde seid." In ihrer Stimme höre ich nicht die leiseste Spur von Sarkamus, also nehme ich an, dass das die Geschichte ist, die sie Gabriel erzählt hat, nachdem Lucas sie über die relevanten Details informiert hat.

Gabriels Blick durchbohrt mich.

Ich erröte und konzentriere mich auf Anna, von der ich weiß, dass ich es ihr zu verdanken habe, dass ich so lange hier bleiben konnte. „Ja, genau so ist es. Vielen Dank für dein Verständnis und für alles, wirklich. Ich glaube nicht, dass ich es jemals geschafft hätte, wenn du nicht für das Auto gesorgt hättest. Danke auch dafür."

Sie lächelt. „Siehst du, Gabriel? Ich habe dir gesagt, dass es die richtige Entscheidung war. Ich meine, ich habe vorher versucht, sie zur Vernunft zu bringen, doch sie ist genau wie du. Wenn sie sich was in den Kopf setzt, war's das dann."

Seine Brauen verziehen sich zu einem finsteren Blick. „Genau wie ich? Du bist diejenige, die sich in eine Idee verbeißt wie eine Bulldogge in einen saftigen Knochen."

„Vielleicht haben wir ja beide diese wunderbare Eigenschaft." Sie geht auf Zehenspitzen und küsst ihn.

Er wird weich und lächelt.

Der neue König und die neue Königin von Villroy sind jung und verliebt. Ich frage mich, ob es auch so war, als meine Eltern jung gewesen sind. Irgendwie bezweifele ich es. Anna befolgt nicht viele der höfischen Regeln, auch wenn sie ihr Bestes tut, um Traditionen zu bewahren, während sie uns in die Zukunft führt. Ich habe eine neue Wertschätzung für Anna und ihre freimütige Art gefunden. Sie war die einzige, die meine Not gesehen und etwas dagegen unternommen hat. Sie sorgt sich um mich.

„Süßes Outfit", flüstert sie mir zu.

„Danke." Ich habe mir eine schlichte weiße Seidenbluse aus meinem eigenen Bestand und eine frische sexy Jeans aus der Kommode angezogen. Die Frau, die hier lebte, hat ein paar Jeans hier gelassen, wahrscheinlich, weil sie gerade Zwillinge zur Welt gebracht und beim letzten Besuch Umstandskleider getragen hat.

Gabriel schreitet ins Wohnzimmer und sieht sich um. Seine Wachen bleiben im Eingangsbereich und Viktor zieht sich nach oben zurück. „Wo ist Lucas?"

„Er fährt mit Jackson Motorrad."

Gabriel schüttelt den Kopf, sein Gesichtsausdruck ist grimmig. „Ich habe Lucas hergeschickt, damit er auf dich aufpasst. Es ist klar, dass er der Aufgabe nicht gewachsen ist."

„Ich bin eine erwachsene Frau", sage ich durch meine Zähne. „Ich brauche keinen Babysitter."

Gabriel knirscht mit den Zähnen. „Eine erwachsene Frau stellt sich ihrer Verantwortung, anstatt vor ihr davonzulaufen."

Ich hole scharf Luft. „Ich bin in Panik geraten. Es tut mir leid." Meine Stimme bricht. Ich gehe davon aus, dass ich mich für den Rest meiner Tage für meine überstürzte Entscheidung entschuldigen werde.

„Das wissen wir", sagt Anna sanft, bevor sie Gabriel für ein erhitztes, geflüstertes Gespräch beiseite zieht. Sie passen gut zueinander. Beide sind gleich starke Führungspersönlichkeiten. Villroy hat Glück, sie zu haben. Ich auch, und das Letzte, was ich möchte, ist, dass sie meinetwegen streiten.

Ich melde mich zu Wort. „Wenn es um meine Sicherheit geht, habe ich Oliver und Viktor und kenne mich mit Selbstverteidigung aus."

Gabriel dreht sich langsam um und starrt mich an. „Wo hast du Selbstverteidigung gelernt? Ich weiß ja, dass Mutter dafür gesorgt hat, dass du Ballett, Flöte und Sprachen lernst, aber hat sie dich auch zum Karateunterricht geschickt?"

„Nein, einer der Bodyguards hat es mir beigebracht."

Er verschränkt die Arme und sah wieder aus wie der einschüchternde Wikingerkrieger. „Warum das denn?"

Ich verschränke auch meine Arme und hebe mein Kinn. „Weil ich ihn darum gebeten habe."

Er dreht sich zu Anna um und scheint ratlos zu sein.

„Lass uns einen Spaziergang machen, bevor die Sonne untergeht", schlägt sie vor. „Es ist wunderschön hier."

Sie verlassen das Haus, und ihre Wachen folgen ihnen. Ich gehe in die Küche, um etwas Wasser zu trinken, bevor ich nach oben gehe. Ich möchte Gitarre spielen. Es könnte die letzte Chance sein, die ich bekomme, bevor Gabriel mich mit einem Befehl nach Hause zwingt. Ich zupfe und klimpere, summe mit, spüre die Anfänge des Auftriebs, als hätte ich beinahe ein Gefühl für das Lied, das Jackson mir beigebracht hat. Ich schließe die Augen und lasse meine Finger die Noten spielen. Das unbekannte Wandern ohne bestimmten Weg ist mir fremd. Es klingt nicht sehr gut. Ich gehe zurück zu dem, wo ich mir sicher bin – meine Tonleiter, die Akkorde, zurück zu meinem einen Song *House of the Rising Sun.* Übung macht den Meister. Als ich plötzlich ein lautes Gespräch unten höre, halte ich inne. Jackson und Lucas.

Ich lege die Gitarre schnell wieder in den Koffer, kontrolliere, ob mein Chignon noch ordentlich ist, und gehe die Treppe hinunter.

„Wir sind wieder da-ha!", verkündet Lucas und zieht seine Lederjacke aus. Seine Haare und sein Bart sind sorgfältig getrimmt. „Und ich sehe, dass du Gesellschaft hast, was bedeutet, dass ich packen kann." Er geht die Treppe hinauf.

Jacksons Haar und Bart sind ebenfalls ordentlich geschnitten, obwohl sein dunkelblondes Haar am Oberkopf nach wie vor länger ist. Er sieht noch hinreißender aus als zuvor.

„Ihr seid zum Friseur gefahren?", frage ich und gehe auf ihn zu. Während Lucas oben ist und Anna, Gabriel und die Wachen noch draußen sind, sind wir allein im Foyer. Ich möchte mit meinen Fingern über seinen ordentlich getrimmten Bart streichen, traue mich jedoch nicht.

„Ja. War längst überfällig." Seine Lippen verziehen sich zu einem leisen Lächeln, das mich von Kopf bis Fuß wärmt. Er riecht berauschend nach frischer Kiefer, Leder und sexy Mann. Er zieht eine gerollte braune Tüte aus der Innentasche seiner Lederjacke. „Ich habe dir Noten mitgebracht." Er lächelt mich schief an. Seine blauen Augen sind warm auf meinen.

Ich. Schmelze. Dahin.

Unsere Finger berühren sich, als ich ihm die Tüte abnehme. Ein warmes Prickeln durchströmt mich. „Danke." Ich ziehe zwei Lieder aus der braunen Tüte. „Ave Maria", eines meiner liebsten Weihnachtslieder. Das andere ist „Amazing Grace". Beide auf Italienisch. „Oh! Ich liebe diese Lieder! Vielen Dank!"

„Das ist doch nichts."

Ich packe und umarme ihn, ein spontaner Impuls, den ich bisher nur bei ihm gespürt habe. „Oh, es ist alles." Ich gehe auf Zehenspitzen und küsse seine Wange genau über dem Rand seines Bartes. Seine Wange zuckt unter meinen Lippen.

Als ich mich zurückziehe, ist sein Hals gerötet. Ist er rot? Der legendäre Bad Boy Jackson Walker errötet von einem Kuss auf die Wange?

„Du bist rot", sage ich. „Das ist hinreißend."

Seine blauen Augen funkeln. „Du auch."

Wir lächeln einander an, und mein Herz klopft ein wenig heftiger, mein Magen flattert, meine Nerven erwachen prickelnd zum Leben. Oh, ich erinnere mich an dieses Gefühl. Und zum ersten Mal bin ich mir sicher, dass es auf Gegenseitigkeit beruht.

Die Haustür geht auf und Anna quietscht. „Ahh! Jackson Walker! Omeingott! Ich bin ein riesiger Fan! Ignite forever!"

Jackson senkt den Kopf.

Gabriel runzelt die Stirn, als Anna zu Jackson eilt. „Entschuldigung", sagt sie. „Omeingott. Du bist es wirklich. Ich habe all deine Alben." Sie tastet ihr Kleid ab. „Du musst mir ein Autogramm geben." Sie klopft sich auf das Oberteil ihres Kleides oberhalb ihrer rechten Brust. „Hier, unterschreib hier."

„Salon!", bellt Gabriel.

Sie nimmt Haltung ein und scheint sich daran zu erinnern, dass sie Königin ist. Ich nehme an, das ist sein Stichwort für das königliche Protokoll. „Es ist sehr schön, dich kennenzulernen, Jackson", sagt sie freundlich. „Ich finde später etwas, das du unterschreiben kannst, wenn es dir recht ist?"

„Kein Problem", murmelt Jackson und wirft mir einen Seitenblick zu. Er muss denken, meine Familie sei verrückt.

„Warum essen wir nicht alle zusammen zu Abend?", schlägt Anna vor und geht in die Küche. „Emma, du hilfst mir, das Essen zuzubereiten."

Ich bin nicht sicher, ob ich Jackson Gabriel überlassen soll. Er könnte mich in Verlegenheit bringen, wenn er Jackson ohne guten Grund bedroht. Es ist nicht so, als hätte Jackson jemals Hand an mich gelegt, obwohl ich mir verzweifelt gewünscht habe, dass er es tut.

Gabriel sieht Jackson scharf an, bevor er mich fragt: „Wo ist Lucas? Ich dachte, sie wären zusammen unterwegs."

Ich zeige nach oben, und Gabriel geht in diese Richtung, wahrscheinlich, um Lucas für seinen schlechten Babysitterjob die Leviten zu lesen.

Ich blicke zu Jackson hinüber und fühle mich innerlich ganz weich. Er hat mir dieses aufmerksame Geschenk mitgebracht; er war während all meiner Gitarrenversuche so geduldig mit mir, und er hat meine Entscheidung, an meinem Hochzeitstag davonzulaufen, nicht ein einziges Mal verurteilt. Er versteht mich. Die neue Version von mir, eine Frau, die ihre eigenen Entscheidungen trifft und neue Dinge ausprobiert.

„Hast du Lust, mir in der Küche zu helfen?", frage ich Jackson.

Er schüttelt den Kopf. „Ich gehe in mein Zimmer. Genieß deine Familie."

Mein Puls pocht schneller. Was ist, wenn er wegen meiner aufdringlichen Familie die Flucht ergreift? Oder meine Familie mich zwingt, nach dem Abendessen mit ihnen nach Hause zurückzukehren? Mein Magen sackt mir bei dem Gedanken in die Kniekehlen.

Ich höre Töpfe und Pfannen in der Küche klappern. Anna ist schon bei der Arbeit.

Ich gehe zu Jackson. „Sie wollten sich nur versichern, dass ich okay bin. Tut mir leid, dass meine Familie so reingeplatzt ist. Ich bin mir sicher, dass sie bald nach Villroy zurückkehren werden." *Und ich will dich immer noch hier bei mir haben.*

„Sie lieben dich", sagt er schroff. „Du hast Glück."

„Wohl wahr." Meine Stimme stockt und ich schaue verlegen weg.

Er geht die Treppe hinauf.

Ich liebe meine Familie, aber ich kann nicht zulassen, dass sie mich von ihm fernhalten. Eine Woche. Es ist nicht viel, aber ich will diese Zeit. Alles wird anders sein, wenn ich nach

Hause komme. Es wird so sein, als wäre diese Zeit mit Jackson nie passiert.

Ich gehe ins Wohnzimmer, starre aus dem Fenster und nehme mir ein paar Minuten Zeit, um mich zu sammeln, bevor ich in die Küche gehe. Ich sollte mir nicht zu viel erhoffen.

9

———

Emma

Anna hat bereits angefangen zu kochen, und es riecht köstlich. „Was machst du?" Ich verzichte auf den Knicks, und es fühlt sich seltsam an. Sie hat mir schon mehrmals gesagt, dass ich nicht so förmlich sein soll, wenn wir unter uns sind, und ich gebe mir große Mühe, nicht mehr so steif zu sein.

Sie benutzt eine Zange, um das in einer Pfanne brutzelnde Huhn umzudrehen. „Hühnchen-Marsala hier, Spaghetti und Spargel kommen noch. Die Speisekammer ist gut bestückt." Es scheint, dass sie meinen Mangel an Förmlichkeit nicht einmal bemerkt hat. Vielleicht wirken meine Bemühungen natürlich.

Ich setze mich an die Kücheninsel. „Ich wusste nicht, dass du kochen kannst."

„Denkst du, dass jeder in Amerika einen vollen Stab hat, der einen bedient?"

„Nein, ich ... Das ist nur eine Fertigkeit, von der ich nicht wusste, dass du sie besitzt."

„Ist nicht schwer. Du kannst helfen. Den Spargel waschen und die dicken Enden abschneiden."

Das kling machbar. Ich kann gut mit einem Messer umgehen. Ich arbeite schnell, während Anna Pilze in die Pfanne wirft und mit einem Pfannenwender umrührt.

Sie stellt die Flamme kleiner und stellt den Timer der Mikrowelle ein. „Jetzt warte ich nur ein paar Minuten, bevor ich das Wasser für die anderen Sachen zum Kochen bringe." Sie nimmt neben mir an der Insel Platz. „Also du und Jackson, was? Ich verstehe die Anziehungskraft, der Mann ist das personifizierte Sexappeal, aber Emma, was denkst du dir dabei nur? Ich habe dich vor ihm gewarnt. Ihr seid in allen Klatschblättern, nachdem sie euch zusammen in Nantes erwischt haben. Das war, als hättest du Benzin ins Feuer gegossen. Du hast ja keine Ahnung, wie schwer es war, Gabriel so lange zurückzuhalten. Er will dich sofort von Jackson weg und wieder zu Hause wissen, damit du dich mit Abdul und seiner Familie auseinandersetzt und eine Erklärung gegenüber der Presse abgibst."

Ich bin einen Moment lang sprachlos und schwanke zwischen Dankbarkeit, dass Anna mir wenigstens das bisschen Zeit geschenkt hat, und Empörung um Jacksons willen. Er ist kein schlechter Mensch.

„Emma, bitte sag mir, was in deinem Kopf vor sich geht."

Ich wähle meine Worte sorgfältig aus. „Danke, Anna, dass du dich so für mich eingesetzt hast."

„Aber sicher doch. Wir Rourke-Frauen müssen zusammenhalten."

Meine Augen brennen vor heißen Tränen, weil Anna die einzige Rourke-Frau sein mag, die so empfindet. Ich fühle mich den anderen Rourke-Frauen in der Familie, meiner Mutter und meiner Schwester, nicht mehr nahe, und ich wünsche mir, es wäre anders. „Ja, ich mag dieses Gefühl", bringe ich heraus. „Ich möchte nur, dass du weißt, dass Jackson mehr ist als sein Ruf. Wirklich. Und er war gut zu mir. Er hat nicht ein einziges Mal etwas bei mir versucht, und glaub mir, er möchte sich im Moment genauso vom Rampenlicht fernhalten wie ich. Ich vertraue ihm."

Sie studiert einen Moment lang meine Gesichtszüge. Schließlich sagt sie: „Solange es nur für diese eine Woche ist. Ich bin ein großer Fan seiner Musik, seines Charakters allerdings nicht so sehr."

„In ihm steckt wirklich ein guter Mann." Ich kann mein

Lächeln nicht unterdrücken. „Er hat mir heute ein Geschenk mitgebracht, Noten, die ich für meinen Gitarrenunterricht haben wollte."

Ihre Augen weiten sich. „Du verliebst dich doch nicht etwa in ihn, oder? Du bist gerade sehr verwundbar. Bitte lass dich nicht einwickeln. Du wirst nur verletzt. Er wird nicht bei dir bleiben."

Ich hebe mein Kinn und ignoriere, was sie gerade gesagt hat. „Ich fühle mich gar nicht verwundbar. Im Gegenteil. Ich fühle mich jeden Tag besser und stärker."

Sie drückt meinen Arm. „Das freut mich für dich. Denk nur an das eine: Das Best-Case-Szenario, in dem du und Jackson zusammen kommt, auch wenn die Chancen dafür äußerst gering stehen – aber lass uns einfach mal davon ausgehen ... Die Familie würde ihn niemals akzeptieren. Gabriel ist definitiv ein Nein, genau wie deine Mutter. Es würde große ... Spannungen verursachen."

„Ich kann mein Leben nicht immer nach königlichem Diktat leben!", platze ich heraus. „Entschuldigung", füge ich mit brennenden Wangen hinzu.

Ein langsames Lächeln breitet sich auf ihrem Gesicht aus. „Ja, Mädchen! Du machst die rebellische Phase durch, die du mit sechzehn hättest durchmachen sollen. Aber besser spät als nie." Sie zeigt auf mich. „Ich werde versuchen, dir ein bisschen Raum zum Atmen zu verschaffen." Sie geht zurück an den Herd.

Die Spannung fällt von mir ab. „Danke, dass du mir den Rücken freihältst. Ich weiß, dass ich ein riesiges Chaos ange-richtet habe. Ich bin eine Katastrophe."

Sie dreht sich zu mir um und lächelt. „Du bist perfekt."

Ich schüttele den Kopf. „Ich bin alles andere als perfekt."

„Vollkommen unvollkommen, wie wir alle." Sie legt den Pfannenwender ab und kehrt zu mir zurück. „Also, was habt ihr bisher gemacht?"

Mir bleibt der Mund offen stehen, geschockt über ihre mühelose Akzeptanz meiner gegenwärtigen Situation. Ich bin so glücklich, sie auf meiner Seite zu haben. „Es sind ja erst drei Tage, aber ich habe Musik gehört und ein bisschen Gitarre gelernt. Jackson hat mir Unterricht gegeben."

Sie sieht mich erwartungsvoll an und nickt, also berichte ich weiter.

„Und ich habe viel nachgedacht. Eigentlich war es heute das erste Mal, dass ich Zeit für mich allein hatte. Ich bin sonst immer von Menschen umgeben. Zu Hause sind es Familie, Angestellte und Wachen. An der Universität waren es andere Studenten und meine Bodyguards, und in der Öffentlichkeit sind immer Unmengen von Menschen und wieder meine Bodyguards. Ich habe Musik gemacht und wie eine Verrückte getanzt. Ich hatte noch nie das Gefühl, die Freiheit zu haben, das zu tun. Ich weiß, dass es nichts Großes ist, aber es hat sich wunderbar angefühlt."

Sie schüttelt den Kopf. „Was für ein behütetes Leben du geführt hast. Das ist aber nicht deine Schuld, deine Mutter hat dich an der kurzen Leine gehalten."

„Du kennst meine Mutter nicht. Du verstehst nicht ..."

Sie hält einen Finger hoch. „Ich liebe deine Mutter. Da ich nie adoptiert worden bin, habe ich quasi sie als meine Mutter adoptiert. Und ich weiß, deine Mutter wollte mich zuerst nicht für Gabriel, aber ich sage dir jetzt etwas: Sie hat mich unter ihre Fittiche genommen und mir sehr geduldig das königliche Protokoll beigebracht und mir gezeigt, was meine Verantwortung als Königin sein wird. Ich war gut vorbereitet und es gab kein einziges böses Wort zwischen uns. Ich respektiere sie sehr, und sie schätzt meine Bereitschaft, eine Rolle zu übernehmen, die sie nicht allein hat behalten wollen. Trotzdem ist es bei Müttern und Töchtern anders. Sie hat dich nach ihrem eigenen Bild geformt, obwohl sie dich hätte fliegen lassen sollen."

Ich schweige und denke darüber nach.

„Das heißt aber nicht, dass sie dich nicht liebt. Alle Eltern machen Fehler mit ihren Kindern, oder?"

„Keine Ahnung."

Sie drückt meine Hand. „Es ist so." Sie senkt den Blick. „Du trägst immer noch deinen Verlobungsring."

„Er ist zu wertvoll, um ihn herumliegen zu lassen. Ich

werde ihn Abdul zurückgeben, wenn ich mich in Villroy entschuldige, vorausgesetzt, er ist dann noch da."

„Oh, er ist da, und seine Familie auch."

Gabriel betritt mit angespannter Miene die Küche. Ich straffe meine Schultern.

Anna dreht sich um und lächelt ihn an. „Hallo, schöner Mann. Kannst du bitte den Tisch decken? Das Geschirr ist da oben." Sie zeigt auf einen Schrank auf der anderen Seite und kocht weiter, als wäre es selbstverständlich, dass er den Tisch deckt.

Gabriel geht zu Anna, nimmt ihr Gesicht in seine Hände und küsst sie. „Ich hatte keine Ahnung, dass du kochen kannst. Gibt es nichts, was du nicht kannst?"

Sie lacht. „ Also wenn du die Messlatte so niedrig ansetzt–"

„Du bist fantastisch", sagt er, und dann widmet sich der König von Villroy der Aufgabe, den Tisch zu decken. Es könnte das erste Mal in der Geschichte von Villroy sein, dass ein König so etwas tut.

Es ist eine ganz neue Welt, und ich bin mir nicht sicher, ob ich noch dazugehöre.

Jackson

Emma hat mich zum Abendessen gerufen, also gehe ich, obwohl ich das Gefühl habe, das fünfte Rad am Wagen zu sein, in einer Zeit, in der die Familie unter sich sein sollte. Als ich ins Esszimmer komme, sitzt Gabriel am Kopf des Tisches, Anna zu seiner Rechten, Emma zu seiner Linken. Lucas sitzt am anderen Ende. Ich setze mich neben Emma, was Anna dazu bringt, Emma einen Blick zuzuwerfen, die daraufhin tiefrot wird. Wir sind nur Freunde. Ich wette, Anna bildet sich ein, dass ich die jungfräuliche Prinzessin beschmutzen werde, und vielleicht hat sie kein Problem damit, weil sie ein großer Fan von mir ist. Leben durch andere …

Anna bietet mir eine Platte mit Hühnchen Marsala an.

Ich bediene mich. „Vielen Dank."

„Sie haben Sie als Majestät anzusprechen", blafft Gabriel. „Sie ist die Königin."

Ich erstarre. Dabei dachte ich, ich wäre höflich. Sie wirkt nicht wie eine Königin. Sie ist jünger als ich, klingt amerikanisch und ist ziemlich locker.

„Oh Gabriel, hör auf!", ruft Anna. „Wir sind unter uns." Sie lächelt mich an. „Bitte nenn mich einfach Anna."

Ich nicke kurz und halte den Mund. Gabriels Miene ist hart, sein Kiefer angespannt. Emma hat gesagt, dass er der überfürsorgliche große Bruder ist und nicht Lucas, und ich weiß bereits, wie überfürsorglich Lucas ist. Gabriel ist tausendmal schlimmer. Es braucht nicht viel, um ihn zum Ausflippen zu bringen.

Stille breitet sich aus, als die Platten herumgereicht werden. Emma vibriert fast vor Anpannung. Sie sitzt stocksteif neben mir. Nur Anna scheint entspannt zu sein.

Alle fangen an zu essen. Das Klirren des Bestecks klingt laut in der Stille. Ich bin nicht sicher, was hier unten vor sich gegangen ist, als ich oben war, aber es kann nichts Gutes gewesen sein. Nach mehreren unglaublich langen, angespannten Minuten bricht Anna das Schweigen.

„Jackson, Emma sagt, du hast ihr Gitarrenunterricht gegeben. Was für ein Glück sie hat, von einem Meister zu lernen!"

Ich reibe meinen Nacken. Ich war noch nie gut im Umgang mit Komplimenten. „Ich bin ein Anfänger im Vergleich zu anderen."

„Unsinn!", ruft sie.

„Jetzt, da ich darüber nachdenke ... Ich habe sie nie spielen gehört", sagt Lucas. „Wann hat dieser Unterricht denn stattgefunden?"

„Du warst nicht genug hier, um es zu wissen", blafft Gabriel. „Weg nach Mailand, weg auf einer Ausfahrt–"

„Jackson ist mit mir gefahren", feuert Lucas zurück. „Außerdem braucht Emma keinen Babysitter. Schau sie dir an. Sie hält sich an einer kurzen Leine, da braucht sie gar keine Hilfe von mir."

„Sie ist eine unschuldige–", zischt Gabriel durch seine Zähne.

„Gabriel, mir geht es gut, wirklich", sagt Emma leise.

Ich halte mich da raus, weil ich weiß, dass sie unschuldig ist. Sie schleicht sich in mein Zimmer und klettert aus einem völlig unschuldigen Grund morgens zu mir ins Bett. Sie ist zu unsicher, um ihren Bruder sehen zu lassen, wie sie als Anfängerin auf der Gitarre herumklimpert. Es ist nicht so, als hätte sie mich berührt ... Doch, sie hat mich berührt und über meine Schulter und meinen Rücken gestreichelt. Ich sehe zu ihr hinüber. War das ein Versuch, mich zu verführen?

Ihre Wangen sind zart gerötet, ihr Blick auf den Teller gerichtet, wo sie ein kleines Stück Spargel schneidet. Will die jungfräuliche Prinzessin wirklich, dass ich ihr Erster bin? Ich will nicht daran denken. Emma hat mir die Musik zurückgebracht, und ich würde ihr nichts als Bedauern bringen. Aber fünfundzwanzig Jahre sind eine lange Zeit, um zu warten. Kein Wunder, dass sie so angespannt wirkt, obwohl sie während unserer Musikvormittage viel lockerer war. Und als ich ihr die Noten gegeben habe, war es nichts Besonderes, doch ihre begeisterte Reaktion hat mir zur Abwechslung mal das Gefühl gegeben, ein guter Kerl zu sein.

„Emma möchte die Woche bleiben", sagt Anna zu Gabriel. „Ich denke, wir sollten ihr diese Zeit geben, so, wie wir es ursprünglich gesagt haben."

Gabriel wirft mir einen strengen Blick zu. „Werden Sie hier sein?"

Ich hebe beschwichtigend meine Hände. „Ich kann gehen."

„Nein", sagt Emma und wirft Gabriel einen finsteren Blick zu, bevor sie sich mir zuwendet. „Du musst nicht gehen. Ich entschuldige mich für meine anmaßenden Brüder."

„Emma", sagt Gabriel sanft. „Du bist unschuldig, was ..." Er sieht mich an und starrt dann geradeaus. „Männer wie ihn angeht."

Lucas schnaubt. „Sie ist eine jungfräuliche Braut, die vom Altar weggelaufen ist. Lass sie ein bisschen Spaß haben. Jackson ist okay."

„Lucas!", entfährt es Emma.

Ich weiß nicht, was ich sagen soll. Es scheint, dass Lucas nach unserer heutigen Fahrt kein Problem mehr mit mir hat.

Anna meldet sich wieder zu Wort. „Wenn sie so unschuldig ist, wie du sagst, dann hat sie es verdient, ihre Sexualität zu erkunden."

Emma quietscht, ihre Wangen sind scharlachrot. Ich kratze meinen frisch getrimmten Bart. Anscheinend ist es eine ausgemachte Sache, dass ich die Prinzessin verführen werde. Ich weiß, dass ich sie nicht anfassen sollte. Nicht nur, weil sie unschuldig ist oder weil ich sie nicht verdiene. Sie hat mir die Muse zurückgebracht. Ich wäre ein Idiot, wenn ich riskieren würde, alles zu vermasseln und die Musik wieder zu verlieren. Ich kann mich aber nicht dazu bringen, es laut auszusprechen. Es würde sich so anhören, als wäre ich versucht – Gott steh mir bei, das bin ich –, und ich schwöre, dass ich den richtigen Weg beschreiten werde. Niemand würde mir das abnehmen.

„Lasst uns dieses wenig angemessene Gesprächsthema fallen lassen", verkündet Gabriel mit Bestimmtheit. „Emma kann nicht–"

Anna unterbricht ihn. „Gabriel, sie ist zwei Jahre älter als ich. Um Himmels willen, hör auf, sie wie ein Kind zu behandeln. Sie ist eine junge Frau, die flügge werden muss!"

„Indem sie ihre Beine breitmacht?", bellt Gabriel.

Emma springt auf, Funken sprühen aus ihren Augen. Ich beobachte mit völliger Bewunderung, wie sie für sich selbst eintritt. „Wie kannst du es wagen, über mich zu sprechen, als wäre ich nicht hier! Als ob mein Leben irgendjemanden außer mich selbst etwas anginge! Noch nie im Leben hat mich jemand so dermaßen in Verlegenheit gebracht!" Sie gestikuliert wild und scheucht sie weg. „Raus! Ihr alle! Alle außer Jackson!"

Niemand bewegt sich. Alle starren sie mit großen Augen an.

Sie wirft ihre Serviette auf den Tisch, wirbelt herum und marschiert zur Treppe. „Jackson bleibt und ich auch!"

Alle Augen richten sich auf mich.

Bei diesem dramatischen Abgang lässt sie mir keine Wahl. Ich kann sie nicht im Stich lassen. „Okay, dann bleibe ich."

Mein Blick begegnet einen intensiven Moment lang dem von Emma, dann läutet die Türglocke und bricht den Bann. Ihre Familie tauscht besorgte Blicke aus. Die Villa ist zu abgelegen, als dass zufällig jemand hier auftauchen kann.

Viktor eilt zur Tür, eine Wache geht zum König und zur Königin und die andere Wache zu Emma. Oliver muss noch draußen sein.

Ein paar Minuten später kehrt Viktor in das Esszimmer zurück und sagt zu Gabriel: „Majestät, Kronprinz Abdul ist hier. Er hat seine Wachen im Wagen gelassen und ist unbewaffnet. Er würde gerne unter vier Augen mit Emma reden."

10

Emma

Meine Wut auf meine anmaßende Familie, die kurze Freude zu wissen, dass Jackson bei mir bleiben will, all diese verwirrten Gefühle versetzen mich in einen Rausch, der von schierer Panik ersetzt wird. Mein Atem beschleunigt sich, meine Beine kribbeln vor dem Bedürfnis, die Flucht zu ergreifen. Ich muss mich beruhigen. Ich muss mich mit Abdul befassen. Ich hatte geplant, eine formelle Entschuldigung mit genau den richtigen Worten auszuarbeiten, um das Gesicht von Abdul und seiner Familie zu wahren. Dafür ist keine Zeit. Ich sehe Jackson an, der immer noch am Esstisch sitzt. Er nickt in meine Richtung, seine Augen sind mitfühlend.

Gabriel erhebt sich mit verbissener Miene von seinem Platz. „Ist er uns hierher gefolgt? Woher wusste er, wo wir sind?"

Viktor antwortet unverblümt: „Er hat ein paar Leute bestochen, Sir."

Gabriel stemmt die Hände in die Hüften. „Wie sicher können wir uns fühlen, wenn es Leute in unserem inneren Kreis gibt, die bereit sind, Informationen gegen Bargeld weiterzugeben?"

„Es waren niedrige Angestellte auf dem französischen und dem italienischen Flughafen, Sir", sagt Viktor. „Niemand aus dem Palast. Darum haben Sie ja auch Ihre persönlichen Sicherheitsleute, Sir."

„Ist es für Emma sicher, allein mit ihm zu reden?", fragt Anna Viktor.

Viktor nickt kurz. „Nicht allein, Majestät. Ich werde in dem Raum sein. Ich schlage vor, Sie beenden Ihr Abendessen in der Küche. Es ist der sicherste Ort im Haus, falls seine Wachen beschließen, ihren Posten im Auto zu verlassen und in irgendeiner Form einzugreifen. Oliver ist bei ihnen und lässt sie nicht aus den Augen."

Alle Blicke richten sich auf mich. Ich muss das tun. Abdul hat es verdient, und ich muss meiner Familie beweisen, dass ich weiß, wie ich mich zu verhalten habe.

Ich hole tief Luft. „Bitte führen Sie ihn herein. Ich werde im Wohnzimmer mit ihm reden."

„Ma'am, das Foyer wäre ein sichererer Ort dafür", sagt Viktor.

„Ich werde den Mann nicht zwingen, im Foyer zu stehen", sage ich entschieden. „Ich habe ihm Unrecht getan, und das Mindeste, was ich tun kann, ist, ihm einen bequemen Sitzplatz anzubieten."

Viktor nickt. „Ich muss Sie bitten, so weit wie möglich von den Fenstern entfernt zu sitzen."

„Das ist gut. Bitte führen Sie ihn herein."

Meine Familie sieht mich mit einer Mischung aus besorgten und mitfühlenden Blicken an, bevor alle ihre Teller nehmen und in die Küche gehen. Jackson folgt ihnen.

Ich gehe ins Wohnzimmer und warte neben dem Sessel, der am weitesten vom Fenster entfernt ist. Einen Moment später kommt Abdul mit Viktor an seiner Seite herein. Abduls Gesichtsausdruck ist angespannt, aber nicht wütend. Sein sonst so ordentlich gescheiteltes dunkelbraunes Haar ist zerzaust, als ob er es nur mit seinen Fingern gekämmt hätte, und er hat einen Stoppelbart. Ich fürchte, mein Verschwinden hat ihn tief getroffen.

Ich gehe auf ihn zu. „Hallo, Abdul, ich freue mich, dass du gekommen bist. Lass uns im Wohnzimmer Platz nehmen. Kann ich dir etwas zu trinken anbieten?"

„Nein, danke", sagt er knapp.

Ich drehe mich um und gehe zu dem Sessel, den ich zuvor ausgewählt habe, und biete ihm das Sofa an. Viktor steht hinter meinem Sessel, den Blick zum Fenster gewandt. Auch wenn er hoch aufmerksam ist, gibt er uns Privatsphäre.

„Müssen wir deine Wache hier haben?", fragt Abdul. „Das ist ein privates Gespräch."

„Ich fürchte, deine unerwartete Ankunft hat meine Wachen in Alarmbereitschaft versetzt. Ich kann dir versichern, dass er überaus diskret ist und niemals etwas preisgeben würde, was zwischen uns gesagt wurde, es sei denn, ich wäre in Gefahr."

Abdul atmet scharf aus und starrt Viktor an.

„Was sicherlich nicht der Fall ist", füge ich hinzu, auch wenn ich mir da alles andere als sicher bin. Ich habe Abdul nur zweimal getroffen. Doch, um fair zu sein, nachdem ich ihn verlassen habe, hat er mit einer Klage gedroht, nicht mit Gewalt.

Ich hole tief Luft und versuche, meine Gedanken zu sortieren, in der Hoffnung, vor allem seine Gefühle zu schonen.

Abdul mustert mich einen Moment lang. „Ich habe nur eine Frage. Warum hast du mich verlassen?"

Die Worte schwirren in meinem Kopf, weil es schwierig ist, die Situation im Palast zu erklären, meinen verlorenen Platz dort, mein Wissen über echte Leidenschaft und Liebe, die zwischen uns so gefehlt hat, und natürlich meine Panik. Schließlich sage ich: „Was ich getan habe, tut mir sehr leid. Ich wollte dich niemals verletzen. Es ging überhaupt nicht um dich. Ich war das Problem. Ich war nicht bereit für die Ehe."

Seine Stimme ist leise und wütend. „Also rennst du mit deinem Geliebten davon? Diesem Rockstar?"

Ich bemühe mich um eine ruhige Stimme. „Nein. Jackson ist ein Freund. Er ist mit mir hierher gekommen, genauso wie mein Bruder Lucas und meine Bodyguards. Jackson hat nichts mit meiner Flucht zu tun. Ich war ein unerwünschter blinder Passagier auf seinem Hausboot in Villroy."

„Ich möchte ihn kennenlernen."

„Nein", sage ich fest. „Das hier ist eine Sache zwischen dir und mir. Es tut mir leid, dass ich mit meinen Bedenken nicht gleich zu dir gekommen bin. Und nachdem ich weggelaufen war, war ich in solch einer Panik. Ich wollte eine Woche weg von allem, um meinen Kopf freizubekommen."

Seine dunklen Augen glitzern hart. „Während ich im Palast auf deine Rückkehr gewartet habe. Wir hatten einen Vertrag, wegen dem ich neun Jahre auf dich gewartet habe. Du hast diesen Vertrag unterschrieben."

Ich schlucke. „Ich war erst sechzehn, als ich ihn unterschrieben habe. Bitte entlass mich aus dieser Vereinbarung. Ich weiß, dass eine andere Frau stolz wäre, deine Frau zu werden."

Er beugt sich vor, die Ellbogen auf den Knien, seine Stimme sanft. „Meine Familie sagt, ich hätte mehr Zeit mit dir verbringen, dir wirklich den Hof machen sollen. Würde das das Problem aus der Welt schaffen?"

Ich wähle meine Worte sorgfältig aus. „So leid es mir tut, nein. Ich denke nicht, dass Zeit mit dir zusammen etwas ändern wird. Ich will Liebe und Leidenschaft in meiner zukünftigen Ehe, und ich fühle nicht mehr als freundliche Zuneigung zu dir. Es tut mir sehr leid, dass ich so lange gewartet habe, bis ich es gewagt habe, etwas zu sagen."

Er springt auf. „Ich wusste, dass du mit diesem schmutzigen Subjekt zusammen bist! Jackson Walker ist ein minderwertiger Prolet. Du hast dich von ihm besudeln lassen, während du mir gegenüber vorgegeben hast, rein zu sein."

Mir bleibt der Mund offen stehen. Ich bin mir nicht sicher, was ich sagen soll. Ich bin keine Jungfrau und habe das auch nie behauptet. Außerdem ist zwischen Jackson und mir nie etwas passiert. „Abdul, ich schwöre, ich habe dich nicht mit Jackson betrogen. Er ist ein unbeteiligter Dritter in dieser Sache."

Seine Augen sind schmal, seine Stimme leise und bedrohlich. „Bist du rein, Emma?"

Ich erschaudere fast. Ich kann sehen, dass er mit meinem nicht-jungfräulichen Zustand nicht glücklich gewesen wäre.

Ich zucke mit den Schultern und tue so, als würde ich es nicht verstehen. „Was meinst du mit rein?"

Seine Hand schießt so schnell vor, dass ich sie nicht kommen sehe. Das Klatschen seiner Ohrfeige auf meiner Wange schleudert meinen Kopf herum. Seine Lippe kräuselt sich. „Du treulose Hu–"

Viktors kraftvoller rechter Haken, der Abdul zurückschleudert, unterbricht ihn. Im Nu hat Viktor Abdul mit dem Knie im Rücken und den Handgelenken hinter seinem Rücken auf den Boden geworfen. Viktor ruft über sein Headset Verstärkung. Im nächsten Moment wird Abdul in Handschellen weggeschleppt.

„Warte! Hier ist dein Ring zurück!" Ich ziehe meinen Verlobungsring vom Finger und werfe ihn nach ihm. Er prallt von seiner Stirn ab und fällt zu Boden.

„Behalt ihn!", brüllt er. „Er ist ein Almosen im Vergleich zum Reichtum meines Königreichs! Villroy wird künftig keine Unterstützung von Kainei oder irgendeinem unserer Verbündeten mehr erhalten. Alle werden erfahren, dass du der Grund für den Niedergang von Villroy bist!"

Dann ist er weg.

Ich lasse mich mit zitternden Beinen in meinen Sessel sinken und halte meine brennende Wange. Er hat mich geschlagen. Wenn ich ihn geheiratet hätte, hätte ich allein in Kainei gelebt, und er hätte absolute Macht über mich gehabt. Seine Wachen, seine Bediensteten, seine Familie, niemand hätte mich verteidigt, ganz gleich, wie er mich behandelt hätte. Es hätte keinen Ausweg für mich gegeben. Vielleicht hätte er sogar jeden Kontakt zu meiner Familie unterbunden.

Mein Bauchgefühl hat sich als richtig erwiesen. Ich bin so froh, dass ich darauf gehört habe.

Jackson

Sobald die Wachen es uns erlauben, stürmen wir alle ins Wohnzimmer, um nach Emma zu sehen. Alle reden durcheinander.

„Emma!", keucht Anna.

„Was ist passiert?", fragt Lucas.

„Bist du okay?", frage ich.

„Was hat er getan?", poltert Gabriel.

Emma steht auf und lässt ihre Hand von ihrer Wange sinken. Sie ist leuchtend rot, als wäre sie geschlagen worden. Ich balle meine Fäuste an meinen Seiten. Wenn der kleine Bastard nur noch hier wäre, um zu bekommen, was er verdient.

Gabriel hält Emma am Kinn und inspiziert den Schaden. „Er hat dich geschlagen."

„Es war nur eine Ohrfeige", sagt Emma und klingt bemerkenswert ruhig. „Viktor hat ihn viel härter am Kiefer getroffen."

Gabriel lässt seine Hand sinken und sagt mit unheimlich ruhiger Stimme: „Dafür wird er bezahlen."

„Nein", sagt Emma. „Lass es hier enden. Er hat mir sein wahres Gesicht gezeigt, und es hat mir meine ganze Scham angesichts meiner Flucht genommen. Mein Bauchgefühl war richtig. Ich bin mir sicher, dass er glaubt, seine Zeit mit mir verschwendet zu haben, und dass er nach Hause zurückkehren wird."

Ich öffne langsam meine Fäuste. Ihr geht es gut. Sie klingt, als stünde sie unter Strom. Es muss ihr die große Last von den Schultern genommen haben, sich dem Chaos, das sie hinterlassen hat, zu stellen. Bald wird sie zu ihrem königlichen Leben zurückkehren. Vielleicht wird sie schon morgen früh packen und mit ihrer Familie nach Hause gehen. Ich habe ein hohles Gefühl in meiner Brust, als würde mir etwas weggenommen. Ich habe die Musik gerade erst wiedergefunden, dank ihr.

„Viktor war Zeuge", sagt Anna. „Wenn er in der Presse oder vor Gericht in irgendeiner Form Vergeltung zu üben versucht, werden wir mit seinem Angriff kontern."

„Er hat meine Schwester verletzt. Damit darf er nicht davonkommen", knurrt Gabriel.

Annas Lippen bilden eine flache Linie. „Lass uns Emmas Wünsche respektieren. Vielleicht ist es ja so, wie sie gesagt hat. Vielleicht ist er mit ihr fertig und kehrt einfach nach Hause zurück."

Gabriel stapft davon, und Anna folgt ihm und redet mit leisem, eindringlichem Ton auf ihn ein.

Lucas geht auf Emma zu. „Geht es dir wirklich gut?"

Ich halte mich zurück, aber ich beobachte sie genau, weil ich es auch wissen will.

Sie lächelt ihn traurig an. „Eigentlich sogar besser als gut. Jetzt kann ich mich wirklich entspannen, nichts hängt über mir, kein Bedauern mehr. Es ist ein Neuanfang für mich."

Lucas küsst sie auf die Stirn und geht.

Ich zwinge mich zu einer Lässigkeit, die ich nicht empfinde. Ich habe meinen Beschützerinstinkt gefühlt, als sie ihre Verwundbarkeit auf dem Boot gezeigt hat. „Du hättest ihn zurückschlagen sollen. Ich weiß, dass du es in dir hast. Du hast mir einen beeindruckenden Schlag versetzt, als ich dich über Bord werfen wollte."

Sie lacht. „Er hat mich überrascht. Nächstes Mal, okay?"

Etwas zwingt mich, sie in meine Arme zu ziehen, und ich bin so *gar nicht* der Typ dazu. Ich muss wissen, dass es ihr gut geht. Sie fühlt sich warm und richtig an in meinen Armen. Ich beuge mich zu ihrem Ohr hinunter. „Ich bin froh, dass du all das relativ unbeschadet überstanden hast. Das ist nicht leicht."

Sie blickt zu mir auf, ihre haselnussbraunen Augen weich. „Dich ein zweites Mal zu treffen, war es wert."

Meine Brust wird eng, als würde sie direkt in mein Herz greifen und es quetschen. Die Anziehungskraft ist zu stark, um ihr zu widerstehen. Ich beuge mich langsam vor, von einer unsichtbaren Macht angezogen. Das Blut rauscht durch meine Adern. Ihre weichen Lippen sind nur einen Atemzug entfernt. Ihre Augen flattern und lassen sie noch jünger und süßer aussehen. Ich weiß es besser, als mit ihr etwas anzufangen. Sie wird wahrscheinlich morgen früh in ihr königliches Palastleben zurückkehren, und ich werde nicht mehr als eine Erinnerung sein. Doch besser das als ein Bedauern.

Es kostet mich all meine Willenskraft, doch ich schaffe es, sie loszulassen. „Gute Nacht, Emma."

Ich drehe mich um und gehe auf die Treppe zu, ich brauche dringend Abstand zwischen uns. Es ist zu früh, schlafen zu gehen. Ich werde mich mit meiner Gitarre in eine ruhige Ecke setzen, bevor sie die Musik mitnimmt. Ich bin auf halber Höhe der Treppe, als ich sie leise „Gute Nacht, Jackson" sagen höre. Es klingt wehmütig und voller Sehnsucht.

Ich möchte mich noch nicht verabschieden. Das hohle Gefühl in meiner Brust ist zurück, und meine Glieder sind schwer, als ich mich zwinge, weiterzugehen. *Lass es in deine Musik einfließen und lass sie gehen.*

Ich erwache im Morgengrauen. Das Haus ist still. Warum bin ich wach? Ich blicke zur Tür, doch sie ist immer noch geschlossen. Keine Emma. Sie hat mich oft genug um diese Zeit geweckt, dass mein Gehirn schon damit rechnet. Packt sie gerade ihre Koffer und macht sich bereit, mit ihrer Familie nach Hause zurückzukehren?

Ich rolle mich auf den Rücken, angespannt wegen des bevorstehenden Abschieds. Ich sollte nur froh sein, dass wir uns überhaupt begegnet sind. Ansonsten wäre ich immer noch auf diesem verdammten Hausboot und würde meine Gitarre nicht anrühren. Sie hat mir weit mehr gegeben als ich ihr.

Sie ist so ein guter Mensch. Sie hat diesem Arschloch die Ohrfeige vergeben und gebeten, auf Vergeltungsmaßnahmen zu verzichten. Sie ist so gut, dass sich ihre Familie auf den Kopf stellt, um diese Güte zu bewahren. Sie hat keine Ahnung, was für ein Glück sie hat, so überfürsorgliche große Brüder zu haben, die sich liebevoll über sie lustig machen. Mein eigener großer Bruder hat nichts mehr genossen, als in allem besser als ich zu sein. War allerdings auch nicht schwer. Er war der Gebildete, der Athlet, der Gute. Ich war der Versager. Als ich die Musik für mich entdeckt habe, war er bereits auf der Universität. Es ist ihm egal, dass ich groß rausgekommen bin. Wir haben seit Jahren nicht mehr miteinander gesprochen. Meine Mutter hat sich gefangen und sich dafür entschuldigt, dass sie mich so lange nicht verstanden und nicht gewusst hat, dass ich ein „verborgenes Talent" hatte. Wir haben uns vertragen, doch es ändert nichts an der Tatsache, dass ich mich die meiste Zeit meines Lebens nicht gut genug gefühlt habe.

Ich rolle unruhig auf die andere Seite. Ich bin jetzt zu wach, meine Gedanken kreisen um Emma. Ich vermisse ihre Wärme, die sich an mich schmiegt, ich vermisse es, sie ihre Geheimnisse flüstern zu hören. Ich weiß, dass sie mehr Geheimnisse hat. Warum sie zum Beispiel Schlösser knacken kann. Vielleicht schleicht sie sich heimlich aus dem Palast und bricht irgendwo ein. Vielleicht ist sie ein weiblicher Robin Hood, der von den Reichen stiehlt und den Armen gibt. Ich lache in mich hinein. Meine Fantasie macht Überstunden. Sie ist nur eine behütete Prinzessin.

Vielleicht noch eine Gitarrenstunde, bevor wir alle wieder unserer Wege gehen. Ich muss gehen, wenn sie abreisen. Ich bin ja nur wegen Lucas' Verbindungen hier. Ich stehe auf und gehe zu meiner Gitarre. In diesem Moment erinnere ich mich, dass Emma gestern Abend, nachdem ich mit dem Spielen fertig war, darum gebeten hat, sie sich ausleihen zu dürfen. Sie muss mir beim Spielen zugehört haben, denn sie ist kurz, nachdem ich die Gitarre wieder in den Koffer gelegt hatte, aufgetaucht. Sie ist wahrscheinlich wach. Ich gehe einfach zu ihr und hole sie mir zurück.

Ich ziehe ein T-Shirt und meine Jeans an, öffne die Tür und trete in den Flur. Ich bekomme eine Gänsehaut, und meine Nackenhaare stellen sich auf, als ich ihre Stimme höre. Sie singt Ave Maria auf Italienisch, und es ist unglaublich schön. Ich schleiche mich näher heran und höre zu. Es klingt verletzlich und echt. Ihre Gefühle fließen durch den Text, den ich nicht verstehen, aber fühlen kann. Ich bleibe vor ihrer Tür stehen und wage es kaum zu atmen. Sie spielt eine falsche Saite auf der Gitarre, hält inne und zupft ein paarmal die richtige, bevor sie weiterspielt.

Ich öffne langsam die Tür, da ich ihre Stimme ohne die Barriere zwischen uns hören muss. Sie sitzt auf der gepolsterten Sitzbank am Ende ihres Bettes, ihr Kopf ist der Gitarre zugeneigt, und sie beobachtet ihre Finger, während ihre Stimme eine hohe Note trifft, so rein und süß, dass der Laut in meine Brust reicht und mir den Atem aus den Lungen presst.

Sie hebt den Kopf und erstarrt, die Augen weit aufgerissen, der Mund vor Überraschung ein perfektes O.

„Hör nicht auf", sage ich. „Es ist wunderschön."

Sie setzt die Gitarre auf ihren Schoß. „Ich habe ein paar Noten nicht richtig getroffen."

Ich setze mich neben sie auf die Bank. „Du singst wie ein Engel. Warum versteckst du dein Talent?"

Ihre Wangen werden rot. „Ich wusste nicht, dass ich ein Talent habe. Bis heute hat mir noch niemand gesagt, dass ich singe wie ein Engel."

„Hast du noch nie vor anderen Leuten gesungen?"

„Nein. Ich singe normalerweise nur unter der Dusche oder wenn ich alleine bin."

„Warum?"

Sie blinzelt ein paarmal und benetzt ihre sinnlich vollen Lippen. „Ich hatte nie Unterricht. Ich bin nicht mehr als eine Amateurin. Unter der Dusche hört sich jeder gut an."

Ich kann kaum glauben, dass sie nicht weiß, was sie hat. „Nein, Emma, das ist etwas Besonderes. Deine Stimme ist großartig. Bitte, ich muss mehr hören."

Sie beißt sich auf die Lippe. „Ich kenne das Lied nicht sehr gut. Ich habe nur versucht, mit den Noten mitzusingen. Habe ich dich aufgeweckt?"

„Ich bin aufgewacht, weil ich mit einer frühmorgentlichen Gitarrenstunde gerechnet habe."

Sie lächelt. „Ich weiß, dass du gerne ausschläfst. Ich war wirklich eine Nervensäge."

Ich rücke näher. „Du bist mir irgendwie ans Herz gewachsen."

Ihre Finger flattern an ihren Hals. „Oh. Wirklich?"

„Ja. Mach weiter, sing es nochmal."

Sie gibt mir die Gitarre. „Hier, spiel du das Lied, und ich singe mit."

Ich zögere nicht einmal. Ich nehme die Gitarre, schlage

meinen Knöchel über mein Knie und lege die Noten auf mein Bein, wo ich sie sehen kann. Ich brauche einen Notenständer. So fallen sie gleich runter. „Kannst du die Noten für mich halten?"

„Gerne." Sie nimmt das Notenblatt, stellt sich vor mich und hält die zwei Seiten direkt vor ihr Gesicht.

Ich unterdrücke ein Lachen. Sie ist schüchtern. Sie weiß wirklich nicht, wie schön ihr Gesang ist. Ich fange an zu spielen.

Sie singt leise mit. Ich schweige und hoffe, dass sie sich schnell sicherer fühlt und ihre Stimme wieder entspannt. Das Lied baut sich auf und ihre Stimme mit ihm. Sie wird stärker, sicherer, jede Note schmerzend süß. Die Musik bewegt sich über die beiden Seiten, die sie hochhält, hinaus, und ich improvisiere, indem ich Akkorde von früher wiederhole, in der Hoffnung, dass sie genug in der Musik gefangen ist, um weiterzumachen. Das tut sie. Wahrscheinlich, weil sie das Lied kennt und es verdammt noch mal perfekt ist. Diese Stimme wird für den Rest meines Lebens in meinem Kopf klingen. Ich habe noch nie so etwas Schönes gehört. Der Klang ist exquisit, dringt durch meine Ohren, füllt meinen Körper und meine Seele und elektrisiert mich.

Sie hört auf zu singen und senkt langsam die Notenblätter. Sie lächelt schüchtern, ihre Augen begegnen meinem Blick nur kurz, bevor sie zur Seite huschen. „War das okay?"

Ich lege die Gitarre ab und stehe auf. „Das war mehr als okay. Das war unglaublich. Exquisite Perfektion. Du klingst wie ein Engel."

Sie lächelt, schüttelt den Kopf und errötet noch mehr. „Ach nein."

Ich halte sie am Kinn und hebe ihren Kopf an. „Doch. Nimm das Kompliment an. Bade darin. Du bist eine brillante Sängerin. Deine Stimme ist ein Geschenk."

Sie blinzelt ein paarmal, und ihre Augen leuchten. „Aber ich hatte noch nie Gesangsunterricht. Ich bin mir sicher, dass ich nicht auf dem Level bin–"

„Emma, du hast etwas, das man nicht lernen kann. Es ist

ein natürlicher, reiner Klang. Das Gefühl. Mein Gott, ich habe Gänsehaut." Ich zeige auf meine Arme.

„Du hast Gänsehaut!", entfährt es ihr. „Aber vielleicht ist dir nur kalt."

„Emma", knurre ich. Sie ist schlimmer als ich, wenn es darum geht, Lob anzunehmen.

„Danke für das nette Kompliment."

„Ich werde Musik für deine Stimme schreiben. Ich komme dich holen, wenn ich fertig bin."

Ihre Hand wandert an ihre Kehle. „Du willst ein Lied für mich schreiben?"

„Ich will ein Album für dich schreiben." Ein Adrenalinstoß durchströmt mich. Die Dringlichkeit, mit dem Schreiben anzufangen, lässt alle meine Nervenenden feuern. Doch zuerst–

Ich küsse sie auf die Wange. „Danke, dass du dein Geschenk mit mir geteilt hast."

Als ich zurück in mein Zimmer gehe, klingen die Anfänge einer Ballade bereits in meinem Kopf, und die Welt tritt weit in den Hintergrund.

11

Emma

Dann singe ich also wie ein Engel. Ich hatte keine Ahnung. Es muss wahr sein, denn genau in dieser Minute schreibt Jackson Walker, Rockgott, Gitarrist extraordinaire, Musik nur für meine Stimme. Ich sitze auf dem Flur, an seine Schlafzimmerwand gelehnt, und lausche den schönen Klängen einer Melodie, die langsam Formen annimmt. Er ist der Geniale, der Musik komponiert und etwas aus dem Nichts erschafft.

Ich wollte nicht, dass Jackson gestört wird, während er kreiert, also habe ich meinen Posten nur einmal verlassen, um mich von meiner Familie zu verabschieden. Ich habe ihnen gesagt, dass ich noch eine Weile bei Jackson bleiben und mein neu gefundenes Talent für die Musik erkunden will. Anna wirft mir einen wissenden Blick zu, Lucas wünscht mir viel Glück und Gabriel brummt etwas Unverständliches, gibt sich aber damit zufrieden, dass seine Frau darauf besteht, dass es mir hier gut geht mit Jackson und meinen Bodyguards. Die Gefahr ist vorbei. Unsere Quellen haben berichtet, dass Abdul und seine Wachen gestern Abend nach Kainei zurückgekehrt sind und seine Familie heute Morgen den Palast verlassen hat.

Der einzige, der mit meinem Plan für einen längeren Aufenthalt nicht an Bord ist (oder davon Kenntnis hat), ist

Jackson. Er hat einer Woche zugestimmt, doch da habe ich mich noch mitten im größten Skandal meines Lebens befunden. Habe ich irgendetwas, das er so sehr haben will, dass er hier bleibt? Ich glaube, dass nicht einmal ein kühner Verführungsversuch meinerseits ihn dazu bringen würde, lange zu bleiben. Ich mache mir nichts vor, was ihn betrifft. Er steht nicht auf Beziehungen, und ich weiß, dass meine Familie sowieso nicht mit uns als Paar einverstanden wäre. Nur Lucas scheint das Gute in ihm zu sehen. Anna hat klargemacht, dass Jackson unserer Familie nur mehr Skandale und die falsche Aufmerksamkeit bringen würde. Nachdem ich schon reichlich getan habe, um den Ruf unserer Familie zu schädigen, verstehe ich die Notwendigkeit, weiteren Schaden zu vermeiden.

Ich werde nicht wirklich etwas mit ihm anfangen, doch wie kann ich mich jetzt von meiner neuen musikalischen Seite abwenden? Ich habe unseren Gitarrenunterricht so genossen, und jetzt zu entdecken, dass meine Stimme etwas Besonderes ist, ja, das bringt mich dazu, weiter in die Musik eintauchen zu wollen. Und dafür brauche ich ihn.

Ich bin nicht bereit, mich zu verabschieden.

Er hat mir nichts als Freude gebracht. Ich bin mir nicht sicher, was ich ihm gebracht habe, wenn überhaupt etwas. Vielleicht würde er bleiben, wenn ich ihn für Gitarrenstunden bezahle, damit es sich für ihn lohnt. Ich erwärme mich für die Idee. Auf diese Weise klingt es so vernünftig, und nicht als ob ich mich nach ihm verzehre oder um eine Bindung bitte, was ich nicht tue. Natürlich nicht. Ich bitte nur darum, dass er länger bleibt. Ich werde ihm meinen Verlobungsring im Austausch für einen Monat Gitarrenunterricht in der Villa anbieten. Niemand will den Ring haben, und der Diamant ist leicht eine Million Euro wert. Selbst wenn er das Geld nicht braucht, könnte er den Diamanten verkaufen und den Erlös für einen guten Zweck spenden, was ich unter den gegebenen Umständen niemals tun könnte. Zumindest würde jemand davon profitieren. Das klingt nach einem hervorragenden Plan.

Nach meiner Begegnung mit Abdul letzte Nacht habe ich

den Ring in meine Nachttischschublade geworfen, da ich nicht an ihn erinnert werden will. Mir ist zu spät eingefallen, dass Abdul in seinen sechsundzwanzig Jahren unmöglich für mich „rein" geblieben ist. Es war eine patriarchische Doppelmoral, und ich wünsche mir fast, ich könnte ihm das ins Gesicht werfen, doch nicht genug, um ihn jemals wiederzusehen. Ich lebe mein Leben weiter, und es ist nur zu passend, dass er mir helfen wird, indem er diesen Ring für die Sache spendet. Ich stecke ihn an den Ringfinger meiner linken Hand, anstatt an meine rechte, wo ich ihn zuvor getragen habe.

Ich sehe an mir hinab und seufze. Leider sind meine stylischen, geliehenen Klamotten in der Wäsche, also trage ich ein braves blassrosa Kleid. Ich kehre auf meinen Posten direkt vor Jacksons Schlafzimmertür zurück und höre entzückt zu. Er komponiert seit Stunden neue Musik. Bisher habe ich vier Songs gehört. Zwei Balladen und zwei Rocksongs mit treibendem Beat. Es ist wie mein persönliches Konzert. Als er mit seiner rauen Stimme eine Ballade gesungen hat, sind mir wohlige Schauer über den Rücken gelaufen. Er hat nicht zu den anderen Songs gesungen, und ich frage mich, ob das wohl meine Songs sein sollen. Ich wünschte, ich könnte mit ihm zusammen die Magie aus nächster Nähe erleben, doch ich wage es nicht, seinen kreativen Prozess zu stören.

Von unten höre ich den Fernseher. Viktor und Oliver müssen es sich bequem gemacht haben, jetzt, da die Abdul-Gefahr vorüber ist. Sie haben bereits die Alarmanlage eingeschaltet und ihre Runde durch das Haus und den Garten gemacht.

Jacksons Tür öffnet sich plötzlich, und er tritt heraus. „Emma?", ruft er.

Ich hebe eine Hand. „Ich bin hier."

Er nimmt meine Hand und zieht mich auf die Beine. „Wie lange sitzt du schon hier?"

„Ähm, die ganze Zeit. Mit einer kurzen Pause, um mich von meiner Familie zu verabschieden."

Seine Augen weiten sich. „Alle sind weg?"

„Ja."

„Ich habe mich gar nicht verabschiedet."

Mein Herz zieht sich zusammen. Ich bin gerührt, dass es ihm so viel bedeutet, dass er sich von ihnen verabschieden wollte, und das nachdem meine Familie ihm mit solchem Misstrauen begegnet ist, obwohl das hauptsächlich Gabriel war. „Ich habe sie gebeten, deinen kreativen Prozess nicht zu stören. Sie haben gesagt, ich solle dich grüßen."

Er nickt. „Was machst du noch hier?"

Ich wappne mich für das, was jetzt kommt. „Ich habe meinen Gitarrenunterricht bei dir so genossen, dass ich gehofft habe, dass du bereit bist, ein bisschen länger zu bleiben und mich weiter zu unterrichten. Ich bezahle dich für deine Zeit."

„Emma", beginnt er sanft.

Ich unterbreche ihn, bevor er nein sagen kann, hebe meine Hand und zeige ihm den Ring. „Ich möchte dir diesen Ring als Bezahlung geben. Er ist eine Million Euro wert. Du könntest den Diamanten verkaufen und das Geld einem guten Zweck spenden. Oder es behalten, wenn du willst." Ich halte den Atem an, weil er tatsächlich so aussieht, als würde er darüber nachdenken.

Er reibt sich den Nacken und sieht mir endlich in die Augen. „Wie lange?"

Ich hole tief Luft und platze heraus: „Dreißig Tage, dreißig Gitarrenstunden, und du bekommst den Ring."

Er zieht mich in sein Zimmer und schließt die Tür. „Deal."

Mein Herz rast, mein Körper summt vor Freude. Ich bin mir nicht sicher, worauf ich mich mehr freue, auf die Möglichkeit eines persönlichen Live-Konzerts oder auf die Möglichkeit, dass er mich vielleicht wirklich will. Letzte Nacht hat er mich fast geküsst, und jetzt sind wir allein in seinem Schlafzimmer. Wer weiß, was er vorhat? Ich nehme mir dreißig Tage Zeit für alles, was er anbietet. Er ist barfuß in Jeans und einem weißen T-Shirt. Super lässig. Wir sind wie Salz und Zucker. Sie passen nicht wirklich zusammen, aber irgendwie tun sie es doch. Salzig und süß. Ich denke, ich bin die Süße.

Ich glaube, ich verliere meinen Verstand an die Lust.

Er bleibt vor mir stehen, sein Blick ist entschlossen. Mit

seiner großen Hand streicht er eine Haarsträhne hinter mein Ohr.

Ich kann nicht atmen. Meine Lippen öffnen sich und hoffen verzweifelt auf einen Kuss.

Seine Stimme ist schroff. „Ich mag deine Haare offen." Er löst sie aus ihrem ordentlichen Chignon. Haarnadeln fallen zu Boden, der Haargummi um seinen Finger. Er steckt den Gummi in seine Jeanstasche. „Das ist so viel besser. Lockerer. Du versteckst dich zu sehr in deinem eng verschnürten Paket."

Mein Mund wird trocken. „Danke."

Er senkt den Kopf, sein Blick ist direkt. „Sing mit mir."

„Ja."

Er ergreift meine Hand und zieht mich zur Sitzbank, wo er Texte in ein kleines Notizbuch mit Spiralbindung gekritzelt hat. Seine Handschrift ist schwer zu entziffern. Ich sehe allerdings meinen Namen, den Titel eines Liedes. Er hat ein Lied über mich geschrieben! Es fühlt sich an wie ein Traum.

Er setzt sich neben mich und lächelt, ein breites, glückliches Lächeln, das sein hübsches Gesicht strahlen lässt. Mein Herz schlägt Salti, mein Magen flattert wie verrückt, Hitze durchströmt mich. Es ist das erste wirklich glückliche Lächeln, das ich je bei ihm gesehen habe, und er hat es mir geschenkt. Meine Hand geht zu meiner plötzlich engen Brust. Meine Augen brennen, ein Kloß von Emotionen steckt in meinem Hals, und meine Unterlippe zittert. Das ist unglaublich viel, um es auf einmal zu verarbeiten. Die Schönheit dieses Augenblicks und dass Jackson einen Song für mich geschrieben hat.

Er beginnt zu spielen, und ich breche in Tränen aus. Freudentränen, ich schwöre es. Normalerweise wäre es mir peinlich, doch ich empfinde gerade zu viel Freude, als dass ich mir den Moment von Scham verderben lassen würde.

Er hört auf zu spielen. „Was ist mit dir?"

„Ich bin einfach so glücklich, so begeistert, dass du dieses Lied für mich geschrieben hast."

Er wischt meine Tränen mit den Daumen ab. „Schau dir

all diese Emotionen an, die du tief in dir aufgestaut hast. Die kleinste Kleinigkeit, und sie kommen raus. "

„Das ist überhaupt keine Kleinigkeit! Das ist das Wunderbarste, was jemals in meinem Leben passiert ist!"

Er lächelt mich an. „Ich habe gehört, wie behütet dein Leben war. Dann lass jetzt einfach all diese Emotionen in die Musik fließen. Ich habe etwas davon gehört, als du „Ave Maria" gesungen hast, doch ich denke, du hast mehr in dir. Sing mit mir."

Ich halte das Notizbuch hoch. „Ich kann dein Gekrakel kaum lesen."

Er lacht. „Dann hör das erste Mal einfach zu."

Und dann spielt er es für mich. Mein Lied. Über ein Mädchen, das verloren war und davonlief und dann aufhörte davonzulaufen und sich selbst fand. Gah. Ich bin ein Wrack. Wieder laufen mir die Tränen über die Wangen. Die zweite Strophe soll ich singen. In ihr finde ich meine Kraft, meine Stimme und weiß endlich, wo ich hingehöre. Ich möchte diese Frau sein und diesen Punkt erreichen, an dem ich weiß, wo ich hingehöre.

Als er fertig ist, sieht er mich zärtlich an. „Du bist etwas Besonderes, Emma. All diese Tränen." Er legt eine Hand an meine Wange, zieht mich an sich und küsst meine Stirn. „Spar dir diese Gefühle für die Musik auf, ja?"

Ich nicke und versuche, meine Enttäuschung über diesen keuschen Kuss zu verbergen. Er ist begeistert von mir als Freundin, als Musikerin. Bin ich jetzt Musikerin? Habe ich die ganze Zeit mein eigenes Potenzial nicht gekannt? Ich weiß, dass die Antwort auf beide Fragen ja lautet. Ich bin Musikerin, Anfängerin natürlich, aber trotzdem. Die Erkenntnis lässt meinen Magen in meine Kniekehlen sinken, als ob ich gerade den Hügel einer furchtbaren Achterbahn erklommen hätte, und jetzt bin ich im freien Fall. Ich bin gleichzeitig aufgeregt und verängstigt. Prinzessin Emma Rourke von Villroy ist noch nie so weit aus ihrer Komfortzone herausgetreten, hat noch nie riskiert, sich mit einer neu gewonnenen Leidenschaft lächerlich zu machen.

Er fängt wieder an zu spielen. „Du singst die zweiten Strophe. Meine leitet zu deiner hin."

„Ich weiß", flüstere ich. Ich kann immer noch nicht glauben, dass er dieses unglaubliche Lied für mich geschrieben hat. Ich höre zu und bin nicht in der Lage, meinen Blick von seinem wunderschönen, ausdrucksstarken Gesicht abzuwenden. Seine Augen sind geschlossen, seine Miene ist entspannt, seine Finger sind meisterhaft auf der Gitarre. Ein außergewöhnlicher Moment.

Er öffnet seine Augen und nickt mir zu, um mir zu signalisieren, dass meine Strophe anfängt.

Ich beginne zögernd und bin mir sehr bewusst, dass ich nicht so natürlich klinge wie er. „Ich habe ein ruhiges Leben geführt. Ich habe für dich und dich und dich gelebt ..."

Er schließt die Augen, spielt mit und scheint glücklich mit meinem Gesang zu sein. Ich starre auf den Text, während ich singe und mit der Frau im Lied an Selbstvertrauen gewinne. Die Musik trägt mich empor, und meine Stimme erhebt sich darüber hinaus. Ich vergesse, wer ich bin und wo ich bin. Es gibt nichts außer mir und der Musik, die mitsegelt, vollkommen frei.

Mir ist plötzlich klar, dass es still ist. Ich drehe mich langsam um und begegne seinem Blick, sofort wieder verunsichert.

„Ja", sagt er.

„Ja?"

Er lacht. „Ja!"

Ich lache mit. Irgendwie weiß er, wo ich war und dass ich mit der Musik gesegelt bin. „Empfindest du die Musik auch so? Als ob du die Welt hinter dir lässt und frei bist?"

„So war es früher. Und gerade jetzt, als du gesungen hast, hat es sich wieder so angefühlt. Danke, Emma."

„Oh, das ist doch nichts."

„Es ist *alles*."

Ich lächele und nicke. „Es ist etwas Besonderes. Ich weiß das. Ich habe es immer geliebt, Musik zu hören, aber jetzt bin ich sozusagen in der Musik."

Er nickt. „Hast du jemals Texte geschrieben?"

„Ich? Nein, ich habe noch nie etwas geschrieben."

„Ah, dann sind das deine Hausaufgaben. Ich habe eine Melodie, die deine Texte braucht."

Meine Hand wandert an meinen Hals. „Warum meine?"

„Weil ich deine Stimme hören will, deine Seele, was zu dir spricht. Nicht als Emma, die Prinzessin, sondern als Emma, die Musikerin, die Frau, die heute Morgen meine Welt auf den Kopf gestellt hat."

Ich beuge mich vor und versuche einen sexy Flirtton. „Das hört sich so an, als hätten wir heute Morgen rumgemacht."

Er zuckt zurück. „Rumgemacht? Die jungfräuliche Prinzessin weiß von solchen Dingen?" Seine Stimme ist hoch und proper, eine schlechte Imitation meiner eigenen.

Ich hebe mein Kinn. „Hör nicht auf meine Brüder. Sie wissen nicht alles über mich."

Er legt seine Gitarre vorsichtig in den Koffer zurück und bleibt vor mir stehen, bevor er mit leiser Stimme antwortet: „Willst du mir damit sagen, dass du keine jungfräuliche Prinzessin bist?"

Ich schlage meine Beine übereinder und lasse meine Hände auf meinen Oberschenkeln ruhen, erfreut über die Wendung des Gesprächs. Vielleicht hat er eine großartige Idee. „Genau das will ich dir damit sagen."

Er ballt seine Hände zu Fäusten. „Wer hat dich angefasst?"

Mir bleibt der Mund offen stehen, schockiert über seinen Ton. „Warum spielt es eine Rolle?"

„Wenn du seit deinem sechzehnten Lebensjahr verlobt bist, war es entweder dein Arschloch von einem Verlobten, oder jemand, der dich ausgenutzt hat, jemand, dem du vertraut hast. Und das bedeutet, dass ich ihn schlagen will."

„Es war jemand, dem ich vertraut habe."

Er setzt sich neben mich, seine blauen Augen hart. „Wer?"

„Beruhig dich. Es war einvernehmlich. Ich habe ihn geliebt."

Er fährt sich mit der Hand durchs Haar und sieht immer noch wütend aus. Ich bin schockiert über die Veränderung in ihm, so beschützend und fürsorglich. Die Musik war mein Weg zu ihm, und ich hätte es nicht einmal gewusst, wenn er mich nicht gehört hätte, als ich in meinem Zimmer gesungen habe. Vielleicht muss ich ein bisschen lauter leben, mehr von meinem wahren Selbst zeigen.

Ich erzähle ihm, was ich noch nie mit jemandem geteilt habe. „Er war mein Bodyguard. Adam.“

Er knirscht mit den Zähnen. „Einer der Wachen, die mit Anna und Gabriel hier waren?“

Ich schüttele den Kopf. „Er arbeitet nicht mehr für uns.“ Ich halte inne, denn Erinnerungen an Adam kehren zurück. „Als ich zur Universität ging, wurde mir ein neuer Bodyguard zugewiesen, der sehr gut ausgebildet war. Mein Vater hat ihn speziell für mich ausgesucht, weil er sich mit Kampfkunst und Waffen auskannte. Er hätte bei Bedarf tödliche Gewalt anwenden und darüber schweigen können.“

Er lächelt schief. „Also hat dein Vater dich mit einem Mörder zur Universität geschickt.“

Ich zucke mit den Schultern. „Ich habe es nie so gesehen. Ich nehme an, mein Vater wollte nur sicher sein, dass mir nichts passiert. Ich war achtzehn, zum ersten Mal von zu Hause weg und hatte schreckliches Heimweh. Adam war Franzose, doch sein Englisch war ziemlich gut. Wenn er gesprochen hat, habe ich meine Heimat gehört. Und er war auch jung, zweiundzwanzig. Es war sein erster großer Auftrag von zu Hause weg. Ich war nicht darauf aus, dass es passiert. Irgendwie sind unsere Gespräche zu sehnsüchtigen Blicken geworden und dann–“

„Er hat dich ausgenutzt.“

„Nein. Ich habe ihm gesagt, dass ich ihn liebe.“

Er holt scharf Luft. „Einfach so?“

„Ja.“ Ich atme tief ein und erinnere mich an die Süße dieser Zeit. „Es war alles so frisch und neu, dass meine Gefühle aus mir herausgesprudelt sind. Ich dachte, es muss beiderseitig sein. Ich konnte nicht die einzige sein, die so viel empfand.“

„Und war es so?“

„Er hat es nicht gesagt, aber dann hat er mich geküsst.“ Meine Finger wandern zu meinen Lippen, und ich erinnere mich an meinen ersten Kuss, seine Zärtlichkeit, das Zögern, den langen, fragenden Blick, die sichere Antwort. „Und ich habe seinen Kuss erwidert. Er hat mich losgelassen, sich entschuldigt und gesagt, dass es nie wieder passieren würde."

„Doch es ist wieder passiert."

„Ja. Die gegenseitige Anziehung war unmöglich zu ignorieren. Es wurde unser Geheimnis." Ich spiele mit einer Haarsträhne. „Er hat mich geliebt. Wir waren das ganze Jahr zusammen, aber als es Zeit war, für den Sommer nach Villroy zurückzukehren, hat er sich verabschiedet. Er hat seinen Job gekündigt und ist nach Frankreich zurückgegangen. Er sagte, er könne mich nicht richtig beschützen, wenn sein Herz involviert sei, und er wüsste, dass wir keine Zukunft hätten. Ich war mit einem zukünftigen Sultan verlobt, und er war ein einfacher Mann."

„Wenn du ihn geliebt hast, warum hast du deine Verlobung nicht gelöst und bist ihm nachgegangen?"

Ich streiche eine imaginäre Falte auf meinem Kleid glatt und überlege, wie ich antworten soll. Ich möchte nicht kaltherzig klingen. Manchmal frage ich mich, ob ich Adam zu leicht habe gehen lassen. Ich entscheide mich für die harte Wahrheit. „Weil ich wusste, dass Adam recht hatte. Wir hatten keine Zukunft. Ich war überzeugt, dass ich dem Weg folgen müsse, den mir eine lange Tradition vorschrieb, und zum Wohle des Königreichs heiraten müsse. Adam hätte dem Königreich keinen Nutzen gebracht."

„Außer Liebe." Er kneift die Augen zusammen. „Und ich dachte, du wärst so viel besser als ich. Dabei bist du schlimmer als ich. Totales Arschloch."

Ich springe auf und zeige mit dem Finger auf ihn. „Wie kannst du es wagen! Ich habe etwas aus meinem tiefsten Herzen mit dir geteilt!"

Langsam steht er auf. Sein Atem streift meine Lippen, seine Stimme ein heiseres Knurren. „Du verdienst jemanden wie mich."

Ich blinzele, unsicher, was er meint. Mein Herz donnert gegen meine Rippen. War das als Beleidigung oder Anmache gedacht?

12

Emma

Seine Hand gräbt sich in mein Haar und zieht mit einem scharfen Ruck, der mich nach Luft schnappen lässt, meinen Kopf zurück. Sein Mund schließt sich über meinem, seine Zunge stößt in meinen Mund, und ich habe meine Antwort. Lust, wie ich sie noch nie erlebt habe, strömt durch mich hindurch, und ich schlinge meine Arme um seinen Hals. Er verzehrt mich, und ich liebe es. Seine Hände wandern an den Saum meines Kleides, und er zieht es zu meiner Taille hoch.

Er verteilt Küsse an meinem Kiefer entlang zu der empfindlichen Stelle unter meinem Ohr, wobei seine Zähne an mir kratzen und mir heiße Schauer über den Rücken jagen. „Ich kann diesen Altweiberfummel nicht leiden", flüstert er mir ins Ohr. „Kann ich es dir ausziehen und in den Müll werfen?"

Ich bin peinlich berührt und unglaublich erfreut zugleich. Meine Garderobe ist die einer alten Dame. Ich drehe mich um. „Mach den Reißverschluss für mich auf."

Er zieht ihn mit einer schnellen Bewegung herunter und streift das Kleid von meinen Schultern und meine Armen hinunter. Ich drehe mich um, und das Kleid landet zu meinen Füßen. Ich trete es weg.

Sein Blick fällt auf meinen schlichten weißen BH und den

dazu passenden Slip. „Emma", knurrt er und legt seine Arme um meine Taille. Er schmiegt sein Gesicht an meinen Nacken und meine Nervenenden leuchten auf, mein Atem wird schwerer. „So angemessen, so vornehm. Ich muss dich ein bisschen schmutzig machen."

„Ja", keuche ich. Ich will wissen, was er weiß, und mit ihm die rohe Freude am Sex erleben. Adam war immer so behutsam mit mir und war sich meines Platzes in der königlichen Familie und seines eigenen Platzes so überaus bewusst.

Er öffnet meinen BH, wirft ihn weg und streichelt meine Brüste mit beiden Händen. „Diese Schönheiten unter diesem Fummel zu verstecken. Das ist ein Verbrechen."

„Ich brauche eine neue Garderobe."

Er sieht mir in die Augen. „Kein Verstecken mehr, Emma." Seine Hände gleiten über meine Seiten, und er hakt seine Daumen in mein Höschen, bevor er es mir zu meinen Knöcheln hinunter zieht. Ich bin so bereit dafür. Es ist Jahre her. Er kniet sich zu meinen Füßen hin, hilft mir aus dem Höschen heraus und dann gleiten seine Hände über die Rückseite meiner Beine zu meinem Po. Er küsst meine Hüfte ehrfürchtig und sanft, bevor er einen Kuss auf die andere Hüfte drückt. Ich grabe eine Hand in sein Haar, überrascht von seiner Zärtlichkeit. Ich hatte auf mehr Aggression gehofft.

„Küss mich", befehle ich und versuche, ihn mit einem Ruck auf die Beine zu ziehen.

Doch er zieht mich an sich und küsst meine unaussprechliche Zone. Ich zucke zusammen, als seine Zunge aus seinem Mund schießt und über mich fliegt. Himmel. Meine Knie werden weich. So lange. Es ist so lange her, dass ich so berührt worden bin.

Er sieht zu mir auf. „Hast du das schonmal gemacht?"

„Ja."

„Gefällt es dir?"

Im Ernst? „Nein, ich habe es gehasst."

Er lacht und erhebt sich in einer flüssigen Bewegung. Er küsst mich und beißt auf meine Unterlippe, schockiert mich mit dem brennenden Genuss. „Dann werde ich deine Kostbarkeit nicht stören." Er nimmt mich bei der Hand und zieht mich zum Bett.

Das war's? Kein Vorspiel mehr?

„Das war ein Scherz", protestiere ich. „Bitte störe sie."

Er schlägt die Decke zurück, packt mich an der Taille und wirft mich aufs Bett. Ich bin zu erschrocken über die aggressive Behandlung, um zu protestieren. Ich bin noch nie in meinem Leben so auf ein Bett geschleudert worden.

Er klettert über mich, seine Arme auf der Matratze zu beiden Seiten meiner Schultern. „Spreiz deine Beine und sag mir, was du willst."

Ich öffne ihm die Beine. „Ich will dich. Deinen Kuss."

Er senkt langsam seinen Kopf und küsst mich atemlos. Er wandert zu meinem Ohr, wo seine Stimme tief und verlockend klingt. „Ich will dich schmutzige Wörter sagen hören."

Meine Wangen brennen. Ich kann kaum laut fluchen, und er möchte, dass ich schmutzig daherrede? „Kannst du nicht einfach weitermachen?"

Er lächelt lüstern und senkt sich auf meinen Körper. Ich entspanne mich, weil er den Wink verstanden hat und er sich wieder darum kümmern wird, dass ich mich wunderbar fühle. Er wendet sich meinen Brüsten zu, seine Zunge kreist um meine Brustwarze, seine linke Hand umschließt die andere Brust. Mein Rücken wölbt sich, als er meine Brustwarze kneift und rollt und liebkost und mich mit Gefühlen überflutet. Sein Mund schließt sich über meiner Brust, und als er sie tief einsaugt, schießt eine glühend heiße Linie zu meinem pochenden Geschlecht.

Ich stöhne leise. Mir fällt plötzlich ein, dass die Tür nicht abgeschlossen ist und meine Bodyguards den Raum stürmen würden, wenn sie den Eindruck bekommen, dass ich in Not bin. Ich kann nicht garantieren, dass ich still sein werde. „Schließ die Tür ab", befehle ich.

Er hebt den Kopf. „Glaubst du, deine Jungs kommen rein?"

„Wenn ich mich so anhöre, als ob ich sie brauche."

„Und wie hört sich das an?" Seine Hand streicht über

meinen Bauch, lässt ihn erzittern, und weiter zwischen meine Beine. „Hmm?"

Ich beiße mir auf die Unterlippe und unterdrücke ein Stöhnen. „Wie Leidenschaft."

Er grinst, und seine blauen Augen funkeln verschmitzt. „Das kommt bald."

Er steigt aus dem Bett, schließt die Tür ab und zieht sich aus. Hitze sammelt sich in meinem Bauch, und ich sehne mich nach ihm. Er hat wunderschöne, definierte, sehnige Muskeln, seine Bewegungen sind geschmeidig und raubtierhaft, als er sich nähert, seine Erektion ist dick und hart. Er will mich, die brave Emma Rourke. Nur, dass ich nicht mehr diese Person sein möchte. Mit Jackson kann ich die andere Seite erleben, die wilde Seite.

Ich strecke meine Arme nach ihm aus, eine seltene liebevolle Geste, er ignoriert sie, packt mich stattdessen an den Hüften und schiebt mich zur Seite, zieht mich zum Rand der Matratze, wo er dann zwischen meinen Beinen niederkniet. Seine Hände gleiten über die Innenseite meiner Schenkel und spreizen mich weiter, und schließlich berührt er mich, wobei seine Lippen mich sanft necken. Er bläst leicht über mich, und meine Hüften heben sich wie von selbst. Dann wandern seine Finger träge auf und ab, überall hin, nur nicht dorthin, wo ich ihn am meisten brauche.

„Jackson", befehle ich, doch es kommt halb verzweifelt heraus.

„Ja, Emma?"

„Bitte."

„Sag mir genau, was du willst, in den schmutzigsten Worten, die du kennst. Wenn du keine weißt, bringe ich sie dir gerne bei." Er streicht mit dem Finger über mich, und meine Hüften zucken.

„Küss mich da", platzt es aus mir heraus.

Er wirft mir ein unartiges Lächeln zu, ein Funkeln in seinen Augen, und überrascht mich, als er aufsteht und sich auf dem Rücken aufs Bett legt. „Komm her. Ich möchte, dass du auf meinem Gesicht kommst."

Ich rutsche in eine aufrechte Position und starre ihn an.

Er macht eine lockende Handbewegung. „Komm schon, schmutziges Mädchen. Du bist doch ein schmutziges Mädchen, oder nicht? Keine brave Prinzessin."

Genau das versuche ich nicht zu sein, wie ich ja bereits gesagt habe, als wir uns wiederbegegnet sind. Ich sollte seine Forderungen nicht in Frage stellen, ich sollte einfach mitmachen. Von uns beiden ist er der Experte, wenn es darum geht, auf der schmutzigen Seite spazieren zu gehen. Mit frischer Entschlossenheit klettere ich zu ihm.

Im letzten Moment kann ich mich nicht dazu überwinden, also küsse ich ihn stattdessen. Er lässt mich gewähren. Seine Hand wandert in mein Haar und küsst mich so lange, dass ich alles außer dem Vergnügen vergesse. Er küsst unglaublich – tief und heiß und feucht, und gelegentlich überrascht er mich mit einem kleinen Biss und dann mit einem zärtlichen Saugen. Ich wusste nicht, dass so viel in einem Kuss liegen kann. Ich muss näher an ihn heran. Ich rutsche auf ihn, während wir uns küssen, setze mich rittlings auf seine Erektion, wiege mich gegen ihn und sehne mich verzweifelt nach unserer Vereinigung. Sein Mund wird härter und fordernder, seine Hände erkunden mich überall. Ja. Ich brauche mehr. Ich stöhne tief in meinem Hals.

Plötzlich unterbricht er den Kuss und atmet schwer. Seine Hände packen meine Hüften, und er schiebt mich an seinem Körper empor. „Halt dich am Kopfteil fest."

Ich greife nach dem gepolsterten Kopfteil und erwarte, dass er hinter mich rutscht. Stattdessen rutscht er die Matratze hinunter, sein Gesicht direkt unter mir, und starrt auf mein exponiertes Geschlecht. O Gott. „Jackson, das ist ..."

„Schmutzig? Das ist erst der Anfang. Jetzt gib mir diese süße Pussy."

Ich schließe verlegen die Augen. Ich kann mich nicht bewegen. Ich bin zwischen einem Leben voller Anstand und lang verweigerten Bedürfnissen gefangen.

Seine Finger streicheln mich ganz leicht. Das ist bei Weitem nicht genug. Meine Hüften zucken unkontrolliert und gieren nach ihm. „Komm schon, schmutziges Mädchen. Sag mir, dass du willst, dass ich deine Pussy esse. Das ist sie, deine Pussy. So feucht für mich, so gierig.“

Ich schlucke schwer. Mein ganzes Leben lang habe ich sie bestenfalls als „Unaussprechliche“ bezeichnet. Es ist schwierig, über etwas zu sprechen, über das man nicht spricht. „Jackson, bitte.“

Er dringt mit einem Finger in mich ein, stößt tief hinein. Dann folgt ein zweiter Finger, wobei sein Daumen mich gleichzeitig streichelt. Weißglühendes Vergnügen schießt durch mich hindurch. Innerhalb von Sekunden reite ich schamlos seine Hand und ertrinke in dem Gefühl. O Gott. Mein Körper verengt sich um seine Finger, als er sie plötzlich herauszieht, während ich schon am Rand des Orgasmus bin. Ich wimmere verzweifelt.

Er hält mich fest an den Hüften und leckt mich ein einziges Mal genüsslich. Mein Atem bebt, meine Hüfte kippt zu ihm hin, gierig nach mehr.

Seine Worte fließen heiß über meine empfindlichste Zone. „Ich will diese schmutzigen, unangebrachten Worte hören.“ Er streicht ganz leicht mit dem Finger über mich, umkreist meine Öffnung und neckt mich.

Ich bin so verzweifelt nach mehr. Ich schließe meine Augen und flüstere: „Iss meine Pussy.“ Eine Welle der Energie schießt durch mich hindurch. Ich habe das Unaussprechliche ausgesprochen. Ich bin schmutzig.

Mit dem Finger zeichnet er neckende Kreise. „Hast du was gesagt? Ich habe dich nicht verstanden.“

„Iss meine Pussy“, befehle ich laut und deutlich, bevor mir die Schamesröte ins Gesicht steigt. Was, wenn sonst jemand mich gehört hat? Die Verlegenheit verschwindet einen Moment später, als er mich an den Hüften packt, seine Zunge kreisen lässt und mich verrückt macht. Ich spreize meine Beine weiter, öffne mich für ihn, getrieben von meinem Verlangen. Sein Mund schließt sich hungrig auf mir, und ich reite in die Besinnungslosigkeit der Lust, die mich überwältigt; mein Verstand schaltet ab.

Er verschlingt mich.

Ich wiege mich gegen seinen Mund, während seine

Finger mich liebkosen und mich zu ertasten scheinen. Als seine Finger in mich hineinstoßen, komme ich ihnen gierig entgegen. Mein Körper spannt sich um ihn herum an, als er immer wieder zustößt. Sein Mund treibt mich an, der Druck in mir steigt. Es ist unglaublich echt, und ich bin ein zitterndes Nervenbündel am Rande des Orgasmus. Plötzlich möchte ich nicht mehr, dass es endet. Ich versuche mich zurückzuhalten und konzentriere mich auf alles andere, das Wetter, meine hässlichen Kleider, falsche, misstönende Noten.

Er hebt mich hoch, von seinem Mund, und streichelt mich mit seinen Fingern, hart und schnell. Mein ganzer Körper zittert. „Ich dachte, ich hätte dich verloren, schmutziges Mädchen", sagt er heiser und seine raue Stimme kratzt an meinem Innersten. „Bist du wieder da?"

„Ja!" Ich schnappe nach Luft. „Scheiße, Jackson. Scheiße, scheiße, scheiße."

Und dann ist sein Mund wieder da, eine kaum spürbare, neckende Berührung, die mich erzittern lässt, bevor er gierig saugt. Ich schreie, als der Höhepunkt mich wie ein Tsunami mitreißt und mein Körper dabei erzittert. Welle um Welle der Lust überschwemmt meinen Körper, als er mich sanfter berührt, seine großen Hände meine Hüften festhalten, mich hindurchführen und es mich zu Ende reiten lassen. O Gott. Ich ringe nach Luft, als mich eine weitere Explosion der Lust erschüttert und bis zu meinen Zehen ausstrahlt. Heiliger Jackson Walker! Ich habe noch nie mehrere Orgasmen hintereinander gehabt.

Ich bin euphorisch. Ich will ihn umarmen, lachen und mit der puren Freude daran tanzen, doch ich kann mich buchstäblich nicht bewegen.

Er hebt mich von sich und setzt mich auf die Matratze. Ich lasse mich auf den Rücken fallen.

Und dann steigt er aus dem Bett und geht weg. Ich bin ein bisschen neugierig, wohin er geht, aber nicht genug, um mich zu bewegen. Ich liege einfach überwältigt da.

Ein paar Augenblicke später dringt seine tiefe Stimme zu mir, ein Hauch von Neckerei darin. „Sieh an, was aus der braven Emma geworden ist. Nackt und erschöpft. Was kommt als nächstes, schmutziges Mädchen?"

Ich öffne meine Augen. Er steht neben dem Bett, hat ein Kondom übergerollt und sieht aus wie ein Sexgott. Ich will ihn mehr als meinen nächsten Atemzug. „Fick mich."

„Ich liebe es, *fick mich* aus deinem süßen Mund zu hören", knurrt er, als er sich auf mich herablässt, sich in Position bringt und mit einem sanften Stoß in mich hinein gleitet. Es ist herrlich. Ein köstlicher Schmerz, die Verbindung, nach der ich mich so gesehnt habe.

Er stöhnt lang und leise. „So eng. Gott. So gut." Er verflicht unsere Finger und presst meine Hände auf die Matratze, während er langsam in mich hinein stößt, immer und immer wieder.

Der Orgasmus baut sich sofort in mir auf, mein Körper ist auf ihn vorbereitet. „Du machst das so gut", keuche ich.

„Gott, Emma, du bist unglaublich." Er küsst mich langsam. Er schmeckt nach mir und ihm und nach Sex. Ich kann kaum glauben, dass er so großzügig ist. Ein Teil von mir hat geglaubt, es wäre grob, wild und vorbei, bevor ich überhaupt angefangen habe. Seine Zähne schließen sich über meinem Ohrläppchen und zupfen daran. „Sagst du immer, was du empfindest?"

„Nur, wenn es stark ist. Du bist unglaublich gut im Ficken. Du solltest eine Auszeichnung bekommen."

Er hebt seinen Kopf, die Lider seiner Augen halb geschlossen, ein Lächeln umspielt seine Lippen. „Vielen Dank."

Ich stoße ihm mein Becken entgegen. „Obwohl ich gestehen muss, dass ich dachte, dass es ein bisschen wilder sein würde."

„Zu zahm, was?" Er brummt etwas Unverständliches und zieht sich zurück.

Ich bin im Begriff zu protestieren, als er sich zwischen meine Beinen kniet, meine Knöchel über seine Schultern zieht und meine Schenkel an seine Brust drückt. Er packt meine Hüften, stößt in mich hinein und zieht mich gleichzeitig auf sich. Mein Atem stockt. Er ist tief in mir, und, o Gott, der

Winkel ist genau das, was ich brauche – so viel intensiver als zuvor.

Ich bin in seinem Griff gefangen, seine Stöße sind hart und tief und unerbittlich. Ich gebe mich ihm hin, Gefühle durchzucken mich, und dann spannt sich alles in mir an wie eine Feder. Die Explosion der Lust nimmt mir den Atem.

Er stößt immer wieder in mich hinein. „Lauter. Lass los. Gib mir alles."

„Ich kann nicht mehr." Es ist zu viel, meine Sinne sind überlastet.

Seine Finger wandern zwischen meine Beine und streicheln mich, während er weiter zustößt. Weißglut. Intensiv. Ich keuche, zittere und wimmere zusammenhanglos, während die Lust wächst und wächst und wächst. Die Welt verdunkelt sich. Es gibt nichts außer Jacksons fordernden Fingern, seinen harten Stößen, die in mich hinein rammen, und meinem Körper, der sich immer weiter anspannt, während er mich aufbricht. Er redet, schmutzige Worte, die mich in einer sexy rauen Melodie überschwemmen und mich antreiben. Ich bin nicht mehr als pulsierendes Verlangen, und dann ist es um mich geschehen, der Schrei bricht mir aus den Lungen, als ich mich auflöse. Er hält mich fest, stößt durch meinen Orgasmus hindurch und zündet weitere Schockwellen der Lust, bevor er mit einem gutturalen Schrei kommt, den Kopf in den Nacken geworfen.

Meine Lippen öffnen sich, als ich sehe, wie Jackson kommt und ich alles nehme, was er zu geben hat. Ich keuche, mein Herz rast. Es ist animalisch und genau das, was ich will.

Was ich brauche.

Jackson

Jetzt, da wir die Grenze überschritten haben, kann ich meine Hände nicht von ihr lassen. Ich liebe es, wie sie sich bei mir gehen lässt. Ich liebe es, schmutzige Worte in ihrer süßen Stimme aus ihrem süßen Mund zu hören. Ich finde es verdammt gut, dass sie ihre Hemmungen verliert und mir vertraut, dass ich sie darin anleite, was sich für uns beide gut anfühlt. Ihr Genuss ist mein Genuss, und das ist eine verdammt seltene Sache für mich. Es waren vier Tage mit einer heißen Mischung aus Sex und Musik, und ich habe mich noch nie so kreativ und lebendig gefühlt. Ficken ist anders mit Emma. Ich will ihre Augen sehen, ihren Gesichtsausdruck, den Schock mit großen Augen, das erhitzte Verlangen, den weichen Ausdruck benebelter Glückseligkeit. Ich bin süchtig nach Emma.

Ich bin im Bett, es ist früher Morgen, doch ich bin wach, weil sie auf ist und sich im Raum bewegt. Egal, wie lange ich sie wach halte, sie steht im Morgengrauen auf. Es ist Samstag, und wir fahren später nach Mailand, damit sie sich ein paar Klamotten kaufen kann, „die zu ihrem neuen Lebensstil passen", wie sie sagt. Sie macht mich fertig mit ihrer gewählten Ausdrucksweise. Ich habe ihr alle schmutzigen Wörter beigebracht, die ich kenne. Sie hat mich zum Lachen gebracht und mir jeden Euphemismus, den es für Dirty Talk gibt, erklärt, einschließlich der korrekten anatomischen Begriffe. Jetzt liebt sie es, schmutzige Worte zu verwenden, und ihr Gesicht leuchtet voller Stolz dabei auf. Ja, ich habe diese Veränderung in ihr bewirkt.

Ich packe sie am Handgelenk, als sie an meiner Seite des Bettes vorbei geht. Sie erschrickt. Wir sind im Schlafzimmer, und ich habe jetzt eine Seite. Es würde mich nervöser machen, wenn ich nicht wüsste, dass das nur eine Art Urlaub ist. Dreißig Tage Gitarrenunterricht und ein Eisblock von einem Diamantring, um die Transaktion abzuschließen. Nur, dass es keine reine finanzielle Transaktion ist. Ich wäre auch ohne Bezahlung länger geblieben, doch der Wert dieses Diamanten bedeutet, dass ich einen Treuhandfonds für Charlies Sohn Jack einrichten kann, der ihm eine echte Chance im Leben gibt. Das Kind hat es sich nicht ausgesucht, in eine so beschissene Situation hineingeboren zu werden.

Außerdem macht das Zeitlimit das Leben mit einer Frau verkraftbar. Ich habe keine Verpflichtungen. Ich kann sie einfach genießen.

Sie beugt sich herunter und küsst mich. „Habe ich dich wieder geweckt? Ich habe versucht, leise zu sein."

Ich packe sie und ziehe sie über mich. „Du machst mich noch zum Frühaufsteher."

„Wirklich?", zwitschert sie. „Dann lass uns fertig machen und shoppen gehen. Ich will mir ein paar Jeans aussuchen, die passen, und unverschämt unpraktische High Heels."

Ich rolle sie auf den Rücken und löse den Gürtel ihres Seidenmorgenmantels. Sie hat wunderbare Kurven und eine glatte, blasse Haut. Ich streiche mit der Nase über ihren Hals und inhaliere sie. Sie riecht unglaublich frisch nach der Dusche, ihr Shampoo erinnert an Vanille und Honig. Ich kann nicht anders, als sie zu berühren und zu schmecken, ihr ihren Bademantel auszuziehen und jeden freigelegten köstlichen Zentimeter Haut zu küssen.

„Ich dachte, du wärst erschöpft", sagt sie. „Ich habe dich erst vor einer Stunde leer gesaugt. Dein Schwanz kann mehr aushalten?"

Ich stöhne und spüre, wie ich härter werde. Der süße Dirty Talk ist der größte Antörner. „Deshalb bin ich jetzt ein Morgenmensch." Ich schmiege mich zwischen ihre Brüste, ergreife sie, streiche mit meinen Daumen über ihre Nippel und spüre, wie sie sich zu harten Knospen zusammenziehen. Ich sauge einen Nippel tief in meinen Mund, und sie biegt ihren Rücken durch, um mir mehr zu bieten. Sie ist schockierend offen, ihre Reaktionen sind ehrlich und ihre Mimik ist unverblümt. Das alles weckt meinen Beschützerinstinkt für sie noch mehr.

Ich küsse und lecke und knabbere an ihrem Körper hinab.

Sie seufzt. Ihre Finger gleiten durch meine Haare, ihre Beine öffnen sich für mich und laden mich ein. Ich schiebe eine Hand hinunter und finde sie heiß und feucht und bereit. Normalerweise wäre das mein Signal, mit Volldampf voranzupreschen. Stattdessen möchte ich sie nur noch feuchter machen. Ich senke meinen Körper, ziehe ihre Beine über meine Schultern und tauche ein. Sie schmeckt nach Honig und Sex. Es ist verrückt, wie gut sie schmeckt.

Ihre Hände verlieren ihren Halt in meinen Haaren, ihre

Hüfte reckt sich mir entgegen und bettelt um mehr. Und ich gebe es ihr. Ich brauche es so sehr wie sie, muss sie explodieren hören. Ihre gedämpften Schreie, ihre harschen Atemzüge, ihr „Fuck, fuck, fuck". Es ist einfach schön. Ich necke sie ein bisschen, nehme meinen Mund weg, spiele mit meinen Fingern, stoße in sie hinein, füge mehr Finger hinzu und lasse sie stöhnen. Scheiße. Jetzt muss ich in ihr sein. Sie ist eng und samtig heiß. Der Himmel.

„Fick mich", verlangt sie.

Ich stöhne. Es ist, als wisse sie, dass ich es auch brauche. „Werde ich. Zuerst muss ich dich explodieren hören."

„Du willst, dass ich schreie? Was? Ich würde alles tun, damit du mich endlich fickst."

Ich poche vor Verlangen. „Einen Moment." Ich klettere über sie, um ein Kondom vom Nachttisch zu nehmen, und sie streichelt mich. „Baby, hör auf. So halte ich nicht lange durch."

Sie lächelt mich sexy an, benetzt sich die Lippen und schmiegt sich an meinen pochenden Schwanz. Herrgott. Ich habe sie zu gut unterrichtet. Ich wende mich ab, rolle das Kondom über und stoße sie auf den Rücken.

Sie öffnet ihre Arme für mich, und ich lasse mich über ihr nieder. Ihre Arme und Beine umschlingen mich in einer intimen Umarmung. Mein Puls rauscht in meinen Ohren, und es fällt mir plötzlich schwer, Luft zu holen. Ihre Augen, grün und grau mit einem goldenen Ring, blicken warm zu mir auf. Liebevoll. Ich habe noch nie Liebe empfunden. Nicht so.

Sie lächelt mich sanft an, greift zwischen uns und führt mich in sie hinein.

Ich schiebe eine Hand unter ihre Hüfte und hebe sie hoch, damit sie meinen Stößen begegnet. Die Hitze und der Rausch der Leidenschaft klären meinen Kopf. Ich kann wieder atmen. Nichts als enge Hitze, Honig und Vanille, weiche Kurven, treibendes Verlangen. Immer wieder und wieder und wieder.

Gedankenloses Ficken.

Augen geschlossen.

Das einzige Geräusch ist das unserer zusammenklatschenden Körper.

Ich senke meinen Kopf an ihr Ohr. „Sag meinen Namen, wenn du kommst." Ich brauche es. Ich weiß nicht warum.

Sie packt meinen Kopf, und wir sehen uns in die Augen, dann erbebt sie unter mir. „Jackson", sagt sie sanft, liebevoll.

Ich schließe meine Augen und kämpfe gegen die Anziehung dieser Sanftheit an. Ich stoße in sie hinein, gierig, verzweifelt, und dann höre ich sie explodieren, der leise Schrei meines Namens von ihren Lippen, als sie mir gibt, worum ich sie gebeten habe, mir alles gibt, und ich komme, überwältigt vom Rausch.

Ich presse sie fest an mich und bin mir nicht sicher, wie ich sie je wieder loslassen soll.

13

Emma

Das Leben ist gut. Ich habe mich noch nie so glücklich gefühlt. Und ich habe auch noch nie so viele Orgasmen gehabt. Jackson hat mich mit seiner Großzügigkeit im Bett überrascht. Und die Musik, die wir erschaffen, erfüllt meine Seele. Heute bin ich in die ganze Welt verliebt.

Wir wollen gleich nach Mailand fahren, doch ich muss erst mit den Bodyguards reden. Ich finde sie in der Küche beim Espressotrinken. „Guten Morgen."

Sie springen sofort auf. „Guten Morgen, Hoheit", sagt Viktor.

„Guten Morgen, Hoheit", echot Oliver.

Ich habe am Morgen, nachdem Jackson und ich das erste Mal miteinander geschlafen haben, mit ihnen gesprochen und ihnen gesagt, dass wir jetzt ein Paar sind und ich es zu schätzen weiß, wenn sie das für sich behalten würden, da wir noch nicht so weit sind, es öffentlich zu machen. Das war nicht wirklich die Wahrheit, also der Teil mit dem Paar, doch ich will unsere Privatsphäre. Jackson könnte nach diesen dreißig Tagen, auf die wir uns geeinigt haben, verschwinden; vielleicht hat er sogar etwas gegen den Gedanken, dass wir ein Paar sind. Ich weiß nicht, was er denkt. Alles, was ich weiß, ist, dass er nicht auf Beziehungen steht.

Und ich bin auf dem besten Weg, mich in ihn zu verlieben.

Ich weiß, es ist verrückt. Es geht viel zu schnell. Und ich habe mir geschworen, es zwanglos anzugehen, da ich seinen Ruf kenne und weiß, dass meine Familie nie einverstanden wäre. Vielleicht ist das, was ich empfinde, allein auf die Endorphine nach den unglaublichen Orgasmen zurückzuführen. Ich *war* mehr als überfällig. Ich werde rot bei der Erinnerung an den Orgasmus heute Morgen und konzentriere mich darauf, mir einen Espresso zu machen. Ich kann das Koffein gut gebrauchen. Jackson ist eine Nachteule und hält mich lange wach. Er hat mitbekommen, dass selbst, wenn ich zu meiner üblichen Zeit ins Bett gehe, er nur in der Nähe auf seiner Gitarre herumzupfen muss. Es ist wie Sirenengesang, eine verführerische, unwiderstehliche Anziehung für meinen Körper und meine Seele. Im nächsten Moment ist die Gitarre schon wieder in ihrem Koffer und ich sitze rittlings auf seinem Schoß. Natürlich wache ich immer noch im Morgengrauen auf. Verdammte innere Uhr, die mich nicht ausschlafen lässt.

Ich trinke einen Schluck Espresso und wende mich Oliver und Viktor zu. „Wir gehen heute in Mailand einkaufen. Wir nehmen ein Motorrad.“ Ich habe vor, auf dem Sozius mitzufahren.

„Ma'am, das würde ich nicht empfehlen“, sagt Viktor. „Zu Ihrer Sicherheit sollten Sie mit uns im Auto mitfahren.“ Er meint den gemieteten Mercedes mit den getönten Scheiben. Ich fahre immer in solchen Wagen.

„Jackson ist ein erfahrener Fahrer. Bei ihm bin ich sicher. Sie können das zweite Motorrad nehmen, wenn Sie möchten, oder uns mit dem Auto folgen.“

Viktor runzelt die Stirn. „Wir melden uns gleich bei Ihnen, was die Arrangements angeht.“

Ich gehe ins Wohnzimmer und genieße die Aussicht auf Bäume und sanfte Hügel. Es ist ein bisschen zu kühl, um zum See zu gehen, also gehe ich in das Familienzimmer mit dem großen Fenster, um von dort aus den Seeblick zu bewundern. Ich habe noch nichts von meiner Familie gehört und interpretiere das als gutes Zeichen. Sie geben mir Raum, etwas, das ich vorher nie wirklich gebraucht oder mir gewünscht habe. Ich denke, sobald Jackson geht, kehre ich nach Hause zurück. Es ist kurz vor Weihnachten und ich habe noch nie ein Weihnachtsfest mit meiner Familie verpasst. Wenn ich Abdul geheiratet hätte, hätte ich vielleicht nie wieder ein Weihnachten zu Hause erlebt. Ich frage mich, was Jackson zu Weihnachten macht. Ich schiebe diesen Gedanken beiseite. Ich werde ihn nicht einladen, es mit mir zu verbringen. Selbst, wenn er irgendwelche Gefühle für mich hat - wenn ich meine Gefühle herausschreie, wie ich es bei Adam getan habe, könnte es nach hinten losgehen und ihn abschrecken. Es ist besser, nur das zu genießen, was wir jetzt haben, und spontan zu entscheiden.

Ich lächele in mich hinein. Ich lerne, mehr zu tun und die Dinge flexibel angehen zu lassen. Ich übe fleißig Gitarre, lasse aber auch meine Finger spielen, um zu sehen, wohin es führen könnte. Das ist eine gute Art zu leben, mich spielen zu lassen und zu sehen, was passiert. Es ist viel besser als starre Regeln und Routine. Und bis jetzt hat diese neue Lebensweise nur Gutes gebracht, schöne Musik und eine wundervolle Zeit mit Jackson.

Kurze Zeit später gehe ich ins Schlafzimmer, um zu sehen, ob Jackson schon soweit ist. Er trägt ein graues Longsleeve, schwarze Jeans und schwarze Motorradstiefel, und sein Haar ist etwas feucht von der Dusche. Sein Blick kollidiert mit meinem, und ich bin plötzlich atemlos. Ein Blick aus diesen lodernden blauen Augen genügt.

Er geht auf mich zu, legt einen Arm um meine Taille und geht rückwärts, bis mein Rücken gegen die Wand stößt. Sein Kopf senkt sich langsam, seine Augen glühen, seine Lippen verziehen sich zu einem langsamen, selbstbewussten Lächeln. „Ich mag dich in diesen Jeans."

Ich starre auf seinen Mund, dumm vor Lust. „Meine Wäsche ist heute aus der Reinigung gekommen. Ich dachte mir, Jeans seien besser für die Motorradfahrt als ein Kleid."

Er schiebt eine Hand unter mein Haar und hält meinen Nacken mit einem warmen, festen Griff, bevor er seinen Mund auf meinen senkt, rau und fordernd. Ich lege meine

Arme um seinen Nacken und erwidere den Kuss leidenschaftlich. Ein Stöhnen entfleucht mir, als er mein Bein anhebt und sich an mir reibt. Funken der Lust schießen durch mein Innerstes und strahlen nach außen. Ich bin schon feucht, mein Körper ist auf alles vorbereitet, was er mir zu spüren gibt.

Plötzlich zieht er sich zurück und fährt sich mit beiden Händen durch die Haare, wobei er etwas vor sich hin murmelt. Dann nimmt er seine Lederjacke von der Stuhllehne und zieht sie an. „Lass uns gehen."

Ich folge ihm in den Flur. „Was ist los?"

Er hält inne und knurrt halb. „Was los ist, ist, dass du die ganze verdammte Zeit zu verlockend bist."

Ich verstecke meine Freude und unterdrücke ein Lächeln. „Vielleicht bist du es, der die ganze verdammte Zeit zu verlockend ist."

Er streicht mit dem Daumen über meine Unterlippe, bevor er ihn in meinen Mund schiebt. Ich lutsche an seinem Finger und sehe ihm in die glühenden Augen. „Scheiße", knurrt er und zieht mich zurück ins Zimmer, tritt die Tür zu und schließt sie ab.

Wir klatschen in wildem Rausch aneinander und reißen uns die Kleider vom Leib, während wir uns küssen, beißen und saugen. Blitzschnell dreht er mich um, beugt mich vor und presst meine Handflächen flach gegen die Wand. Seine Hitze brennt mir in den Rücken. Der erste Stoß bringt uns beide zum Stöhnen, und dann ist es schnell und hart und tief, ein animalisches Rennen in Richtung Ziellinie. Er treibt mich an, seine raue Stimme in meinem Ohr, eine Flut schmutziger Worte, die mich heiß machen. Seine Hand gleitet zwischen meine Beine, seine Finger treiben mich näher und näher an die Klippe. Um mich herum verschwimmt alles, und ich komme abrupt. Harte Schreie dringen aus meiner Kehle, als ich unter ihm erschauere. Er ist ganz dicht hinter mir, sein Atem keuchend in meinem Ohr. Sein Atem ist hart. „Luv", sagt er, verliert die Kontrolle und pumpt in heißen Stößen in mich hinein.

Mir ist schwindelig. Langsam kehrt die Realität zurück

und damit zwei beunruhigende Wahrheiten. Das war nicht Liebe, es war nur „Luv".

Und wir haben das Kondom vergessen.

Jackson

Ich habe das verdammte Kondom vergessen. Idiot. Das ist die Macht, die sie über mich hat. Ich habe noch nie das Kondom vergessen, auch nicht, als ich high war oder zu viel Whiskey getrunken habe. Immer das Kondom. Es ist Emma. Sie ist zu viel.

Ich reibe meinen Nacken. „Hey, mach dir keine Sorgen, ich habe mich vor sechs Monaten untersuchen lassen und bin sauber." Nachdem ich mich von all meinen Lastern losgesagt habe, habe ich mich rundum untersuchen lassen, und als alles okay war, habe ich mir versprochen, dass ich so bleiben würde.

Sie hebt eine zitternde Hand und glättet ihr Haar. „Ich bin auch sauber, also mach dir keine Sorgen." Sie lacht leise auf. „Ich gehe mich besser waschen." Sie hebt ihre Klamotten auf und eilt ins Bad.

Ich will verschwinden. Es ist ein beschissener Zug, aber es ist gerade so verdammt ernst geworden. Ich ziehe mich wieder an. Was mache ich überhaupt hier mit einer Prinzessin? Dann erinnere ich mich an unseren Deal. Der Diamantring, der Jack eine Grundlage für ein gutes Leben geben soll. Das ist ein guter Grund, hier zu bleiben, auch wenn ich mich irgendwie schmutzig fühle angesichts des Austauschs von Sex und Geld. Es sollte für Gitarrenunterricht sein. Verdammt, ich habe diesen Deal irreparabel verpfuscht. Das passiert, wenn ich mit meinem Schwanz denke.

Die Wahrheit ist, abgesehen vom Geld, dass das größere Problem mit Emma ist, dass es eben *nicht* nur Sex ist. Ich kann damit umgehen, großartigen Sex hinter mir zu lassen. Ich hatte großartigen Sex und werde wieder welchen haben. Doch ihre Kombination aus süß und schmutzig ist neu für mich, eine unwiderstehliche Kombination. Okay, da ist der

Sex, aber da ist auch die Musik. Sie ist das erste Mal seit Monaten wieder da, und was wir zusammen erschaffen, ist besser als alles, was ich alleine tun könnte. Sie fängt an, sich Melodien und Gegenmelodien auszudenken. Sie summt oder singt die Noten, und ich nehme sie auf der Gitarre auf. Ich habe darüber nachgedacht, es auch am Klavier zu spielen, etwas, das ich nie gewollt habe, da Charlie immer derjenige war, der an den Tasten saß. Ich habe darüber nachgedacht, sie ins Studio zu bringen und ihre Stimme aufzunehmen.

Das Problem ist, dass ich zu viel nachdenke.

Sie kommt ein paar Minuten später zurück, angezogen und gelassen. Sie lächelt mich an. „Also das war eine weitere neue Erfahrung. Ich lasse jetzt wirklich die Puppen tanzen, oder? Ein Abstecher in deine wilde Welt. "

Das widerstrebt mir aus dem einen Grund, dass ich zu sehr mit ihr verstrickt bin und ich nicht einmal weiß, wie ich an diesen Punkt gekommen bin. „Bin ich das? Eine Ablenkung für dich? Um zu sehen, wie die andere Hälfte so lebt?"

Sie presst ihre sinnlichen Lippen zu einer dünnen Linie aufeinander. „Das habe ich nicht gesagt."

„Das solltest du. Ich bin immerhin nur ein Bürgerlicher, ein ungebildeter, autodidaktischer Rocker. Das passt nicht wirklich in das Bild des königlichen Prinzen, für den du bestimmt bist."

Ihre Augen lodern auf. „Ich war mit einem Prinzen verlobt und habe ihn verlassen. Was ist dein Problem? Du bist derjenige, der das Kondom vergessen hat."

Ich verschränke meine Arme. „Dich scheint es auch nicht gestört zu haben. Sag nicht, dass du den Unterschied nicht gespürt hast."

„Ich war viel zu erregt!"

Ich werfe meine Hände in die Höhe. „Ich auch!"

Sie schüttelt den Kopf. „Jackson, das ist verrückt. Worüber streiten wir hier eigentlich? Wir haben das Kondom vergessen. Das passiert. Lass uns gehen."

„Das ist alles? Das passiert, komm, lass uns shoppen gehen?"

Sie nickt. „Ja."

„Was, wenn du schwanger bist?"

Sie blickt an die Decke, dann sieht sie mich an. „Es ist viel zu früh, das zu wissen. Ist wahrscheinlich sowieso nichts passiert."

„Ein uneheliches Kind mit einem Rocker? Das wird deiner Familie sicher gut gefallen."

„Ich kann mir keine Sorgen über das Was-wäre-wenn machen." Sie macht einen Schritt auf die Tür zu, und ich halte sie am Arm fest, bevor sie entkommen kann.

„Tus nur mal kurz für mich. Was wäre wenn?"

Sie starrt auf meine Brust. „Er oder sie würde königliches Blut haben, was bedeutet, dass meine Familie mich wahrscheinlich aufnehmen würde, und dem Kind würde es an nichts fehlen."

Mein Magen krampft sich zusammen. Offensichtlich werde ich für keinen Teil dieses Bildes gebraucht. Ich sollte froh sein, doch ich bin wütend. Es ist so, als hätte sie „Danke und Tschüss!" gesagt. Es ist nicht so, dass ich mir auch nur *einmal* in meinem Leben vorgestellt hätte, Familie und Kinder zu haben. Ich kenne keine glücklichen Familien, keine stabilen Ehen. Beziehungen gehen immer den Bach runter, weshalb ich sie vermeide. Ich sollte verschwinden, bevor ich mich noch tiefer verstricke. Sie braucht mich nicht. Vielleicht brauche ich sie auch nicht.

Doch würde ich wirklich ein Kind im Stich lassen, wie mein Arschlochvater es getan hat? Jacks Chance auf eine sichere Zukunft aufgeben? Er ist vier Jahre alt. Scheiße.

„Ich bin mir sicher, dass wir uns keine Sorgen machen müssen", sagt sie entschieden.

Sie verschließt die Augen vor der Wahrheit, was wahrscheinlich auch der Grund dafür war, dass sie buchstäblich in letzter Minute vor ihrer Hochzeit die Flucht ergriffen hat. Nichtwahrhabenwollen bis zum bitteren Ende. Nur diesmal bin ich involviert, und ich lasse es nicht so einfach auf sich beruhen. „Wann wirst du es wissen?", frage ich.

Sie beißt sich auf die Unterlippe. „Ich weiß nicht. Wegen der Hochzeitsplanung und all dem Chaos ist alles wie verschwommen. Ich habe den Überblick über meinen Zyklus verloren."

„Also willst du einfach improvisieren?"

Sie lächelt. „Ja, das tun wir. Und weißt du was? Bis jetzt hat das sehr gut für mich funktioniert."

Ich schüttele meinen Kopf. Das ist ganz anders, als in der Musik zu improvisieren. „Wir besorgen dir einen Schwangerschaftstest. In zwei Wochen kannst du einen machen, oder? Oder drei? Lass uns einfach ein paar besorgen. Wir müssen sicher sein."

„Ich lasse Viktor heimlich ein paar besorgen. Ich kann darauf vertrauen, dass er diskret ist."

„Heimlich ... Ja, okay." Ich habe wirklich Scheiße gebaut. Das Schlimmste und Idiotischste ist, dass ich mit ihr shoppen gehen *will*. Ich will sehen, dass sie sich wie eine normale Fünfundzwanzigjährige anstatt wie eine alte Dame kleidet. Ich will sehen, wie sie sich entspannt und das Leben genießt. Es ist fast so, als würde ich das Leben mit ihr neu entdecken. Ich bin süchtig nach Emma. Sie ist die Droge, mit der ich nicht aufhören kann.

Das kann nicht gut enden.

„Jackson?"

Ich atme tief ein und konzentriere mich wieder auf sie. „Ja?"

„Willst du ... ähm, Kinder?"

„Ich habe mich nie als Familienvater gesehen."

„Oh. Okay. Wollen wir gehen?"

Irgendwie schmeckt mir das nicht. Sie ist zu gelassen, was diese ganze Babysache angeht.

Ich nehme ihre Hand, ziehe sie an mich und lege meine Arme locker um ihre Taille. Sie sieht zu mir auf. „Bereit für die zweite Runde mit Kondom?"

Ich halte ihr Kinn, mein Daumen streicht über ihre weiche Wange. „Hör zu. Ich ... Ich weiß nichts darüber, wie es ist, Vater zu sein. Mein eigener Vater hat uns verlassen, als ich zwei Jahre alt war. Ich kann mich nicht einmal an ihn erinnern. Ich bin nicht sicher, ob ich dafür geeignet bin."

„Jetzt hörst du mir zu. Wir werden es auf uns zukommen

lassen. Alles wird gut werden." Sie umarmt mich, die Wange an meine Brust geschmiegt. Ich kann nicht anders, ich muss meine Arme um sie legen. „Jackson, ich bin in dich verliebt."

Ich erstarre und lasse meine Arme sinken. „Nein."

Sie blickt zu mir auf, ihre Arme immer noch um meine Mitte geschlungen. „Du musst nicht dasselbe empfinden."

Ich sehe sie finster an. „Du solltest jemanden *wollen*, der dasselbe empfindet. Akzeptiere nicht weniger. Das ist der Grund, weswegen du vor deiner Hochzeit davongelaufen bist. Du hattest einfach eine lieblose Ehe akzeptiert."

Sie zuckt zurück. „Mach mir keinen Vorwurf daraus, wenn ich aus dem Herzen spreche! Ich reiße dir die Haare einzeln an den Wurzeln aus, steche dir in den Hals und – und trete dir in die Eier!"

Mein Gott. Sie ist perfekt. Ich glaube, ich liebe sie auch.

Ich kann nicht anders. Ich ziehe sie an mich und küsse sie. Ich kann nicht aufhören.

Ich bin im Arsch.

14

Emma

Was-wäre-wenns machen mir Angst. Ich war bereit, nach unserer Heirat einen Erben für Abdul zu produzieren, wahrscheinlich sofort. Ich war nicht darauf vorbereitet, was auch immer das mit Jackson ist.

Ich lehne es ab, den Rest meiner begrenzten Zeit mit Jackson damit zu verbringen, mir Sorgen über etwas zu machen, was vielleicht nicht einmal passieren wird. Ich bin also ganz auf das Jetzt fokussiert. Ich bin zum ersten Mal in meinem Leben auf dem Rücken eines Motorrades, meine Arme um den Mann, den ich liebe, geschlungen und genieße die vorbeiziehende italienische Landschaft. Ich trage seine Lederjacke. Es ist ein kühler Novembertag, und er hat seine Jacke ausgezogen und sie mir angezogen. Ich bin ihm nicht egal. Ich brauche keine Worte, um es zu wissen. Die Jacke riecht nach ihm, und ich möchte sie nie wieder ausziehen. Stört es mich, dass er nicht gesagt hat, dass er mich liebt? Überhaupt nicht. Er hat mich leidenschaftlich geküsst, nachdem ich gesagt habe, dass ich ihn liebe. Adam war am Anfang genauso. Ich denke, manchmal können Männer die Worte einfach nicht aussprechen, darum zeigen sie es stattdessen. Ich fühle es in seiner Berührung, in seinem Blick, in seinem herrlich glücklichen Lächeln, wenn wir zusammen Musik machen. Das ist mehr als genug für mich.

Viktor ist auf einem zweiten Motorrad vor uns. Oliver hat das Auto für unsere Einkäufe genommen und fährt hinter uns her. Ich erwarte keine Probleme beim Einkaufen in Mailand zu dieser Jahreszeit, da die Touristensaison lange vorbei ist. Und Viktor ist mehr als fähig, mit unerwünschter Aufmerksamkeit umzugehen.

Wir parken das Motorrad auf der Straße und gehen in das Einkaufsviertel mit den modischen Boutiquen. Ich kaufe mit drei Männern im Schlepptau ein. Ha! Meine Brüder würde man niemals beim Einkaufen erwischen. Viktor steht an der Tür Wache. Oliver nimmt in der Nähe der Umkleide Platz.

Die Verkäuferin, eine Brünette in den Fünfzigern mit überdimensionierter Brille, heißt uns willkommen, und ich grüße sie herzlich auf Italienisch. Ich kann Jacksons Blick spüren und lächele ihn an. Er ist erstaunt, dass ich so viele Sprachen kenne, doch es ist in gewisser Weise wie Musik. Ich habe schon immer ein Ohr dafür gehabt. Ich habe gleich gut Englisch und Französisch gesprochen, als ich mit zwei Jahren angefangen habe zu sprechen (meine Nanny war Französin), und meine Mutter war so begeistert von meinen Fähigkeiten, dass sie Muttersprachler in den Palast gebracht hat, um mit mir auch auf Italienisch und Spanisch zu plaudern. Die romanischen Sprachen – Französisch, Italienisch und Spanisch – haben viele Gemeinsamkeiten, daher sind sie nicht besonders schwierig, und später hatte ich reichlich Gelegenheit, diese Länder zu besuchen, um die Sprache zu üben.

Ich gehe mit Hilfe der Verkäuferin die Regale durch. Bald ist eine der Umkleiden mit einer Vielzahl von modernen Kleidern, Röcken, Jeans und Hosen gefüllt. Es folgen Tops, von seidigen Blusen in lebhaften Mustern und leuchtenden Farben bis hin zu niedlichen T-Shirts mit Flügelärmelchen. Es hat mir noch nie in meinem Leben so viel Spaß gemacht, Kleider auszusuchen. Das ist für die neue Emma, die laut lebt.

Ich gehe in die Umkleide und fange mit dem Anprobieren

an. Das erste Kleid ist ein langärmeliges schwarzes Jersey-Material, das in der Taille viel zu eng ist.

Es klopft an der Tür.

„Sí?", frage ich und denke, es ist die Verkäuferin.

Jacksons Stimme dringt durch die Tür. „Lass mich die Outfits sehen."

Ich öffne die Tür.

Er nickt anerkennend. „Nicht schlecht."

Ich streiche mit der Hand über meinen Bauch. „Es betont viel zu sehr meinen Bauch."

Seine Hand gleitet über meinen Bauch. „Nein, Luv, das ist kein Bauch, das sind Kurven. Du solltest es nehmen."

Ich lächele unsicher und blicke an mir herab. Bisher waren meine Kleider immer so geschnitten, dass sie meine Kurven so gut wie möglich verborgen haben.

Er hält mein Kinn, seinen Blick direkt auf mir. „Vertrau mir."

Das tue ich. Ich vertraue ihm wahrscheinlich zu sehr, aber bisher war er gut zu mir. „Okay. Nächstes Outfit." Ich schließe die Tür und schäle mich aus dem Kleid.

Er flüstert durch die Tür, „Danach besorgen wir dir ein paar sexy Dessous."

Ich lächele. „Muss ich die für dich anprobieren?"

„Nein. Ich suche sie aus. Du trägst sie einfach."

„Was ist, wenn ich nicht denke, dass sie zu mir passen?"

„Wer wird denn derjenige sein, der darüber sabbert? Ich oder du?"

Ich lache.

„Genau."

Ich seufze glücklich. Ich habe mich noch nie so begehrt und so sexy gefühlt. Jackson kann seine Hände nicht von mir lassen. Ich brauche kein Label dafür, was das ist, wenn ich mich so wunderbar fühle. Sicherlich gibt es nichts, worüber man sich Sorgen machen müsste.

∼

Zwei Wochen später schwebe ich in einem Meer aus Liebe,

Musik und Sex. Ich habe noch nie so viel tiefe Befriedigung in meinem Körper, meinem Herzen und meiner Seele gespürt. Wie immer wache ich im Morgengrauen auf und streichele mit meiner Hand über den schlafenden Jackson. Er liegt auf dem Bauch, was mir Gelegenheit gibt, die Flammen seiner Tätowierung über seinen Schulterblättern zu verfolgen. Er brummt im Schlaf. Vielleicht war meine Berührung zu leicht. Ich streiche mit meiner Handfläche über ihn, lasse sie über seine breiten Schultern und den Rücken hinunter gleiten. Er ist nackt. Wir beide sind nackt von letzter Nacht.

Er mag es, wenn ich morgens mit ihm im Bett bleibe, doch da ich nicht lange schlafen kann, liege ich normalerweise da, kuschele mit ihm und höre Musik in meinem Kopf. Ich höre die Songs, die er mir beigebracht hat, die Songs, die ich übe, und die neuen Songs, die er geschrieben hat. Er hat einen Neuen, in dem es darum geht, als Außenseiter aufzuwachsen, der wütend auf die Welt ist und sich durchkämpft. Ich liebe die Emotionen, die er einfließen lässt. Der Refrain kommt zu dem Schluss, dass wir alle Außenseiter sind. Ich liebe es. Ich bin nie wütend auf die Welt, eher taub ihr gegenüber, doch bei all den Veränderungen zu Hause, seit mein Vater gestorben ist, habe ich mich wie ein Außenseiter gefühlt. Ich lerne zu akzeptieren, dass es okay ist, dass ich nicht mehr die perfekte Prinzessin bin. Ich trotze allen Erwartungen. Ich. Trotzend. Das ist wirklich eine ganz neue Emma.

„Du solltest dich tätowieren lassen", sagt er mit schläfriger Stimme.

Meine Hand ruht auf seinem Rücken. Als Angehörige der königlichen Familie kann ich keine Körperkunst oder Piercings haben, außer Ohrringe natürlich. Es wird als Entweihung meines Körpers betrachtet, und ich würde deswegen nicht in der Familiengruft begraben werden.

„Was soll ich mir stechen lassen?", frage ich, weil ich ein Rebell bin.

Er stützt sich auf einen Ellbogen, beugt sich vor und küsst mich. „Meinen Namen."

„Und wo?", flüstere ich, da der Gedanke mir Nervenkitzel

bereitet. Er will mich behalten, will, dass jeder weiß, dass ich ihm gehöre.

Er rollt mich auf meinen Bauch, und seine Hand wandert zu meinem unteren Rücken knapp oberhalb meines Pos. „Genau hier. Jackson."

Ich lächele. „Schade, dass ich meinen Körper nicht entweihen kann, denn das würde mir gefallen."

Seine Hand gleitet über meinen Po. „Entweihen?"

„Ich könnte nicht in der königlichen Gruft bestattet werden, weil ich meinen Körper verändert habe. Das ist verboten, abgesehen von Ohrringen natürlich. Die sind akzeptabel."

Er stöhnt. „Manchmal kann ich fast vergessen, wer du bist."

Darauf bin ich stolz. Ich ziehe mich an, um mir zu gefallen, erkunde zum ersten Mal die Musik und genieße meinen ersten Liebhaber seit meinem achtzehnten Lebensjahr in vollen Zügen.

Er tätschelt meinen Po. „Heute ist der Tag. Mach den Test." Er meint den Schwangerschaftstest. Ein paar Tage nach unserem Ausrutscher habe ich das Leugnen aufgegeben und mich gefragt, was wäre wenn? Würde Jackson für ein Kind bleiben? Ich weiß, ich würde es behalten. Ich wollte schon immer Kinder. Ich bin den Kalender auf meinem Handy durchgegangen und habe versucht, meinem Gedächtnis auf die Sprünge zu helfen. Dabei wurde mir klar, dass ich heute eine Woche verspätet bin. Ich bin mir fast sicher, dass es am Stress liegt.

Aber was, wenn …?

Okay, es war nicht immer Sonnenschein und Rosen in den letzten zwei Wochen. Es gab Momente, beängstigende Momente, in denen ich mir ein Leben ohne Jackson und mit einer ständigen Erinnerung an ihn durch unser Kind vorgestellt habe. So oder so sollte der heutige Test endgültige Ergebnisse liefern.

Er stupst mich an. „Steh auf."

Ich schinde Zeit. „Jetzt sofort?"

„Ja. Als erstes nach dem Aufstehen."

Ich bewege mich nicht. Es ist nicht so, dass ich Angst vor einer Schwangerschaft habe. Ich würde mich über ein Kind freuen, sobald ich den Schock überwunden hätte. Ich fürchte nur, dass es das Ende von mir und Jackson sein wird. Wir haben noch elf Tage zusammen, doch vielleicht ist er so geschockt, dass er die Flucht ergreift, Ring oder nicht.

„Warum bewegst du dich nicht?", fragt er.

Ich täusche ein Gähnen vor. „Ich bin müde."

Im nächsten Moment schwingt er mich über die Schulter, eine Hand auf meinem Po, und geht ins Bad.

Ich versetze ihm einen Klaps auf seinen Po. „Ich mag es, wenn du den Höhlenmenschen für mich gibst. Niemand hat mich je so grob behandelt wie du."

„Das liegt daran, dass ich so tue, als wärst du ein normaler Mensch, keine unantastbare Prinzessin. Das wird mir aber sicher noch in den Arsch beißen."

Dafür beiße ich ihm in den Po.

„Au!" Er schlägt mir als Vergeltung auf den Po, und ich lache.

Er stellt mich im Bad ab, holt den Schwangerschaftstest aus dem Schrank und drückt ihn mir in die Hand. „Und jetzt draufpinkeln."

Mir bleibt der Mund offen stehen. „Und jetzt draufpinkeln? Könntest du es nicht noch ein bisschen krasser ausdrücken?"

„Ja. Piesele auf das Ding, während ich dir dabei zusehe, und sag mir ob du schwanger bist."

Ich nehme ihm den Test ab. „Raus."

„Fünf Minuten." Er geht.

Ich schließe die Tür ab.

Seine Stimme dringt herein. „Beeil dich. Ich muss es wissen."

Meine Güte, nur kein Druck. Ich weiß nicht, ob ich pieseln kann, wenn er auf der anderen Seite der Tür steht und zuhört. „Verschwinde!"

„Bist du pipi-schüchtern, Babe?"

Ich habe den Begriff noch nie gehört, aber ich bin es wohl.

„Ja. Und ich brauche einen Pullover", sage ich. „Es ist kalt hier drin."

Ein paar Augenblicke später klopft er an die Tür. Ich öffne sie, und er reicht mir meinen Pullover. „Lass das Wasser laufen. Ich gehe Gitarrespielen."

„Danke."

Ich ziehe den weichen Pullover an, drehe den Wasserhahn auf, nehme einen kleinen Pappbecher und trinke ein paar Schlucke, um der Sache ein wenig nachzuhelfen. Ich kann ihn spielen hören. Er singt nicht, wahrscheinlich weil er nach mir lauscht. Also singe ich. Es ist das Lied, das er mir bei meiner ersten Lektion beigebracht hat, *House of the Rising Sun*.

Ich höre auf zu singen und werde still. Ich will ihn hören.

Er fängt an, einen seiner neuen Songs zu spielen. Ich höre zu und denke darüber nach, wie unser Kind wohl wäre, wenn es mit Musik aufwachsen würde. Zwei musikalische Eltern würden wahrscheinlich musikalische Kinder hervorbringen. Eine schöne musikalische Familie. Was, wenn?

Ich lehne mich an das Waschbecken und lausche seinen Liedern. Es ist leicht, sich in der Musik zu verlieren, wenn Jackson spielt. Schließlich öffne ich die Packung, lese die Anweisungen und mache dann den Test.

Ich lege ihn auf den Spülkasten der Toilette und zähle, ohne den Stab je aus den Augen zu lassen. Ja oder nein, bleiben oder gehen? Ich weiß nicht, ob Jackson bleiben würde, wenn der positiv wäre. Er hat nicht viel dazu gesagt. Nur, dass er nie ein Familienmensch sein wollte. Das muss er auch nicht sein, doch tief im Inneren wünsche ich mir, dass er einer ist. Ich würde gerne eine Zukunft mit ihm haben. Wer hätte gedacht, dass die Tatsache, dass ich vor drei Wochen auf sein Hausboot gestolpert bin, mich zu diesem Moment führen würde?

Die Zeit ist um. Negativ.

Ich bin sowohl erleichtert als auch enttäuscht. Wie albern! Ich bin jung. Ich habe noch viel Zeit für Kinder.

Ich öffne die Tür, und er steht direkt davor. Ich halte den Test hoch. „Nicht schwanger."

Sein ganzer Körper entspannt sich. „Gut. Großartig."

Ich werfe den Test in den Mülleimer und wasche meine Hände. „Das ist es wohl."

Er fährt sich mit der Hand durchs Haar. „Ich bin so erleichtert. Du etwa nicht?"

„Doch, natürlich."

„Wir sollten feiern."

„Sicher, vielleicht später. Ich will mich jetzt fertig anziehen."

„Willst du meine Gitarre spielen?"

Ich schiebe mich an ihm vorbei. „Ich denke, ich werde einen Spaziergang machen. Einen klaren Kopf bekommen."

„Oh-kay."

Ich bleibe stehen und drehe mich zu ihm um. „Wärst du geblieben, wenn der Test positiv gewesen wäre?"

„Aber er war nicht positiv."

„Also nein."

Sein Gesicht verzieht sich zu einem Ausdruck, der alles sagt. Der Gedanke stößt ihn ab. „Ich weiß es nicht."

„Ah."

Er hebt seine Hände. „Es ist viel, Emma. Und du musst zugeben, dass dein Leben ganz anders verlaufen würde, wenn es an meins gebunden wäre."

Ich kann spüren, wie ich mich verschließe, meine Schotten dichtmache. Die Mauern der braven Emma beschützen mich. „Ja, nun, ich nehme an, das wäre bestenfalls von theoretischem Interesse."

Ich ziehe mich fertig an, nehme meine Jacke und gehe dann mit erhobenem Kopf spazieren, gefolgt von meinen Bodyguards.

～

Jackson

Emma ist verärgert. An der Emma-Front herrscht seit zwei Tagen Funkstille. Ich weiß nicht, ob es daran liegt, dass sie enttäuscht ist, nicht schwanger zu sein, oder daran, dass sie von mir enttäuscht ist. Ich weiß nur, dass sie aufgehört hat zu singen, aufgehört hat, Gitarre zu spielen, sogar aufgehört hat zu summen. Sie hat mir gesagt, dass sie immer ein Lied im Kopf hat, aber ich denke, es ist still geworden da drin. Es macht mich fertig. Ich weiß, wie es ist, die Musik zu verlieren, und ich fürchte, sie hat verloren, was sie gerade erst entdeckt hat.

Ich habe mehr Gitarre gespielt und versucht, sie zu überreden, doch alles, worauf sie Lust hat, ist zu lesen und lange Spaziergänge alleine zu machen, obwohl die Bodyguards ihr überallhin folgen. Ich kann sehen, wie leicht es für sie wäre, sich in einen ihrer Bodyguards zu verlieben. Sie sind ihre ständigen Begleiter, und sie verbringt mehr Zeit mit ihnen als mit jedem anderen Menschen. Sie ist früh ins Bett gegangen, früh aufgestanden und hat kein Interesse an Sex. Sie hat sogar aufgehört, sich am frühen Morgen an mich zu kuscheln. Ich verliere sie. Jeden Moment könnte sie in den Jet springen und nach Hause fliegen, und ich würde sie nie wiedersehen.

Am Montag tue ich das einzige, was mir einfällt. Ich schwinge mich aufs Motorrd und mache mich auf die Suche nach einem Geschenk. Ich mag sie, auch wenn ich nicht an jemanden gefesselt sein möchte.

Am Nachmittag kehre ich zurück. Sie sieht sich wieder eine italienische Seifenoper im Fernsehen an. „Hey Emma, ich bin wieder da."

Sie wendet den Blick nicht vom Bildschirm ab. „Hallo." Ihr Ton ist ausdruckslos.

Ich hole das Geschenk, das ich im Flur gelassen habe, gehe wieder ins Wohnzimmer und halte es ihr entgegen. „Ich habe dir was besorgt. Eine Überraschung."

Sie blickt auf und blinzelt. Ich reiche ihr den Koffer mit einer großen roten Schleife darum. Es ist die erste Dezemberwoche, und sie hatten einen Geschenkverpackungsservice im Laden.

Sie steht langsam auf und kommt zu mir, den Blick auf das Geschenk gerichtet. Ich gebe es ihr und sie legt den Koffer auf den Boden und öffnet ihn vorsichtig, um eine Gibson-Akustikgitarre in hellem Rosenholz zu enthüllen. Sie ist eine Schönheit, die ich gerne gehabt hätte, als ich anfing zu spielen.

Sie starrt sie lange an. Ich glaube, ich habe sie mit dem Geschenk geschockt. Schließlich streicht sie mit einem Finger über das glänzende Holz.

„Probier sie aus", schlage ich vor.

Sie trägt sie behutsam zum Sofa und zupft ein paar Noten.

Ich folge ihr. „Es ist eine Songwriter Deluxe für Musiker, die ihre eigenen Songs komponieren. Die Klangqualität ist hervorragend."

Ihre Augen sind riesengroß. „Ich kann nicht glauben, dass du mir so ein Geschenk machst. Ich bin überwältigt. Du siehst mich wirklich als Songschreiber?"

Ich setze mich neben sie. „Absolut. Du hörst die Musik in deinem Kopf. Du kennst die Grundlagen und könntest jemanden einstellen, der dir beim Schreiben der fortgeschrittteneren Melodien hilft."

Sie starrt auf ihre Gitarre und streichelt Bund und Korpus. „Es ist das schönste Geschenk, das mir je jemand gemacht hat." Ihre Stimme ist heiser, ehrfürchtig, und meine Brust füllt sich mit Stolz. Das Geschenk war genau das Richtige für sie. Sie hebt den Kopf. „Vielen Dank, Jackson. Du hast mir mehr gegeben, als ich dir jemals zurückzahlen kann."

Mein Hals schnürt sich vor Emotionen zu, weil ich derjenige sein sollte, der diese Worte sagt. Ich kann kaum über den Kloß in meiner Kehle sprechen. „Du hast mir weit mehr gegeben. Ich war leer, verloren, total verzweifelt, weil ich die Musik verloren hatte. Du hast sie zurückgebracht mit deiner süßen Stimme, deinem Talent, deiner Lernbereitschaft. Du hast mich daran erinnert, wie es war, als ich mich zum ersten Mal der Musik geöffnet habe. Du hast mir mehr gegeben, als ich jemals für möglich gehalten habe."

Tränen quillen aus ihren Augen, und ich wische sie weg und küsse ihre weichen Wangen, ihre Nase, ihre Lippen. Ich schließe meine Augen und spreche an ihren Lippen die Worte aus, von denen ich nie gedacht hätte, dass ich sie jemandem sagen würde. „Ich liebe dich."

„Ich liebe dich auch!"

Wir starren einander an.

Ich weiß nicht, wie es von hier an weitergehen soll. Sie legt die Gitarre zurück in den Koffer.

Dann klettert sie auf meinen Schoß, setzt sich rittlings auf mich, schlingt die Arme um meinen Hals und küsst mich leidenschaftlich. Sie ist wieder da. Ich bin so erleichtert, dass ich mich vollkommen entspanne. Lust, Musik und Liebe vermischen sich in einem königlichen Paket. Ich weiß nicht, was ich mit ihr mache, warum sie mich liebt, doch ich bin es leid, es in Frage zu stellen.

Ich drücke ihre sanften Kurven fest an mich, meine Hände wandern über sie und müssen sie immer wieder spüren. Zwei Tage ohne Emma-Liebe waren Folter.

Sie unterbricht den Kuss, löst sich von mir und stellt sich vor mich. „Lass uns nach oben gehen. Privatsphäre."

Ich werde mir erschrocken bewusst, dass ihre Bodyguards in der Nähe sein müssen. Ich hatte sie vergessen. Sie sind so eine stille Präsenz.

Ich gehe mit ihr nach oben, und sobald ich die Tür hinter uns abschließe, stürzt sie sich in völliger Hingabe auf mich. Gott, ich habe das vermisst. Ihre Begeisterungsfähigkeit, ihre Offenheit. Ich bin ein verhungernder Mann, und sie ist ein Festmahl.

Sie holt schnell ein Kondom und gibt es mir. Als ob es jetzt ihre Verantwortung wäre.

Ich nehme es ihr ab, und sie zieht sich sofort aus. Tiefe Sehnsucht schießt durch mich hindurch. Trotzdem möchte ich, dass sie weiß, dass der Schwangerschaftsschreck nicht ihre Schuld war. „Emma, das mit dem Kondom war meine Schuld. Ich hätte es nicht vergessen dürfen."

Ihre Finger öffnen flink meine Jeans. „Solange einer von uns daran denkt. Mach schnell. Ich habe dich vermisst."

Ich ziehe mich aus und rolle es in Rekordzeit über. Die Dringlichkeit in ihrer Stimme treibt mich an. Ich bin nicht zärtlich. Ich kann es nicht sein. Ich presse sie an die Wand, hebe sie hoch und nehme sie mit einem harten Stoß. Ihre Nägel graben sich in meine Schultern. Ihre Beine schlingen sich um mich, ihre Augen brennen sich in meine.

Tief und hart. Ich nehme und nehme und nehme.

Ich stecke ganz tief drin.

So tief. Ich kann nicht aufhören.

Ich winkele ihr Becken an, schiebe eine Hand zwischen uns und massiere sie schnell. Ihre Muskeln verengen sich um mich herum, und ich verliere die Kontrolle. Mein Orgasmus brandet durch mich hindurch, und ich bin mir ihrer gedämpften Schreie, als sie um mich herum pulsiert, kaum bewusst. Wir kollidieren und explodieren. Jedes verdammte Mal. Ich sacke gegen sie.

Sie nimmt meinen Kopf und küsst mich. Ihre Augen strahlen, ihr Lächeln ist atemberaubend. „Meine Familie möchte, dass ich zu Weihnachten nach Hause komme. Komm mit mir."

Meine erste Reaktion ist zu sagen, dass Weihnachten nach den dreißig Tagen ist, die wir vereinbart haben. Ich sollte in etwas mehr als einer Woche mit ihrem Ring gehen. Dann fühle ich mich wie ein totales Arschloch, weil ich gerade die großen Worte gesagt habe, was eine Beziehung impliziert. Mein Magen flattert, mein Herz klopft heftig, ich bin nachträglich aufgewühlt darüber, dass ich an eine andere Person gebunden bin. Irgendwie bin ich kopfüber in eine Beziehung gestolpert, ohne mir dessen bewusst zu sein. Die Zeit ist wie im Flug vergangen, in einem Nebel aus Musik und Sex. Dann dachte ich, ich hätte sie verloren, und es war eine verdammte Folter, und dann habe ich sie zurückbekommen. Ich wäre ein Idiot, wenn ich ihr Angebot ablehnen würde. „Ja, ok."

Sie reißt die Augen auf. „Ja?"

„Ja."

Sie lacht und verteilt Küsse auf meinem ganzen Gesicht. Ich halte sie fest, verausgabt und geliebt. Nur, dass ich das Gefühl nicht loswerde, dass der Palast der letzte Ort ist, an den jemand wie ich gehört.

15

───────

Emma

Jackson und ich sind auf der königlichen Jacht und fahren an Heiligabend in Richtung Hafen von Villroy. Wir haben fast sechs Wochen zusammen gelebt, ein ungewöhnlicher Weg, um eine Beziehung zu beginnen. Damit haben wir das Daten und das übliche Werben vollkommen übersprungen. Ich bin sicher, andere Leute würden sagen, dass wir ein ungewöhnliches Paar seien, doch es funktioniert. Uns verbindet die Musik, und ich glaube, ich hatte immer ein Faible für einen Mann mit Ecken und Kanten. Immerhin war meine erste Liebe ein Bodyguard, der geschickt war wie ein Auftragskiller. Jackson hat sich viel geprügelt, als er jünger war, doch der Jackson, den ich kenne, ist ruhiger. Er ist eine tiefgründige Seele.

Der Schwangerschaftsschreck liegt hinter uns, besonders seit sich mein Zyklus wieder normalisiert hat. Ich nehme an, mein Glück mit ihm hat all den Stress übertrumpft und meinen Körper in Schwung gebracht.

Jackson war ein bisschen nervös während unserer heutigen Reise zu mir nach Hause. Ich bin auch nervös. Ich habe zu Hause nachgefragt, ob es okay ist, dass Jackson zu Weihnachten zu uns kommt, nachdem ich ihn eingeladen hatte. Anna war damit einverstanden, doch als ich ein paar Tage später gefragt habe, wie der Rest der Familie damit umgegangen ist, hat sie gesagt: „Ich bin die Königin, und ich sage, dass es in Ordnung ist. Mach dir keine Sorgen."

Ich mache mir Sorgen.

Ich will keine Kluft zwischen mir und meiner Familie. Ich liebe sie, und ich liebe ihn.

Ich setze mich in den kleinen Essbereich der Jacht, wo Jackson kurz vor Sonnenuntergang ein Bier trinkt. „Bist du okay?"

Er starrt aus dem Fenster. „Ja."

Ich suche krampfhaft nach etwas, das ihm die Nervosität vor der Zeit mit meiner Familie nimmt, doch mir fällt nichts ein. Ich weiß nicht, ob es gut laufen wird, also scheint es falsch, ihm das zu versichern. Ich sage mir, dass ich mich auf das Positive konzentrieren soll. Jackson ist bereit, Weihnachten mit mir und meiner Familie zu verbringen, weil er mich liebt.

Er sieht mich träge an. „Ich habe den Ring, den du mir versprochen hast, nie bekommen."

Mein Magen zieht sich zusammen. Ich hätte gedacht, dass der Austausch unnötig wäre. Das war ein Anreiz, ihn dazu zu bringen, bei mir bleiben zu wollen. Ich springe auf, und Adrenalin schießt durch meine Adern beim Gedanken, was das bedeuten könnte. „Ich hole ihn sofort."

Ich gehe zur Brücke, wo Viktor mit der Besatzung steht.

Er kommt sofort auf mich zu. „Was ist?"

Meine Wangen sind vor Scham gerötet. Jackson benutzt mich. Er wird wahrscheinlich direkt zu seinem Hausboot fahren, wenn wir im Hafen von Villroy ankommen – mit meinem Diamantring in der Tasche. „Ich möchte bitte meinen Ring zurück." Ich habe ihn gebeten, ihn für mich zu verwahren, weil ich ihn bei meiner Rückkehr nach Villroy nicht tragen wollte, ihn aber nicht in meinen Koffer packen wollte, da sich das Personal um das Auspacken kümmern würde.

Viktor stellt es nicht in Frage. Er nickt nur kurz und sagt, dass er ihn aus dem Safe der Jacht holen wird. Sogar für diese kurze Reise ist er vorsichtig damit umgegangen, da er weiß, wie wertvoll er ist.

„Danke", bringe ich heraus. „Ich warte hier."

Ich will nicht, dass er sieht, wie ich Jackson den Ring gebe.

Ich reibe meine Oberarme. Die Luft ist kalt, doch innerlich ist mir noch kälter. All meine glückliche Wärme hat mich verlassen. Ein paar Minuten später kehrt Viktor zurück und gibt mir den Ring.

„Danke." Ich schiebe den Ring auf meinen Finger und erinnere mich daran, wie ich ihn mit sechzehn zum ersten Mal angesteckt habe, als ich Abdul das erste Mal getroffen habe. Wie erwachsen ich mich gefühlt habe; wie dumm und blauäugig ich doch war. Jetzt ist er eine Bezahlung für ein paar miese Gitarrenstunden. Nur, dass es für mich so viel mehr war. Meine Augen brennen, mein Hals schnürt sich zu. Mist. Ich kann nicht vor allen weinen. Ich ringe gnadenlos all die unerwünschten Emotionen nieder.

Ich kehre nach drinnen zurück, wo Jackson aus dem Fenster schaut. Sein vertrautes blondes Haar, das wie immer ein bisschen zerzaust ist, die breiten Schultern, sein Stoppelbart. All das ist permanent in meinem Kopf verankert und in mein Herz gebrannt. Plötzlich bin ich wütend. Wie hat er mich so an der Nase herumführen können? Warum ist er nicht mit dem Ring gegangen, als die dreißig Tage um waren? Das war letzte Woche gewesen. Da hat er kein einziges Wort über unser Geschäft verloren. Warum zum Teufel kommt er zu Weihnachten mit mir nach Hause?

Ich bleibe neben ihm stehen, ziehe den Ring ab und werfe ihn ihm zu. „Hier."

Er richtet sich auf, und der Ring fällt klappernd zu Boden. Er bückt sich, um ihn aufzuheben, und ich kann kaum widerstehen, ihm einen Klaps auf den Hinterkopf zu versetzen. „Danke."

Ich beiße die Zähne zusammen und schlucke eine sarkastische Antwort herunter.

Er steht auf und steckt den Ring in seine Jeanstasche. Ganz lässig. Als wäre es vollkommen bedeutungslos. Als wäre *ich* egal.

„Ist das alles, was du zu sagen hast?", frage ich. „Danke?"

Er runzelt die Stirn. „Ich weiß es zu schätzen."

Ich koche. Ich fühle mich wie ein Vollidiot, weil ich einem herzlosen Mann mein Herz geöffnet habe. „Na dann, tschüss."

Sein Mundwinkel zuckt. „Gehst du schwimmen?"

„Nein. Ich gehe gerade auf die andere Seite der Jacht, um dir ein bisschen Raum zu geben." Ich strecke meine Hand aus. „Wir verabschieden uns hier."

Er starrt meine Hand an. „Habe ich was verpasst? Ich dachte, ich verbringe Weihnachten bei dir zu Hause."

Ich schlucke schwer. Habe ich die falsche Schlussfolgerung gezogen? Vielleicht braucht er wirklich Geld und will mit mir zusammen sein. Ich habe Angst zu fragen. Mein Herz fühlt sich wie durch den Wolf gedreht an.

Ich lasse meine Hand fallen und spreche mit seiner Brust. „Ich weiß nicht. Vielleicht willst du an Weihnachten ja nach Hause gehen."

Er legt die Hand an mein Kinn und neigt mein Gesicht zu seinem. „Habe ich gesagt, dass ich an Weihnachten nach Hause will?"

Ich blinzele schnell und ringe um Fassung. „Nein."

Seine Finger wandern an meine Wange. „Worüber hast du dich gerade so aufgeregt? Bist du nervös, nach Hause zu gehen?"

Das war es nicht, aber ich bin nervös. Ich möchte es nicht noch schlimmer machen, meine Gefühle sind so durcheinander, also sage ich einfach: „Mir geht es gut."

Er kneift die Augen zusammen. „Definiere gut."

„Völlig in Ordnung."

„Ist es der Ring? Willst du ihn der Erinnerungen wegen behalten?"

„Nein!"

„Okay, dann gebe ich auf, Baby. Du siehst aus, als würdest du gleich weinen, und ich weiß nicht, warum."

Ich atme zittrig aus. Ich kann es nicht erklären, ohne meine Angst zu offenbaren, dass er meine tiefen Gefühle für ihn nicht erwidert. Vielleicht hat er nur „Ich liebe dich" gesagt, um mich dazu zu bringen, ihm schließlich den Ring zu geben. Mein Magen verknotet sich. Das ist die Schattenseite der Liebe, die nagende Angst nach so viel Glück, dass einem die Liebe weggenommen werden könnte. Es ist wie dieser Diamant zwischen uns, der so schön glitzert und doch scharf genug ist, um Glas zu schneiden.

Er zieht mich in seine Arme, und ich schmelze an ihn, mein ganzer Körper erleichtert. Seine starken Arme, seine harte Brust, seine Wärme, sein sexy Duft. Es ist so richtig. Warum zweifele ich daran?

Jackson

Ich schiebe eine Hand unter ihr Haar in ihren Nacken, während sie ihre Wange an meine Brust presst. Ich habe versucht, den Coolen zu spielen, doch innerlich hat mich eine kalte Panik fest im Griff. Emma muss gespürt haben, dass ich Bedenken habe. Ihre Familie treffen? Ihre Mutter? Das ist ernst. Ich habe mich nie an eine Frau gebunden. Das wollte ich nie. Und sie werden einen Blick auf mich werfen und wissen, dass ich nicht zu ihnen gehöre. Emma gehört zur Elite. Und obwohl ich einen gewissen Status als Rockstar habe, habe ich mich nie als Elite gefühlt. Ich bin eine schlechte Wohngegend und sie ist ein nobler Palast.

Ich überlege ernsthaft, ob ich mein Hausboot, das in Villroy liegen soll, suchen und nach Hause fahren soll. Jedoch nicht, um Weihnachten mit meiner Familie zu verbringen. Das Letzte, was ich möchte, ist, meine Mutter zu besuchen und mir anzuhören, wie sie über meinen perfekten Bruder und seine perfekte Familie schwärmt. Ich hatte vor, das Übliche zu tun, saufen zu gehen und in irgendeinem schäbigen Pub aufzutreten. Charlie ist immer mit mir gegangen, weshalb es keinen Reiz mehr für mich hat. John und Max, meine anderen Bandkollegen, mögen ihre Familien.

Sie hebt den Kopf und blickt zu mir auf. Ihre Augen sind

jetzt klar, keine Tränen mehr, ihre Miene entspannt. Auch ich fühle mich jetzt ruhiger. Es ist seltsam, wie mächtig eine simple Umarmung sein kann. Ich kann dem Drang, sie zu küssen, nicht widerstehen.

Sie lächelt. „Meine Mutter wird umkippen, wenn sie dieses Kleid sieht." Es ist ein körperbetontes, dunkelrotes Neckholder-Kleid mit einem tiefen V-Ausschnitt vorne, das ihr schönes Dekolletée zur Schau stellt, jedoch dezent unterhalb der Knie endet. Es ist 100% Emma – sexy und süß. Ich liebe es.

Ich streiche mit einem Finger über ihr Schlüsselbein und über ihr Dekolletée. Ihre Nippel richten sich auf, und sie erschauert. Ich liebe es, wie sie auf meine Berührung reagiert. Ich streiche mit der Nase an ihrem Hals entlang, inhaliere den zarten Duft von Vanille und Honig und beiße verspielt in ihr Ohrläppchen. „Skandalös."

Ihre Stimme ist atemlos. „Das ist es. Schultern und Dekolletée müssen laut Protokoll bedeckt sein."

Ich schlinge ihr Haar um meine Faust. Ich liebe es, dass sie es jetzt offen trägt. „Wirst du Schwierigkeiten bekommen, weil du die höfischen Regeln nicht befolgt hast?"

Sie streicht mit den Fingern durch meine Haare an meinem Nacken. „Es ist das höfische Protokoll. Ich werde nicht bestraft werden, wenn du das meinst. Die neue Königin, Anna, naja, du hast sie ja kennengelernt. Sie ist viel entspannter in Bezug auf das Protokoll. Meine Mutter wird von mir enttäuscht sein, aber das ist sie sowieso schon. Sie betrachtet es als persönlichen Verrat, dass ich Abdul nicht geheiratet habe, und hat keine meiner Entschuldigungen hören wollen. Aber ich kann mein Leben nicht mehr nur leben, wie es ihr gefällt."

Ich erstarre, ein besorgniserregender Gedanke jagt mir einen kalten Schauer über den Rücken. „Bin ich Teil deiner Rebellion?"

Sie lächelt verschmitzt. „Als ich auf dein Boot gekommen bin, dachte ich, du wärst perfekt, um zu rebellieren, doch so sehe ich dich jetzt nicht mehr. Du bist wie ich, verliebt in Musik, zutiefst gefühlvoll und leidenschaftlich."

Ich kann mir ein Lächeln nicht verkneifen. Das bin ich. Und sie. „Brillant. Fühlst du dich immer noch verloren?"

„Du hast mir geholfen, mein wahres Ich zu finden."

Alles in mir entspannt sich. Wenn ich mich nur auf Emma konzentriere, auf das Hier und Jetzt, lässt der nervöse Fluchtreflex nach. Ich will ein besserer Mann sein. Für sie.

Ich deute aus dem Fenster, als Villroy in Sicht kommt. „Da ist es."

„Zuhause", sagt sie ehrfürchtig.

Die Insel besticht durch felsige Klippen, sanfte Dünen entlang der Strände und weiße, traditionelle Häuser mit blauen Türen, Fensterläden und Fensterrahmen entlang der kurvenreichen Straße, die zum Palast führt. Der Palast auf dem Hügel ist atemberaubend, eine imposante Sandsteinstruktur mit Türmen und Türmchen. Die Insel ist märchenhaft schön.

„Kaum zu glauben, dass du dort wohnst", sage ich. „Es sieht aus wie etwas aus längst vergangenen Zeiten."

Sie strahlt und betrachtet ihr Zuhause. „Der Palast, wie du ihn heute siehst, ist vor ein paar hundert Jahren nach einem Brand entstanden. Ich habe ihn immer geliebt. Keine Sorge, er ist mehrmals modernisiert worden. Meine Leute haben die Insel schon vor langer Zeit als Wikinger besiedelt. Schon damals, als sie ihre irischen Frauen aus einer frühen irischen Siedlung mitgebracht haben, haben sie die Insel als ihr Zuhause betrachtet. Ich habe immer ein tiefes Zugehörigkeitsgefühl verspürt, das Gefühl, meinen Platz in einer langen Tradition einzunehmen."

Diese hässliche Stimme in meinem Kopf meldet sich zu Wort. *Emma gehört hierher. Du nicht.*

„Ich habe diese Tradition gebrochen", sagt sie leise. „Ich habe mich verändert." Ihre Stimme klingt hoch vor Panik. „Was ist, wenn diese neue Version von mir nicht mehr hierher gehört?"

Ich drücke ihre Hand. „Du bist wie dieser Palast. Dieselbe Emma, nur modernisiert."

Sie lacht. „Das gefällt mir. Du kannst wirklich gut mit

Worten umgehen. Kein Wunder, dass du so ein großartiger Songschreiber bist."

Hitze kribbelt in meinem Nacken. Ich will gerade sagen, dass es da draußen Bessere gibt als mich, als sie warnend mit dem Finger vor meinem Gesicht wedelt. „Nimm das Kompliment an."

Genau das sage ich immer zu ihr, wenn sie versucht, ihr musikalisches Talent herunterzuspielen. Sie besitzt etwas Seltenes und Besonderes. Ich greife nach ihrem wedelnden Finger. „Danke."

Kurze Zeit später legt die Jacht am Hafen an, und die Besatzung beeilt sich, sie zu vertäuen. Verdammt, die Paparazzi sind hier, Reporter auch, mit Mikrofonen und Kameras. Ich hätte es wissen sollen. Ich musste nicht suchen, um die negative Berichterstattung zu finden, in der es darum ging, wie Emma Abdul abserviert hat, und sein Interview, in dem er behauptet hat, dass sie ihn mit mir betrogen habe. Natürlich waren das Lügen, doch wen interessiert die Wahrheit, wenn es eine pikante Geschichte ist? Dass ich jetzt mit ihr hier auftauche, wird nur Öl ins Feuer gießen. Emma hat einen Kronprinzen und künftigen Sultan gegen einen tätowierten Rocker mit einem Albtraum von einem PR-Problem eingetauscht. Wenn Emma jetzt auch noch von mir schwanger wäre, wäre das der Jackpot für die Klatschpresse. Sie würden sie ewig durch den Schmutz ziehen, und niemand würde daran zweifeln, dass ich an allem schuld bin.

Ich drücke ihre Hand. „Wir werden erwartet."

Sie blickt zu der wartenden Menge von Piranhas und Aasgeiern hinüber und schneidet eine Grimasse. „Damit habe ich gerechnet. Unsere Ankunft musste vorbereitet werden, und natürlich ist es durchgesickert. Ignorier sie einfach. Es war Glück, dass wir ihnen so lange aus dem Weg gehen konnten." Sie blickt aus dem Fenster. „Da wartet dein Boot auf dich, wenn du fliehen willst." Sie weiß, dass ich eigentlich den Ball flachhalten sollte.

„Ich überlasse dich nicht diesem Mob."

Sie presst sich an meine Seite und legt einen Arm um

meine Taille. „Kaum zu glauben, dass ich vor sechs Wochen auf diesem Kahn gekotzt habe."

Ich grinse. „Ja, zu viel Tequila."

„Das und wahrscheinlich die Cocopops."

Ich erinnere mich plötzlich, wie wütend ich über die Cocopops gewesen bin, und dass ich seit Wochen keine gegessen habe und es mich nicht im Geringsten gekratzt hat. Das zeigt nur, wie beschränkt meine Weltsicht damals war und wie sehr ich mich in meinem Elend, Charlie und die Musik verloren zu haben, gesuhlt habe, um mich wegen einer blöden Schachtel Cocopops aufzuregen.

Viktor öffnet die Tür. „Wir sind so weit, wenn Sie es sind, Hoheit."

Emma dreht sich zu mir um und sagt fröhlich: „Bereit?"

Ich nicke und ziehe meine Lederjacke an. Ich habe wirklich ein schlechtes Gefühl, was meine Rolle in all dem Presserummel für Emma angeht.

Ein paar Minuten später laufen wir über das Dock in Richtung Straße, wo drei Mercedes-Limousinen auf uns warten. Emmas sexy rotes Kleid ist unter ihrem langen weißen Wollmantel versteckt. In Weiß hebt sie sich von einem Meer dunkler Mäntel ab. Sie hält meine Hand mit einem Todesgriff umklammert, das Kinn erhoben und die Schultern gestrafft, während die Reporter ihr Fragen zurufen.

„Emma, Emma, hier drüben! Wie lange sind Sie schon mit Jackson zusammen?"

„Haben Sie gehört, dass der Sultan alle Verbindungen zu Villroy abgebrochen hat und anderen Königreichen geraten hat, dasselbe zu tun?"

„Irgendwelche Kommentare zu den Weicheiern in der Regierung, Jackson?"

„Ist er besser im Bett als der Sultan?"

„Sind Sie noch Jungfrau?"

Ein Lachen geht durch die Menge. Ich möchte diesem Wichser, der die Frage gestellt hat, die Fresse polieren und allen anderen entgegen schreien, sie sollen sich ficken, doch ich weiß aus Erfahrung, dass eine solche Reaktion alles nur noch schlimmer macht. Ich muss mich damit zufrieden geben, dem Wichser, der es gewagt hat, auf diese Weise mit meiner Emma zu sprechen, einen finsteren Blick zuzuwerfen.

Emma hebt eine Hand und lächelt. „Es ist wunderbar, zu Hause zu sein. Fröhliche Weihnachten! *Joyeux Noël!*"

Ein paar Reporter murmeln „Frohe Weihnachten" und *„Joyeux Noël"*, und dann fangen die Fragen von vorne an. Sie hat sie höflich auf Englisch und Französisch angesprochen. Wenn man mich fragt, hat sie ihnen mehr gegeben, als sie verdienen. Verdammt, sie hat mir mehr gegeben, als ich verdiene, weil sie einfach sie ist.

Viktor drängt uns in den mittleren Wagen und nimmt auf dem Beifahrersitz Platz. Oliver steigt hinter uns ins Auto. Im Wagen vor uns müssen weitere Wachen sein.

„Willkommen zu Hause, Hoheit", sagt der Fahrer.

„Danke, Arthur", sagt Emma freundlich. „Ich habe meinen Freund Jackson für die Feiertage nach Hause gebracht."

Er mustert mich im Rückspiegel. „Sehr schön. Willkommen auf Villroy, Sir."

„Danke." Ich wende mich Emma zu. Ihr Lächeln ist gekünstelt, ihre Hände sind so fest gefaltet, dass ihre Fingerknöchel weiß hervortreten. Ich ziehe eine Hand aus dem Knoten und halte sie fest. Ich beuge mich zu ihr und sage leise, damit nur sie mich hören kann: „Ignorier die verdammten Aasgeier. Sie kennen dich nicht und haben kein Recht, dich zu kennen."

Sie starrt auf unsere Hände und sagt leise: „Ich bin eine Persönlichkeit des öffentlichen Lebens. Ich diene Villroy und muss mich ihnen zur Verfügung stellen." Ihre Stimme ist sachlich, ihr Rücken stocksteif. Schatten der vornehmen und braven Prinzessin, die ich auf meinem Hausboot getroffen habe, schimmern durch. Ich hätte damit rechnen sollen. Bald wird sie zu ihren alten Gewohnheiten zurückkehren. Ich werde nicht mehr in ihr Leben passen. Ich war eine Ablenkung in einer Zeit der Not.

Ich bin angepisst, auch wenn ich kein Recht dazu habe. Ich atme tief durch. „Das heißt nicht, dass sie dich respektlos behandeln dürfen."

„Ich habe keine respektlosen Fragen beantwortet, oder?"

Ich drehe mich um und blicke aus dem Fenster auf die weißen Häuser, während wir den Hügel hinauf fahren. Ich stelle mir vor, diese kleinen Hütten waren früher für das gemeine Volk gedacht. Hier hätten Leute wie ich gelebt. Die Elite lebt immer oben auf dem Hügel.

16

Jackson

Der Wagen hält in einem Hof an, und als wir aussteigen, kommen mehrere Männer in weißen Hemden und schwarzen Hosen auf uns zu. Sie begrüßen Emma mit großem Respekt und verneigen sich vor ihr, bevor sie uns zu den Doppeltüren des Palastes begleiten. Sie stellt mich den Bediensteten nicht vor, sondern grüßt sie nur und geht schnell zum Eingang.

Ein weiterer Diener öffnet uns die Türen, und ich erhasche einen ersten Blick auf das Innere eines Palastes. Die zweistöckige Eingangshalle aus weißem Marmor mit vergoldeten Spiegeln und Seidentapeten erinnert an ein Museum. Nur ein großer Weihnachtsbaum mit warmweißen Lichtern und weißem Baumschmuck in der Ecke wärmt die Leere. Kein Wunder, dass Emma in einem Museum wie diesem zu einer so zugeknöpften Frau herangewachsen ist.

Weitere Bedienstete säumen beide Seiten des Saals. Ich habe keine Ahnung, was ihre Aufgabe ist, doch sie warten mit einem Lächeln auf Prinzessin Emma. Niemand scheint sich daran zu stören, dass sie von ihrer Hochzeit weggelaufen ist. Sie sind nur froh, dass ihre geliebte Prinzessin zu Hause ist. Emma ist liebenswürdig, höflich und verhält sich überaus angemessen. Eine ganz andere Person als die, die ich in den letzten Wochen kennengelernt habe, die ihrer Stimme und ihrem Körper freien Lauf gelassen hat. Hier ist sie vollkommen beherrscht.

Emma drückt meinen Arm. „Dürfte ich um Ihre Aufmerksamkeit bitten? Das ist mein Freund, Jackson Walker. Er ist über die Feiertage hier."

Die Bediensteten murmeln eine Begrüßung. Ich hebe eine Hand. „Freut mich, Sie alle kennenzulernen."

Ein Mann tritt vor, um Emma mit leiser Stimme eine Frage zu stellen, die ich nicht verstehe. Sie lächelt strahlend. „Ja. Bitte bringen Sie alles in meine Suite. Jackson wohnt bei mir."

Ich entspanne mich ein wenig. Sie geht offen damit um, dass ich ihr Schlafzimmer mit ihr teile, was wahrscheinlich so gar nicht dem Protokoll entsptricht.

Sie dreht sich lächelnd zu mir um und zwinkert mir zu. „Ich möchte nicht, dass du dich verirrst, wenn du mitten in der Nacht versuchst, mein Zimmer zu finden."

Ich lege eine Hand an ihren Nacken und streichele mit dem Daumen ihren Hals. Das ist die Emma, die ich kenne.

Nachdem wir ein Labyrinth von Gängen mit Ölgemälden und Marmorbüsten einer Horde königlicher Vorfahren durchquert haben und in ihrer Suite angekommen sind, fühle ich mich wieder ein bisschen unwohl. Das Ausmaß von allem – die schiere Größe des Palastes, die lange stolze Tradition – all das ist mir fremd.

Ihre Zofe Lina erwartet uns in der Suite, die wie eine Wohnung mit Wohnzimmer, Fernsehzimmer, Schlafzimmer und eigenem Bad aussieht. Alles ist sehr feminin, größtenteils rosa und geblümt mit geschnitzten antiken Holzmöbeln voller Schnörkel und geschwungenen Beinen. Die Wände sind mit rosa Blumen geschmückt, die Lampen haben passende Schirme, die wiederum zu den Vorhängen passen, die die großen Fenster mit Blick auf das Meer einrahmen. Das Himmelbett ist jungfräulich weiß, vom hauchzarten Himmel bis zu den weißen Laken. Es gibt viel zu viele rosa Kissen. Das ist ein Reich, das noch nie ein Mann betreten hat.

Doch hier bin ich.

Ich setze mich auf einen rosa-weißen Blumensessel in ihrem Schlafzimmer und versuche, nicht aufzufallen. Doch was ich wirklich tun möchte, ist, meine Gitarre, die im Wohnzimmer neben ihrer Gitarre liegt, zu nehmen, sie zu spielen und die Welt zu vergessen. Ich darf aber nicht zu mürrisch sein. Ich bin hier zu Gast. Außerdem hat Emma mir die Musik zurückgebracht, darum kann ich damit umgehen, dass ich erst ein bisschen später zum Spielen meiner Gitarre kommen werde. Ich versuche, es mir bequem zu machen, doch der Ring in meiner Tasche bohrt sich in meinen Oberschenkel. Besser ein Versteck dafür finden. Ich gehe ins Wohnzimmer und verstaue ihn im Fach meines Gitarrenkoffers in dem kleinen Beutel, in dem sich meine Plektren befinden. Dort ist er sicher, bis ich nach Hause komme und ihn gegen bares Geld eintauschen kann. Ich kann ihn nicht über ein Auktionshaus verkaufen, ohne Emma bloßzustellen. Er ist ein Unikat und leicht zu erkennen. Ich muss einen vertrauenswürdigen Juwelier finden und den Diamanten unabhängig von der Fassung anbieten. Es nimmt mir eine große Last von den Schultern zu wissen, dass Jack versorgt ist.

Ich kehre zum Sessel im Schlafzimmer zurück und beobachte Emma in ihrem „skandalösen" roten Kleid, während sie Lina, die Emmas Kleider auspackt und in Schubladen und in den Kleiderschrank legt, Anweisungen gibt. Mein Weihnachtsgeschenk für Emma ist ein Lied. Sie braucht nichts Materielles, und es ist das einzige Geschenk, das ihr niemand anderes geben kann. Im Grunde schon, doch es wäre kein Jackson Walker-Original.

Lina wendet sich mir zu. „Möchten Sie, dass ich Ihnen bei Ihren Sachen behilflich bin, Sir?" Sie zeigt auf meinen übergroßen Seesack.

„Nein, danke." Ich packe nicht aus. Ich gehöre nicht hierher. Es ist ein vorübergehender Gig, bevor ich weiterziehe. Mir wird bewusst, dass Emma wahrscheinlich hier bleiben möchte. Nach Weihnachten wird es zwischen uns vorbei sein. Ich trommele mit meinen Fingern auf meinem Bein herum. Wir könnten uns treffen, denke ich, doch jetzt, da ich Emma in ihrem Element sehe, kann ich einfach nicht sehen, wo *wir* da hineinpassen.

„Kann ich sonst noch etwas für Sie tun, Ma'am?", fragt Lina Emma.

„Nein. Vielen Dank, Lina", antwortet Emma förmlich.

Es macht mich nervös, diese bizarr überhöfliche Emma mit Dienern zu sehen, die sie so unterwürfig ansprechen.

Lina nickt. Sie geht und schließt leise die Tür hinter sich.

„Hoheit", sage ich.

Emma kommt mit entschlossenem Gesichtsausdruck auf mich zu. Bevor ich *alles klar?* sagen kann, überrascht sie mich, zieht ihr Kleid bis zur Taille hoch und setzt sich rittlings auf mich. Ich werde sofort hart. Meine Hände gleiten über ihre glatten nackten Beine und bleiben an ihrem nackten Po hängen. Sie trägt einen Tanga, ein Teil ihrer neuen Garderobe. Sie beugt sich vor und beißt auf meine Unterlippe. Mein Schwanz schwillt gegen meine Jeans. „Sie, Mr. Walker, schulden mir einen harten Fick."

Ich lege eine Hand auf das bisschen Stoff zwischen ihren Beinen, und sie stöhnt. „Ach so?"

„Ja." Sie zieht einen Schmollmund. Ich bin süchtig nach diesen Pornostar-Lippen. „Du warst so beschäftigt damit, mir beim Packen und Gitarrespielen zuzusehen, dass du mich völlig vernachlässigt hast."

Meine Stimme klingt heiser. „Vielleicht warst du heute Morgen so beschäftigt mit dem Packen, dass du mich vernachlässigt hast."

Sie küsst mich grob, bevor sie sich vor mir auf die Knie sinken lässt und nach meinem Reißverschluss greift.

Ich stöhne. Ich habe meine Emma zurück.

~

Ich bin auf dem Weg zu einem Abendgottesdienst in der Schlosskapelle und fühle mich wieder völlig fehl am Platz. Erstens bin ich kein Kirchgänger. Ich war seit meiner Kindheit nicht mehr in der Kirche. Und zweitens habe ich nichts dabei, was schick genug für eine Christmette bei Hofe ist. Ich weiß nicht, warum ich nicht daran gedacht habe, in Italien einen Anzug zu kaufen, und Emma hat auch nichts gesagt, doch jetzt wünschte ich mir, ich hätte etwas Besseres als ein langärmeliges graues Hemd, eine schwarze Hose und schwarze Motorradstiefel eingepackt. Emma hat ein Kleid aus ihrem alten Kleiderschrank angezogen, einen züchtigen langärmeligen hellgrünen Sack, der weit über ihre Knie reicht. In diesem Fummel kann man kaum sehen, dass sie eine Taille hat, von fantastischen Titten ganz zu schweigen. Ihre Haare hat sie zu einem ordentlichen Dutt gesteckt. Ich kann immer noch nicht fassen, wie schnell sie von einer Sexgöttin zu einer braven Prinzessin mutiert ist. Ich bin mir nicht sicher, welche die echte Emma ist. Spielt sie für mich nur Theater und ist bei allen anderen sie selbst? Ich kann nicht anders, als zu glauben, dass ich eine Novität für sie bin, ein Spielzeug, mit dem sie Dinge ausprobiert, die sie normalerweise nicht tun kann. Bei dem Gedanken dreht sich mein Magen um.

Ich folge ihr aus der Tür ihrer Suite, und sie hakt sich bei mir unter, während sie uns durch ein weiteres Labyrinth aus Gängen führt. Ich bin nicht sicher, ob ich ohne Karte jemals hier rausfinden werde. Wir sind nicht einmal in der Nähe des Eingangs. Eine Treppe kommt in Sicht. Unten säumen weitere Bedienstete den Weg, warum weiß ich nicht. Das kunstvoll geschnitzte Geländer aus Holz ist mit üppigen grünen Girlanden aus Kiefern und Tannenzweigen geschmückt. Es gibt einen weiteren großen Weihnachtsbaum in der unteren Halle, die jedoch nicht die Eingangshalle ist. Dieser Baum ist ganz in Blau und Silber gehalten, mit zahllosen Kugeln, Eiszapfen und Schneeflocken geschmückt.

„Schau mal, was der Rockstar mitgeschleift hat", sagt eine vertraute männliche Stimme, „meine verirrte Schwester. Ts-ts, Emma. Was Mutter wohl dazu sagen wird?"

Es ist Lucas, der uns angrinst. Ihr Bruder zieht sie zu gerne auf. Er trägt einen dunkelblauen Anzug, wirkt jedoch viel entspannter als Emma in ihrem Altweiberfummel.

„Selber ts-ts", antwortet Emma gut gelaunt. Sie hat mir erzählt, dass sie sich immer sehr über die Neckereien ihrer älteren Brüder aufregt, doch sie hat vor, diesbezüglich entspannter zu werden.

„Lucas, schön dich zu sehen, Mann." Ich schüttele seine Hand, und er zieht mich in eine brüderliche Umarmung.

„Es muss also ernst sein, wenn du zu Weihnachten mit der Familie hier bist", erklärt Lucas. „Ich bin überrascht–" Er bemerkt Emmas finsteren Blick und dreht sich zu mir um. „Ich meine, ich freue mich, dass du hier bist." Er beugt sich vor und senkt seine Stimme. „Hätte nicht gedacht, dass Emma dein Typ ist."

„Das habe ich gehört, Lucas", keift Emma. „Kümmere dich um deine Angelegenheiten."

Lucas äfft sie nach. Emma ignoriert ihn und geht vor uns her.

„Emma ist cool", sage ich ihm. „Sie kann singen wie ein Engel. Wir haben zusammen Musik gemacht."

Lucas knufft mich in die Rippen. „Ach, so nennen die Kids das heutzutage also?"

Emma bleibt stehen und wirft ihrem Bruder einen tödlichen Blick zu. „Hast du nicht was zu tun?"

Er kratzt sich am Bart und sieht mich von der Seite an. „Die Christmette fängt gleich an. Du willst doch nicht, dass ich sündige, oder?"

Emma hebt ihr Kinn und ergreift meine Hand, geht schnell weiter und bemüht sich sehr, ihrem Bruder davonzulaufen, doch er hält mit uns mit. Ich fange an zu verstehen, warum Emma ihrer Mutter so nah stand bei vier älteren Brüder, die sie wie Lucas genervt haben. Sie hat auch einen jüngeren Bruder, doch sie sagt, dass Adrian sie nicht aufzieht.

Lucas bombardiert sie mit Fragen und stellt ihren Engelstatus in Frage, nachdem ich gesagt habe, dass sie wie ein Engel singt. Mein Fehler. „Ist dein Heiligenschein Gold oder Silber? Wer poliert ihn? Sind deine Flügel unter deinem Altweiberfummel festgezurrt?"

Es ist offensichtlich, dass er sie liebt, auch wenn er ihr auf die Nerven geht.

Emma bringt ihn mit einer Frage zum Schweigen. „Wie geht es Mutter?"

Lucas wird ernst. „Nicht gut. Sie verbarrikadiert sich immer noch in ihrem Zimmer."

„Kommt sie zur Kirche?"

„Ich weiß nicht. Anna und Gabriel haben sie gebeten, sich uns anzuschließen, doch sie hat weder zu- noch abgesagt."

Emma verflicht ihre Finger mit meinen und flüstert: „Es ist unser erstes Weihnachtsfest ohne Vater."

„Oh, tut mir leid."

Sie nickt ernst und wendet sich Lucas zu. „Wenn sie nicht da ist, werde ich sie später besuchen. Ich weiß, dass sie mein Verhalten nicht gutheißt, und ich sollte reinen Tisch machen."

„Na dann viel Glück", sagt Lucas.

Ein paar Minuten später erreichen wir die Kapelle, in der zwei Männer in Anzügen warten, die Emmas Brüder sein müssen. Wie Gabriel haben sie kurzes, dunkelbraunes Haar, hohe Wangenknochen und glatt rasierte, kantige Züge. Lucas ist der einzige mit Bart.

Emma strahlt. „Ihr zwei habt euch aber fein gemacht. Kein Stoppelbart."

Beide reiben sich das Kinn, als wäre es etwas Neues. „Vorübergehend zu Weihnachten", murmelt einer von ihnen.

Emma stellt uns einander vor. „Jackson, das sind meine Brüder Oscar und Adrian. Adrian ist mein jüngerer Bruder, Silvias Zwilling. Ich habe dir ja von ihr erzählt."

„Großer Fan", sagt Oscar und schüttelt meine Hand.

„Noch nie von dir gehört", feixt Adrian.

Ich lache. „Auch okay."

Adrian grinst. „Nein, im Ernst, ich bin auch ein großer Fan. Sehr cool, dich hier zu haben."

„Wo ist Phillip?", fragt Emma. Noch ein Bruder. Sie hat mir vorhin noch einmal einen Überblick verschafft.

„Er verbringt Weihnachten in Tampa mit der Familie seiner Verlobten", sagt Adrian.

„Verräter", brummt Lucas.

„In den Kerker!", sagt Oscar.

Lucas und Oscar grinsen einander an.

Adrian deutet auf die Tür der Kapelle. „Ich denke, wir sollten reingehen. Wir haben auf euch gewartet." Er sieht mich direkt an.

Emma winkt ab. „Ich weiß, dass ich als Braut, die sich

nicht getraut hat, eine gewisse Bekanntheit erlangt habe, aber ihr braucht jetzt nicht die großen Fans zu spielen."

Ich lache, und ihre Brüder starren sie an.

„Emma, bist du das?", fragt Oscar und sieht sie argwöhnisch an. „War das gerade allen Ernstes ein Witz?"

„Ich habe dir gesagt, sie hat sie nicht mehr alle", sagt Lucas. „Keine brave Emma mehr, obwohl Jackson sagt, dass sie die Stimme eines Engels hat, darum wohnt vielleicht doch ein extrem gutes Mädchen in ihr."

Adrian lächelt. „Emma hat immer gesungen, als wir klein waren. Es hat mir immer gefallen, aber sie hat aufgehört zu singen, als wir älter wurden."

Emma nickt. „Weißt du, ich hatte fast vergessen, dass ich früher laut gesungen habe. Ich habe mit neun Jahren aufgehört, als ich mit dem Etiketteunterricht angefangen und meinen Platz im höfischen Leben begriffen habe." Sie lächelt strahlend. „Doch jetzt singe ich wieder." Sie öffnet die Tür der Kapelle und tritt ein.

Ich folge ihr, und meine Augen weiten sich angesichts des imposanten Raums. Er ist beeindruckender als die große Eingangshalle. Die Decke ist so hoch, dass man sich unbedeutend klein vorkommt, alles ist vergoldet, handbemalt und überall ist Stuck. An den Seiten befinden sich Nischen mit mehreren Apostelfiguren aus Marmor und handbemalten Wappen. Zumindest haben sie Musik. Vielleicht zu viel Musik. Drei riesige vergoldete Orgeln mit langen silbernen Pfeifen. Ich wette, ein Bürgerlicher hat noch nie zuvor einen Fuß in diese Kapelle gesetzt.

„Oh, alle sind hier, sogar Mutter", flüstert Emma mir zu. „Das ist ein sehr gutes Zeichen." Sie zeigt diskret auf ihre Mutter, die am Ende der ersten Reihe sitzt. Anna, die neben ihrer eigenen Mutter sitzt, dreht sich um und winkt uns zu.

Gabriel sieht sich ebenfalls um und nickt. Ein paar andere ältere Leute sitzen auch in der Reihe. Verwandtschaft? Ich habe keine Ahnung.

Emma führt mich in die zweite Reihe und bleibt stehen, um ihre Mutter zu begrüßen. „Mutter, es ist so schön, dich hier zu sehen. Das ist mein Freund, Jackson."

Ich biete ihr meine Hand an, doch ihre Mutter starrt sie nur an, als wäre es ein stinkender toter Fisch.

Ihr Blick schweift über mein viel zu lässiges Outfit, und sie atmet scharf durch die Nase ein. „Ich bin froh zu sehen, dass du zu Hause bist, Emma. Ich würde gerne nach dem Gottesdienst mit dir reden." Dann dreht sie sich wieder um.

Emmas Miene ist angespannt, als sie weiter in die zweite Reihe rutscht. Ihre Brüder schließen sich uns an, und Adrian nimmt neben mir Platz. Er beugt sich über mich, um Emma zuzuflüstern: „Dir steht was bevor."

„Halt die Klappe", flüstert sie zurück.

Wir sitzen lange in der Stille der Kapelle, während mehr Leute hereinkommen. „Sind das die Palastangestellten, die jetzt reinkommen?", flüstere ich ihr zu.

Sie schüttelt den Kopf und antwortet ebenso leise: „Das sind Verwandte auf der Seite meiner Mutter. Sie sind den weiten Weg hierher gekommen, um sie in ihrer Trauer zu unterstützen. Sie stammt aus einem kleinen Inselreich in der Nähe von Australien. Nicht, dass sie um ihre Unterstützung gebeten hätte. Ich vermute, Anna hat ihre Hand im Spiel. Sie setzt sich gerne über das höfische Protokoll hinweg. Wir gehen diskret mit unseren Gefühlen und persönlichen Bedürfnissen um. Das Königreich und unser Volk kommt immer an erster Stelle."

„Was ist mit der Seite deines Vaters?"

„Über die reden wir nicht."

Adrian klärt mich leise auf. „Der ältere Bruder meines Vaters hat abgedankt, um eine Bürgerliche zu heiraten. Er wurde ins Exil geschickt. Seine Familie hat keine Verbindung zu uns, außer durch unsere Schwester Silvia. Jetzt, da sie in den USA lebt, hat sie Kontakt zu ihnen aufgenommen."

Lucas beugt sich vor. „Das Rourke-Gesindel."

Sie lachen, und Emma zischt ihnen zu. „Müsst ihr diese schmutzige Wäsche hier waschen?"

Ihre Mutter wirft Lucas einen Blick über die Schulter zu, schürzt die Lippen und wendet sich wieder dem Altar zu.

Emma stößt ihre Brüder mit dem Finger an und nickt in Richtung ihrer Mutter.

Ich flüstere ihr ins Ohr: „Da Anna eine Bürgerliche ist, wird sie diesen Teil der Familie wieder einladen?"

Emma schüttelt den Kopf. „Es ist unwahrscheinlich, dass sie jemals akzeptiert werden. Anna hat sich wirklich beweisen müssen – und sie hatte keinen schlechten Ruf."

An wen erinnert mich das? Schlechter Ruf, Bürgerlicher, Gesindel. Ich versuche nicht auf der harten Holzbank herumzurutschen. „Wo sind die Bediensteten?"

„Der Gottesdienst ist nur für die Familie", antwortet Emma. „Kein Personal."

„Sie dürfen nicht teilnehmen?"

„Sie haben eine eigene Kapelle im Dienstbotenquartier. Es ist ein schönes Zimmer."

„Ein Zimmer?" Im Vergleich zu *dem hier*?

„Ja, eine hübsche, stille Kapelle für sie. Oder sie können auf der Insel in die Kirche gehen. Es gibt ein paar hier."

Ich lasse den Blick über ihre Familie schweifen. Alle tragen maßgeschneiderte Anzüge und elegante Kleider. Es funkeln teure Ketten, Armbänder, Ringe, Ohrringe und teure Uhren. Unter normalen Umständen weiß ich genau, wo ich wäre: Bei den Bediensteten. Als wir beide allein in Italien waren, habe ich vergessen, wer sie wirklich ist. Doch die Unterschiede zwischen uns haben sich noch nie so krass angefühlt wie jetzt.

Ich kann nicht verstehen, warum sie mich hierher gebracht hat. Bald schon wird sie ihren Fehler bemerken.

17

Emma

Ich gebe zu, es war ein bisschen surreal, nach dem Probedurchlauf der Hochzeit vor nur sechs Wochen in die Schlosskapelle zurückzukehren, doch sie hat sich ganz anders
angefühlt mit dem Weihnachtsgrün und den Kerzen. Ich habe
mich innerlich ganz anders gefühlt, mir jedoch große Mühe
gegeben, es mir nicht anmerken zu lassen. Ich möchte mich
mit Mutter versöhnen.

„Ich komme, so schnell ich kann, nach", sage ich zu Jackson, sobald wir nach dem Gottesdienst auf dem Flur sind.
„Ich muss mit meiner Mutter reden. Geh du mit meinen
Brüdern in den Salon zum Cocktail. Ich treffe dich dort." Ich
stelle mich auf Zehenspitzen, um seine Wange zu küssen, da
ich mir unseres Publikums bewusst bin.

Er legt sanft die Hand an meine Wange. „Die Aussicht für
meinen Abend hört sich besser an als für deinen."

„Ich bin mir sicher, dass alles gut wird", sage ich gefasst.

Er gesellt sich zu meinen Brüdern, die in der Nähe warten
und sich mit einigen unserer Verwandten unterhalten. Alle
sind noch da und unterhalten sich gut gelaunt. Ich sehe meine
Mutter nicht. Ich nehme an, sie ist in ihr Zimmer zurückgekehrt.

Ich gehe direkt dorthin, entschlossen, die Distanz

zwischen uns zu überbrücken. Ich werde meine Handlungen an meinem Hochzeitstag und meine anschließende Veränderung erklären. Nein, nicht Veränderung, ich habe mich lediglich als Musikerin und als Frau entdeckt. Ich werde ihr sagen, wie glücklich ich bin und wie sehr ich möchte, dass sie wieder Teil meines Lebens wird. Ich werde ihr unhöfliches Verhalten Jackson gegenüber nicht erwähnen. Vor allem, weil meine Zukunft mit ihm ungewiss ist. Sein Boot liegt im Hafen, er hat den Diamantring, und ehrlich gesagt weiß ich nicht, wie es sich zwischen uns weiter entwickeln wird. Ich möchte jedoch nicht mit Mutter darüber sprechen. Ob sie mir auf halbem Weg entgegen kommt oder mich ausschließt, ich habe nichts zu verlieren, wenn man bedenkt, wie es im Augenblick zwischen uns aussieht.

Ich erreiche ihr Zimmer, aufgepumpt und bereit zu sagen, was ich zu sagen habe. Ich klopfe an, und ihre langjährige Zofe Joan öffnet die Tür weit. „Sie ist im Salon, Hoheit."

„Danke, Joan."

Ich bin froh, dass meine Mutter sich noch nicht in ihr Bett zurückgezogen hat. Vielleicht ist sie bereit, zu uns zurückzukommen. Sie sitzt am Tisch am Fenster. Sie liebt den Blick auf das Meer. Obwohl es jetzt dunkel ist, starrt sie immer noch hinaus.

„Hallo Mutter." Ich beuge mich vor und küsse sie auf die Wange. Ihre Haut ist alarmierend dünn und papierartig, nicht mehr so weich wie früher. Sie hat noch mehr an Gewicht verloren, während ich weg war.

Ich setze mich ihr gegenüber. „Hast du gegessen?"

„Natürlich." Sie hebt eine Hand. „Bitte lassen Sie uns allein."

Joan nickt. „Ja, Ma'am", sagt sie und verlässt die Suite.

Meine Mutter starrt mich unangenehm lange an. Ihre Augen ähneln meinen, obwohl ihre trostlos aussehen. „Du siehst gut aus", sagt sie schließlich. „Die Zeit in Italien hat dir gutgetan."

„Es war wunderbar. Ich habe in der Villa von Lucas' Freund am Comer See gewohnt."

„Das weiß ich."

Ich schlucke. „Mutter, ich bin endlich glücklich. Ich musste mich aus dem Palastleben zurückziehen, um mich selbst zu entdecken. Ich kann singen. Jackson sagt, ich habe echtes Talent. Wir–"

„Ich kann nicht glauben, dass du zu den Feiertagen einen so unangemessenen Gast mitgebracht hast", sagt sie mit blitzenden Augen. „Ich möchte, dass er geht. Er hat einen furchtbar schlechten Einfluss auf dich. Nach deinem Verhalten, mit dem du unsere Familie in schreckliche Verlegenheit gebracht hast, habe ich das Gefühl, dass ich dich nicht einmal mehr kenne."

„Ich bin immer noch ich. Ein weniger steifes, viel *glücklicheres* Ich."

Sie sieht mich finster an. „Ich will meine Tochter zurück."

Ich verliere die Beherrschung. „Und ich will meine Mutter zurück! Du tust nichts, als dich in deinem Zimmer zu verstecken. Es ist, als hätte ich dich und Vater am selben Tag verloren!"

Sie presst ihre Lippen zu einer dünnen Linie zusammen. „Das ist also der Grund deiner Rebellion. Ich. Gib immer nur der Mutter die Schuld." Sie beugt sich vor. „Ich habe alles für dich getan, dir jeden Vorteil gegeben, Zeit und Energie investiert, um dich zu der Frau zu formen, die du sein musstest. Jetzt wendest du dich gegen mich."

Ich kann die Worte nicht zurückhalten. „Du hast mich zu einer Kopie deiner selbst geformt. Aber weißt du was? Ich bin nicht du. Ich finde heraus, wer ich bin. Ich ziehe jetzt gerne kräftige Farben an, nicht nur fade Pastelltöne. Ich habe mich hinter züchtigen Kleidern versteckt, hinter dem Protokoll. Ich singe gerne. Ich *liebe* es, zu singen. Ich lerne Gitarre. Ich habe Talente, von denen ich nicht einmal wusste, dass ich sie besitze, weil ich für nichts aufgeschlossen war. All die starren Regeln und Erwartungen haben mich erstickt. Jetzt bin ich frei, und es tut mir leid, wenn du diese Emma nicht magst, aber die bin ich von jetzt an."

Ihre Lippe kräuselt sich. „Das ist *sein* Einfluss. Dieser Mann, der sich nicht einmal die Mühe macht, sich angemessen für die Kirche zu kleiden, und unserer Familie keinen Respekt entgegenbringt."

Ich beiße die Zähne aufeinander und ignoriere die Bemerkung. „Das bin ich. Niemand anders."

Sie sieht mich von oben herab an. „Ich kenne seinen Typ. Unterschicht. Drogen, Alkohol, Frauen. Du bist nur eine von vielen in einer langen Reihe von weiteren Eskapaden."

„Das ist nicht wahr! Jackson ist nicht so."

Sie winkt ab. „Dann geh mit ihm in seine armselige Behausung."

Ich versuche es noch einmal und bemühe mich um Geduld. „Du kennst ihn nicht. Er war gut zu mir, und ich bin mir sicher, dass er in einem hübschen Haus lebt."

„Geh. Er hat dich zu einer Person gemacht, die ich nicht länger kenne." Sie dreht sich zum Fenster um und ignoriert mich.

Es ist, als würde ich gegen eine Wand reden! Ich bin so wütend, dass ich zittere. „Ich habe in Italien mit Abdul geredet und mich demütig entschuldigt. Weißt du, was ich als Gegenleistung von ihm bekommen habe? Einen harten Schlag ins Gesicht und wüste Beschimpfungen. Das ist der Mann, von dem *du* wolltest, dass ich ihn heirate."

Sie dreht sich zu mir um, ihre Stimme ist jetzt weicher. „Ich habe davon gehört, Emma. Da war nichts, was darauf hingedeutet hätte, dass er–"

„Natürlich weißt du nicht immer, was für mich das Beste ist." Ich schiebe meinen Stuhl so schnell zurück, dass er fast umfällt. Ich hebe ihn auf und verabschiede mich.

Ich wandere den Flur entlang. Um Himmels willen, ich bin eine erwachsene Frau, die endlich weiß, was sie will. Warum kann sie nicht sehen, dass ich in der Lage bin, mich selbst zu verändern? Ich bin nicht so willensschwach, dass ich mich von anderen beeinflussen lasse. Ja, ich habe Jacksons Musikunterricht genossen und seinen Geschmack bei Dessous angenommen, doch das bedeutet nicht, dass ich nicht meine eigenen Entscheidungen treffe. Die Musik, die wir zusammen machen, spiegelt uns beide wider. Der Rest ist mein neues, mein selbstbewusstes Ich. Das ist das

Problem hier. Mutter kann mit einer selbstbewussten Emma nicht umgehen. Schade. Ich werde nie wieder zu meinem alten Ich zurückkehren und mich dem steifen Protokoll unterwerfen.

Ich gehe in mein Zimmer, ziehe mein scheußliches Kleid aus, das Teil der alten Emma-Garderobe ist, und schlüpfe wieder in mein rotes Neckholder-Kleid. Ich liebe es. Ich fühle mich sexy damit und viel eher als Frau, nicht wie ein Mädchen, das für eine Rolle verkleidet ist. Ich löse meinen Chignon und bürste mir die Haare aus. Dann frische ich mein Make-up auf, mit Smokey Eyes und rotem Lippenstift, der zu meinem Kleid passt.

Als ich fertig bin, bin ich nicht mehr wütend, sondern nur noch traurig. Ich weiß nicht, wie ich das mit Mutter regeln soll, und ich mache mir wirklich Sorgen um sie. Seit dem Tod meines Vaters ist sie nicht mehr dieselbe. Ich schüttele die Melancholie ab und gehe in den Salon, um Jackson zu suchen. Ich muss das Gefühl bekommen, das ich in Italien mit ihm hatte. Diese kraftvolle, schillernde Energie, die mir das Gefühl gegeben hat, lebendig zu sein.

Ich finde ihn auf einem Ledersofa sitzend, umringt von meinen Brüdern. Er ist eine Novität für sie, ein Rockstar. Für mich ist er meine Liebe, mein Tor zu Leidenschaft, Musik und Leben. Unerwartet steigen mir Tränen in die Augen, und meine Kehle schnürt sich vor Gefühlen für ihn fast zu.

Sein Blick begegnet meinem. Er steht auf, kommt auf mich zu und bleibt vor mir stehen, berührt mich aber nicht. Ich *brauche* seine Berührung.

Ich umarme ihn und schlinge meine Arme fest um seine Taille. Er legt einen Arm um meine Taille, seine andere Hand gleitet unter mein Haar in meinen Nacken.

Seine Stimme klingt leise in meinem Ohr. „Ich nehme an, dass es nicht so gut gelaufen ist?"

Ich hebe meinen Kopf und antworte leise: „Sie findet mich schrecklich und ist der Meinung, dass du einen schlechten Einfluss auf mich hast. Sie hat gesagt, ich solle mit dir in deiner armseligen Hütte wohnen. Sie versteht es nicht."

Er lässt mich los und sieht mich mitfühlend an. Ich blicke

in Richtung meiner Brüder. Sie schenken uns keine Beachtung, lachen und scherzen wie immer.

„Es ist okay", versichere ich ihm. „Ich habe erklärt, was mit mir und auch mit uns los ist. Mehr kann ich nicht tun."

„Emma ..."

„Was?"

Er schiebt die Hände in die Hosentaschen. „Ich möchte nicht, dass du meinetwegen mit deiner Familie brichst."

„Du bist nicht der Grund. Das bin ich. Ich habe es gewagt, die Schublade zu verlassen, in die sie mich gesteckt hat. Also, scheiß drauf. Richtig? Das Leben geht weiter."

„Ich denke schon", murmelt er.

„Ich hätte gerne einen Drink", sage ich fröhlich und gehe zur Bar.

Jackson bleibt zurück. Ich kann seinen Blick auf mir spüren. Ich bin fest entschlossen, mir den Abend nicht von der Auseinandersetzung mit meiner Mutter verderben zu lassen.

Kurze Zeit später begeben wir uns alle in das Esszimmer, um an Heiligabend mit der Familie zu Abend zu essen. Der Raum ist gut gefüllt mit Mutters Verwandten, von denen ich einige seit Jahren nicht mehr gesehen habe. Alle sind hier außer Mutter.

Anna blickt verzweifelt auf den leeren Stuhl meiner Mutter, und nach einem kurzen Gespräch mit Gabriel geht sie. Ich sehe Gabriel fragend an.

„Sie geht Mutter holen", sagt er und interpretiert meinen Gesichtsausdruck richtig. Ich habe mich immer mit meinem ältesten Bruder verbunden gefühlt, weil uns unser Pflichtgefühl verbunden hat. Er ist entspannter geworden, seit er Anna hat. Vielleicht ist Jackson das für mich, die männliche Anna. Ich lächele bei dem Gedanken.

Ich blicke zu Jackson hinüber und drücke seinen Oberschenkel unter dem Tisch. Er reagiert nicht. Normalerweise drückt er meine Hand oder legt seine Hand auf meinen Oberschenkel und lässt seine Finger unanständig weit nach oben wandern. Lucas sagt etwas zu ihm, und er wendet sich ab.

Ich trinke einen großen Schluck Wein und bereite mich

mental auf die Möglichkeit vor, dass meine Mutter auftauchen könnte. Wird sie Jackson gegenüber unhöflich sein?
Wird sie mich ignorieren, als wäre ich nicht mehr ihre Tochter? Säure brennt in meinem Magen.

Ich nehme ein Stück Brot, obwohl es sich nicht gehört, zu
essen, bevor alle Platz genommen haben, und trinke schnell
den Rest meines Weins aus. Ein Diener füllt es sofort nach.
Worüber mache ich mir Sorgen? Anna wird Mutter nicht
dazu bringen, herzukommen. Es ist mir egal, was Anna
darüber sagt, dass meine Mutter ihr so nah wie ihre eigene
ist, das Gegenteil ist definitiv nicht der Fall. Meine Mutter
war tolerant gegenüber Anna und ihrer frechen Art, doch sie
behandelt Anna nicht wie eine echte Tochter. Sie haben keine
Zeit miteinander verbracht, die über das Nötigste hinausgeht,
um die Pflichten der Königin von Mutter auf Anna zu
übertragen.

Ein Raunen bricht im Raum aus, als Anna mit meiner
Mutter im Schlepptau zurückkehrt. Mir bleibt der Mund
offen stehen, und ich schließe ihn schnell wieder. Wie hat
Anna sie hierhergebracht? Besonders nach dieser unange-
nehmen Auseinandersetzung, die ich gerade mit Mutter
hatte. Ich dachte, sie würde sich ein weiteres Jahr in ihrem
Zimmer verkriechen. Vielleicht interessiert sie sich nicht
genug für mich, um traurig zu sein. Sie ist fertig mit mir.
Übelkeit steigt in meinem Hals auf.

Alle stehen auf und neigen den Kopf vor der ehemaligen
Königin. Sie lächelt nicht, hebt nur kurz eine Hand und
erlaubt Anna, sie zu einem Platz in der Nähe des Tischkopfes
zu begleiten, wo Anna und Gabriel sitzen.

„Jetzt, da wir alle hier sind, habe ich etwas zu verkün-
den", sagt Anna.

Es wird still im Raum.

Sie strahlt. „Ich bin schwanger!"

Es regnet Glückwünsche. Lucas pfeift, und Mutter wirft
ihm einen missbilligenden Blick zu. Das war kein angemes-
senes Benehmen.

Meine Gefühle sind vollkommen durcheinander, meine
Augen voller Tränen. Es passiert so viel auf einmal. Natürlich

freue ich mich für sie. Doch ich bin auch ein bisschen neidisch. Ich hätte auch gerne einen liebenden Ehemann und ein Kind auf dem Weg. Ich riskiere einen Blick in Jacksons Richtung. Er sieht unbehaglich aus und starrt auf seinen Teller. Ich sage mir, das liegt daran, dass er meine Familie nicht gewohnt ist, nicht daran, dass er etwas gegen Familie hat. Das ist aber nicht ganz richtig. Er hat es selbst gesagt – er wollte nie eine Familie haben. Ich sollte nicht von etwas träumen, was niemals sein wird.

Gabriel strahlt über das ganze Gesicht; sein Blick für Anna ist reine Anbetung. „Sie ist in der achten Woche. Anfang August ist es soweit. Wir könnten nicht glücklicher sein."

„Oder übler", meldet sich Anna zu Wort. „Ich habe jetzt seit zwei Wochen Schwangerschaftsübelkeit, und ich fürchte, die wird noch eine Weile anhalten. Alexandra, du musst mir sagen, wie du sechs Schwangerschaften durchgestanden hast." Alexandra. Das ist meine Mutter.

Meine Mutter lächelt tatsächlich. „Ich hatte Glück. Ich habe bei keiner meiner Schwangerschaften unter Übelkeit gelitten." Sie unterhalten sich leise weiter. Meine Mutter sieht lebhafter aus, als ich sie seit einer Ewigkeit gesehen habe. Ich frage mich, ob Anna Mutter so zum Essen gebracht hat, indem sie ihr gesagt hat, dass sie Großmutter werden würde. Meine Mutter hat darauf bestanden, dass Gabriel einen Erben zeugen muss. Er hat seine Pflicht getan, und jeder kann sehen, dass er glücklich ist.

Gabriel erklärt die Tafel für eröffnet, und bald genießen wir alle den ersten Gang, gebratene Jakobsmuscheln mit Foie-Gras-Sauce und frischen Trüffeln. Villroy ist ein bedeutender Meeresfrüchtelieferant, darum gibt es in den darauffolgenden Gängen Kaviar, Räucherlachs und Hummer mit verschiedenen Beilagen und kleinen Zwischengängen. Ich sehe, dass Anna sich an die Beilagen hält und sehr wenig isst. Meine Mutter unterhält sich dauernd mit ihr. Jetzt ist Anna die Tochter, die sie wollte. Silvia hat Mutter verlassen und mit ihrem Ehemann ein neues Leben in Amerika angefangen, und ich bin eine einzige Enttäuschung.

Ich kann es keinen Moment länger ertragen, ignoriert zu

werden. Ich fühle mich unerwünscht, nachdem ich ein Leben lang die Regeln und Erwartungen erfüllt habe, die für mich festgelegt wurden. Ich stehe auf. „Bitte entschuldigt mich, ich bin sehr müde. Wir sehen uns morgen früh."

„Immer noch die frühe Schlafenszeit", neckt Lucas.

„Sie hat ihre Routine und ihren Zeitplan immer geliebt", sagt Gabriel liebevoll. „Natürlich wacht nur Emma jeden Tag im Morgengrauen frisch und energiegeladen auf." Er hat mir vergeben, dass ich aus meiner arrangierten Ehe ausgebrochen bin und gegen das Protokoll verstoßen habe. Er ist mein großer Bruder, und er liebt mich.

Jackson steht mit mir auf. Ich setze ein Lächeln auf. „Gute Nacht, alle zusammen." Meine Mutter würdigt mich keines Blickes. Dass sie mich ignoriert, macht mich wütend. „Gute Nacht, Mutter."

Sie dreht sich um und blickt finster drein, als sie mein rotes Neckholder-Kleid sieht und sagt: „Ich kenne die Person in diesem hurenhaften Kleid nicht einmal."

Ich keuche.

Totenstille breitet sich im Raum aus.

Ich kratze das letzte bisschen Würde zusammen, das ich besitze. „Und ich möchte die Person nicht kennen, die ihre eigene Tochter eine Hure nennt." Ich verlasse mit hoch erhobenem Kopf den Raum, Jackson an meiner Seite.

„Emma!", ruft Anna, „bitte komm zurück. Alexandra, bitte. Das ist Familienzeit." Ihre Stimme ist erstickt. Sie ist weinerlich, weil sie noch nie eine Familie gehabt hat, weil sie eine Waise ist. Sie sagt immer, wie froh sie ist, uns zu haben, doch es tut mir leid, ich kann einfach nicht im selben Raum wie Mutter bleiben. Ich kann nicht mehr.

Jackson schweigt an meiner Seite.

„Tut mir leid, dass du diese Zwietracht miterleben musst", sage ich.

„Tut mir leid, dass du das ertragen musst", sagt er. „Ich habe das Gefühl, das ist neu für dich."

Ich gestikuliere wild. „Solange du tust, was erwartet wird, liebt dich jeder. Wage es, einen Zentimeter über die Linie zu treten, und du bist eine Hure."

Er verzieht das Gesicht.

In dem Moment, in dem ich meine Suite betrete, gehe ich ins Badezimmer, schließe die Tür ab und breche in Tränen aus. Ich habe mich so sehr bemüht, meinen neu entdeckten Stolz darauf, wer ich bin, zu kultivieren. Ich möchte nicht, dass es mich so belastet, dass meine Mutter mich deswegen ausschließt.

Er rüttelt an der Tür. „Babe, nicht weinen. Lass uns Gitarre spielen. Leg all deine Gefühle in die Musik."

Ich wische mir die Tränen ab, doch sie hören nicht auf zu fließen. „Ich kann nicht aufhören zu weinen. Spiel du." Ich lasse mich auf den Boden sinken und ziehe meine Knie an, während ein weiteres Schluchzen meinen Körper erbeben lässt und ich nicht aufhören kann. Vielleicht eine verspätete Reaktion auf Trauer, ich weiß es nicht. Ich weine um alles, was ich verloren habe, und davon gibt es einfach zu viel.

Ein paar Noten dringen an meine Ohren zwischen dem Schluchzen, und dann enden sie abrupt. Ich schniefe, nehme mir ein Papiertaschentuch und putze mir die Nase. Ein Blick in den Badezimmerspiegel auf mein ruiniertes, verschmiertes Augenmake-up, meine rote Nase und die tränenfleckigen Wangen lässt mich wieder schluchzen.

Die Tür öffnet sich einen Moment später. Er muss das Schloss geknackt haben. Jackson sieht mich mit sanftem Blick an.

Ich versuche aufzuhören zu weinen, kann es aber nicht.

Er hebt mich wortlos hoch und trägt mich zum Bett, schlägt die Decke zurück und setzt mich ab. Ich lasse mich auf die Seite sinken und weine in mein Kissen. Das Licht geht aus, und ich spüre ihn an meinem Rücken. Er nimmt mich von hinten in den Arm und streichelt meine Haare.

Endlich gehen mir die Tränen aus. Ich bin vollkommen erschöpft. Ich schlafe ein und sage mir, dass es morgen besser sein wird. Es war ein emotionaler Tag.

Nur, dass Jackson weg ist, als ich aufwache.

Sein Seesack und seine Gitarre sind weg.

Es gibt nur eine gekritzelte Notiz, die er aus seinem Notenheft gerissen hat. Ich lese sie mit zitternden Händen.

Emma,

ich mache mehr Ärger, als ich wert bin. Versöhne dich mit deiner Familie, und sei der Mensch, der du sein solltest – eine Prinzessin. Danke für das Geschenk deiner Musik. Bitte spiel weiter.

Jackson

Das ist alles *ihre* Schuld. Ich werde ihr niemals vergeben.

18

Jackson

Dass ich gehe, ist zu Emmas Bestem. Sie gehört hierher, wo sie das höfische Leben lebt, und das kann sie mit mir nicht. Ich gehöre nicht dazu. Ihre Mutter hat mir klar gemacht, dass ich nicht dazugehöre, und alles, was ich tue, vertieft nur die Kluft zwischen ihnen. Emma und ich hätten niemals eine gemeinsame Zukunft gehabt. Ich war eine vorübergehende Ablenkung von ihrem wirklichen Leben.

Ich gehe mit meinem Seesack und meinem Gitarrenkoffer zum Dock. Mein Weg vom Palast zum Dock verläuft ereignislos. Emma hat ausnahmsweise einmal länger geschlafen, nachdem sie sich in den Schlaf geweint hatte, so konnte ich in aller Stille gehen. Ich bin ihrer Zofe Lina begegnet, die auf dem Weg war, nach Emma zu sehen, besorgt, weil sie so lange schlief. Lina hat für mich einen Wagen zum Hafen arrangiert.

Ich gehe an Bord des Hausboots, schließe die Kajüte auf und sehe nach, ob in meiner Abwesenheit irgendetwas beschädigt wurde. Es sieht genauso aus, wie ich es verlassen habe, nur, dass jemand den Müll für mich rausgebracht hat. Bilder von Emma gehen mir durch den Kopf – als ich sie in dieser scheußlichen Perücke in meinem Bett schlafend gefunden und versucht habe, sie zu überreden, mein Boot zu verlassen, während sie mich mit ihren großen unschuldigen

Augen angesehen hat. Dank mir nicht mehr ganz so unschuldig. Ich habe ihr geschadet, und das Mindeste, was ich tun kann, ist, mich fernzuhalten, damit sie auf das Niveau zurückkehren kann, auf dem sie geboren wurde.

Ich stelle meinen Seesack und meinen Gitarrenkoffer ins Schlafzimmer und spähe in Richtung Toilette. Alles ist klatschnass, als hätte es reingeregnet. Jemand hat das Fenster offen gelassen. Ich wette, es war Emma, die versucht hat, den Raum zu lüften, nachdem sie sich ausgekotzt hatte. Ich fürchte, es wird immer irgendwelche Erinnerungen an sie geben. Ich habe noch nie mit einer Frau zusammengelebt, noch nie einen Urlaub mit einer verbracht, und ich habe ziemliche Scheiße gebaut, oder?

Ich gehe zur Steuerkonsole und lasse den Motor an. Kraftstoffstand ist gut. Es ist der erste Weihnachtstag, und ich fahre nach Hause. Nicht, weil ich meine Familie oder meine Freunde sehen will. Ich muss ins Studio und all die Musik aufnehmen, die ich mit Emma geschrieben habe, bevor ich sie wieder verliere. Das meiste ist in meinem Kopf – ihre süße Engelsstimme, ihre Melodien, Gegenmelodien und Harmonien. Ich kann nicht die Musik *und* sie verlieren. Ich kann es einfach nicht. Wenn es passiert, bekomme ich die Musik nie wieder zurück.

Ich muss über Nacht anhalten, bevor ich die Reise beende, was mir auf den Keks geht, doch ich kann nachts nicht mit der Ausrüstung auf diesem Kahn weiterfahren. Ich lege in Nordfrankreich an und versuche, mit den Überresten meiner haltbaren Lebensmittel auszukommen. Ich habe eine Tüte Chips. Perfekt. Ich schiebe eine Handvoll in meinen Mund und gieße mir ein Glas Wasser ein. Das Wasser wird schnell zu einem langsamen Rinnsal und versiegt dann ganz. Ich starre den Wasserhahn an. Was zum? – Emma. Es musste ihre Schuld sein. Wahrscheinlich hat sie das Wasser viel zu lang laufen lassen und weiß Gott was dabei gemacht, ohne zu wissen, dass Frischwasser auf einem Boot nicht in unbegrenzter Menge vorhanden ist. Sie kennt sich nicht in der realen Welt aus, weil sie eine behütete Prinzessin ist. Der einzige Grund, warum sie etwas von jemandem wie mir wollte, war, um einen Eindruck davon zu bekommen, wie der andere Teil der Menschheit lebt.

Scheiß drauf, dann trinke ich eben den Tequila. Oder was davon übrig geblieben ist, da sie sich daran bedient hat.

Ich esse die Chips auf und trinke den elenden Rest des Tequilas, dann setze ich mich und starre ins Nichts, taub, leer, nicht eine Note in meinem Kopf. Ich bin am Arsch. Verdammte Scheiße.

Ich lasse mich aufs Bett fallen. Fröhliche Weihnachten.

Emma

Ich bin völlig betäubt. Jacksons abrupte Abreise hat mich schockiert, und dann habe ich dichtgemacht, unfähig, mit einer weiteren Unannehmlichkeit fertig zu werden. Ich habe Weihnachten überstanden und war so höflich wie möglich zu meiner Familie, auch wenn ich kein freundliches Lächeln zustande bringen konnte. Mutter und ich sind uns aus dem Weg gegangen. Und damit meine ich, dass sie so getan hat, als ob ich nicht existiere, und ich habe dasselbe getan. Warum Energie auf eine aussichtslose Sache verschwenden? Ich habe den größten Teil der Weihnachtstage damit verbracht, einer matronenhaften Tante zuzuhören, die Geschichten über mich als kleines Mädchen geschwafelt hat.

Jetzt ist es der Tag nach Weihnachten, und ich muss weg. Ich weiß nicht wohin. Ich weiß nur, dass ich nicht hier bleiben kann. Ich fühle mich in der neuen Ordnung des Palastlebens nutzlos. Ich packe einen Koffer mit meiner neuen Garderobe. Ich kann nicht nach Italien zurückkehren. Nicht bei all den Erinnerungen an Jackson, die dort auf mich warten. Vielleicht gehe ich in die USA und besuche Silvia und ihren Ehemann. Sie hat mich gebeten, sie zu besuchen.

Ich überlege, ob ich meine Gitarre mitnehmen soll, und entscheide mich dagegen. Es ist zu früh. Sie würde mich nur an Jackson erinnern. Seine heisere Stimme, die Wärme in seinen Augen, seine Finger auf meinen, die mich zu den richtigen Noten führen. Zuerst habe ich Jacksons plötzliche

Abreise damit erklärt, dass meine Mutter so unhöflich zu ihm gewesen ist. Dann habe ich meiner Auseinandersetzung mit ihr die Schuld daran gegeben. Ich muss ihn damit vertrieben haben. Darauf hat sich seine Nachricht bezogen, doch vielleicht war er einfach so kaltblütig, dass er einfach nur mein Geld wollte. Er hat den Diamantring, und es gibt nichts mehr, was er von mir wollte oder brauchte. Vielleicht war das alles. Ich weiß es nicht, da er ja, ohne sich zu verabschieden, gegangen ist. Dieser Bastard. Alles, was ich habe, ist diese dumme gekritzelte Nachricht. Ich weiß nicht, wo er wohnt. Ich habe seine Nummer nicht. Ich dachte, wir hätten mehr Zeit, um uns zu überlegen, wie es weitergeht.

Ich starre aus dem Fenster auf das Meer hinaus. Er ist wahrscheinlich irgendwo auf seinem Boot in seinem Solourlaub, den ich unterbrochen habe. Ich war eine Unannehmlichkeit, die er nicht länger ertragen hat. Dunkle Verzweiflung sickert durch jede Faser meines Seins und nimmt mir jede Energie. Meine lebenslange Gewohnheit, meine Emotionen unter Kontrolle zu halten, setzt wie ein Reflex ein, und ich zwinge mich, mich den Tatsachen zu stellen. Ich bin ich – mit oder ohne ihn. Vielleicht entdecke ich noch coolere Dinge über mich. Ich werde jetzt allein neue Erfahrungen machen. Ich werde weiter singen. Vielleicht nehme ich statt Gitarre jetzt Klavierunterricht.

Ein Fuß vor den anderen.

Immer vorwärts gehen.

Ich greife nach meinem Telefon, um Silvia eine SMS zu schicken, dass ich sie besuchen werde, als es an meiner Schlafzimmertür klopft. Mein Herz pocht, meine Nerven klirren, mein Magen flattert. Vielleicht ist es Jackson. Vielleicht ist er zurück. „Herein!"

Als sich die Tür öffnet, sehe ich Lina und lasse vor Enttäuschung meine Schultern hängen. Lächerlich. *Hör auf, dir einzubilden, dass er plötzlich merkt, dass er einen Fehler gemacht hat und zu dir zurückgerannt kommt.*

Lina nickt und macht einen schnellen Knicks. „Hoheit, die Königin bittet Sie, sofort in ihren Salon zu kommen."

Meine Gedanken schweifen zu Anna und ihrer Schwangerschaft. „Geht es ihr gut?“

„Ich glaube schon, Ma'am.“

Ich atme erleichtert aus. „Ich bin gleich bei ihr.“

„Sie sagt, es sei dringend, Ma'am.“

Mir pocht das Herz bis in meinen Hals, doch ich gehe zur Tür. Vielleicht ein Problem mit dem Baby. Sie hat es vielleicht den Dienstboten noch nicht gesagt. Ich renne nach oben zu Annas und Gabriels Suite und bete, dass es nicht das ist, was ich befürchte.

Ich werde schnell hineingeführt und bleibe wie angewurzelt stehen.

Meine Mutter und Anna sitzen im Wohnzimmer an dem runden Tisch, an dem Tee serviert wird. Sofort spüre ich eine Falle. Schlimmer noch, ich spüre, dass sie eine vereinte Front sind und ich diejenige bin, die nicht dazugehört.

„Was soll das?“, frage ich.

Anna lächelt. „Setz dich.“

Ich verschränke die Arme und weigere mich, meine Mutter anzusehen. „Sie will mich nicht hier haben.“

„*Ich* will dich hier haben“, sagt Anna in einem ungewöhnlich strengen Ton. „Jetzt setz dich bitte, bevor ich dich an den Haaren herüberziehen muss.“ Sie lächelt freundlich.

Ich mustere sie. Sie ist größer als ich, und ich möchte mich eigentlich nicht körperlich gegen meine schwangere Schwägerin zur Wehr setzen. Ich gehorche und setze mich auf Annas andere Seite. „Kommt sonst noch jemand?“

„Nein, nur wir“, sagt Anna fröhlich. „Jetzt werden wir eine Tasse Tee genießen und dann werden wir Probleme lösen.“ Sie gibt ihrer Zofe ein Zeichen, die sich sofort daran macht, uns Tee einzugießen. Anna bedankt sich und entlässt sie.

„Wirklich, Anna, das ist völlig unnötig“, sagt meine Mutter. „Es gibt nichts zu lösen.“

Anna kneift die Augen zusammen. „Tu nicht so, als ob zwischen dir und Emma alles in Ordnung wäre. Ich wollte das gestern schon aus der Welt schaffen, doch ich musste warten, weil Emma mit Jacksons Abreise einen weiteren Tiefschlag zu überwinden hatte."

„Auf Nimmerwiedersehen", sagt meine Mutter und betrachtet ihre Nägel.

Ich balle meine Hände zu Fäusten. Wie gefühllos sie mit meinem Schmerz umgeht. Hat sie sich je für meine Gefühle interessiert?

„Bei allem Respekt", sagt Anna zu meiner Mutter. „Das war unglaublich unhöflich. Emma liebt diesen Mann, und du musst nicht so kalt sein."

Danke, Anna! Ich entspanne mich ein wenig, jetzt, da ich weiß, dass Anna auf meiner Seite ist.

„Vielleicht sollte ich gehen", sagt Mutter und erhebt sich von ihrem Stuhl.

Ich stehe ebenfalls auf. „Es gibt nichts mehr zu sagen. Ich werde Silvia besuchen."

„Niemand geht irgendwohin!", blafft Anna. „Jetzt setzt euch gefälligst wieder auf eure Ärsche. Das ist ein Befehl eurer Königin!"

Ich nehme sofort Platz. Ich möchte eine Schwangere nicht verärgern. Mutter auch, wenn auch ein wenig langsamer. Sie ist es gewohnt, Befehle zu geben, nicht, sie zu befolgen. Sie war Königin.

Anna nimmt meine Hand in die eine und dann Mutters Hand in die andere Hand. „Es tut mir leid, dass ich meine Autorität spielen lassen muss, doch ihr seit jetzt meine Familie." Tränen steigen in ihre Augen, und das dringt durch meine Verteidigungshaltung hindurch und treibt mir Tränen in die Augen. Sie drückt meine Hand und sieht mich mitfühlend an. „Wir Rourke-Frauen müssen zusammenhalten, okay?"

Ich nicke.

Sie wendet sich Mutter zu, die kurz nickt, bevor sie den Blick abwendet.

Anna lässt unsere Hände los und richtet sich auf. „Da das geklärt wäre … Alexandra, du schuldest Emma unter anderem eine Entschuldigung dafür, wie du auf ihr neues, selbstbewusstes Ich reagiert hast. Sie ist deine Tochter, sie hat ihr ganzes Leben lang ihre Pflicht getan und verdient es nicht, ignoriert zu werden."

Meine Mutter dreht sich zu mir um und sieht mir zum ersten Mal seit zwei Tagen wieder in die Augen. „Es tut mir leid, falls ich dich ignoriert habe."

Ich beiße die Zähne aufeinander und schlucke harte Worte herunter. Ihre Entschuldigung ist bestenfalls halbherzig und unvollständig.

„Und?", drängt Anna.

Mutter wendet sich ihr zu. „Sie hat sich verändert. Du kannst nicht erwarten, dass ich diese" – sie gestikuliert mit der Hand in meine Richtung – „Phase akzeptiere. Sie kleidet sich völlig unpassend für eine Frau ihres Ranges. Und das alles wegen dieses verdorbenen Rockstars."

Ich trage ein Outfit in fröhlichen Farben, das mich aufheitern soll – eine rot-weiß gepunktete Bluse mit einer schwarzen Hose und schwarzen Stiefeln mit hohen Absätzen. Es ist weder unangemessen noch verdorben. Es ist *normal* und angemessen für eine Frau in meinem Alter. Mein *Rang* interessiert mich nicht. Ich werde nie wieder diese spießigen Pastellkleider anziehen, die zu einer Matrone passen, nicht jedoch zu einer jungen Frau!

Bevor ich etwas dazu sagen kann, ergreift Anna erneut das Wort und lächelt meine Mutter sanft an, während sie sagt: „Versuch es noch einmal, geliebte Schwiegermutter. Ich weiß, du kannst es besser. Sie ist vollkommen angemessen gekleidet. Und Jackson ist ein guter Mensch. Verurteile ihn nicht, weil er mehr nach Rock'n'Roll aussieht als nach steifem Prinzen."

Mutter schnieft. „Gute Menschen verschwinden nicht einfach, ohne sich von ihren Gastgebern zu verabschieden."

Anna wirft Mutter einen vernichtenden Blick zu. Die Art, die meine Mutter zur Perfektion beherrscht. „Wir verlassen diesen Raum erst, wenn wir zwischen dir und Emma reinen Tisch gemacht haben. Und sobald das erledigt ist, habe ich eine wichtige Ankündigung zu machen."

Wir sehen sie erwartungsvoll an. Geht es um das Baby? Ist es ein Junge oder ein Mädchen? Bekommt sie Zwillinge?

Oder gibt es Neuigkeiten an der Day Spa Front oder interessante Gäste für die Royal Fantasy Suite, wie sie sie nennt? Anna hat so viele interessante Projekte in Arbeit.

„Ah, jetzt habe ich eure Aufmerksamkeit", sagt Anna selbstgefällig und bedient sich an den Blaubeer-Scones. „Dann versuch es jetzt bitte noch einmal."

Mutter schürzt die Lippen. „Emma, ich habe vielleicht voreilige Schlüsse über deinen Freund gezogen."

Ich sage nichts. Das war keine Entschuldigung, und sie hat auch nicht erwähnt, dass ich nicht mehr die alte und brave Emma bin. Dass ich mein Leben endlich selbst in die Hand genommen habe und dieses Ich vollkommen angemessen ist. Nicht hurenhaft.

Anna kaut auf ihrem Scone herum und schlürft ihren Tee. Mutter erschaudert und versucht, es zu überspielen, indem sie einen Schluck Tee trinkt.

Es vergehen angespannte Sekunden, und das einzige Geräusch ist Annas lautes Kauen und Schlürfen. Ich nehme an, sie tut es, um Mutter zu ärgern. Ich kann mich nicht erinnern, dass sie je so laut gegessen hat.

Mutter erschaudert angesichts des ständigen Kau-Schlürf-Geräuschs und sagt schließlich: „Emma, ich akzeptiere deine Entschuldigung, dass du Abdul verlassen hast. Du hattest recht, es zu tun, auch wenn ..." Sie nickt einmal. „Ich bin nur froh ... Nun, dass es vorbei ist. Wir werden daran arbeiten, den guten Namen unserer Familie wiederherzustellen."

Ich sehe ihr in die Augen, es ist ein guter Anfang, doch ...

Mutter wendet sich wieder ihrem Tee zu.

Annas Kauen und Schlürfen hört gnädigerweise auf, und sie hustet „Hurenhaft."

Mutter schließt einen Moment lang die Augen, dann betrachtet sie ihre Teetasse. „Es war falsch, dein Kleid als hurenhaft zu bezeichnen, und ich werde *versuchen*, die unerwarteten Veränderungen, die ich an dir gesehen habe, zu akzeptieren." Schließlich begegnet sie meinem Blick. „Du bist jetzt eine erwachsene Frau. Du bist ledig und findest auf eigene Faust deinen Weg, also ist das zu erwarten."

Es ist mehr Entschuldigung, als ich je von ihr zu hören erwartet hätte.

Anna dreht sich erwartungsvoll zu mir um.

Ich bemühe mich, höflich zu klingen. „Danke, Mutter. Ich hoffe, wir können uns eines Tages als erwachsene Frauen, die ihren Weg gefunden haben, kennenlernen." Ich wiederhole ihre Worte, weil ich es nicht einsehe, mich dafür zu entschuldigen, dass ich die Welt entdecke und mich verändert habe – und das auf eine Art und Weise, die mir wirklich gefällt. Mir wird bewusst, dass der Verlust der Nähe, die mich mit meiner Mutter verbunden hat, mich letztendlich dazu bewogen hat, Abdul zu verlassen und ein neues Leben auszuprobieren. Auf eine bizzare Art und Weise hat mir ihre Distanz geholfen, die Fesseln meines alten Lebens zu lösen. Ich möchte ihr fast dafür danken, doch ich glaube nicht, dass sie es richtig verstehen würde.

Meine Mutter nickt mir zu.

„Wunderbar!", ruft Anna aus und klatscht eine Handfläche auf den Tisch. „Ich kann schon spüren, wie sich die dunklen Wolken lichten. Oh Shit. Entschuldigt mich!" Sie eilt aus dem Salon in ihr Schlafzimmer und schafft es hoffentlich ins Bad, da wir sie durch die offene Tür würgen hören.

Mutter zuckt zusammen.

Ich starre den Tisch an und frage mich, ob es mir eines Tages genauso ergehen würde, wenn ich schwanger wäre; oder vielleicht wäre ich wie meine Mutter und hätte nicht mit Übelkeit zu kämpfen. Doch das sind unrealistische Fantasien. Ich bin Single und zum ersten Mal in meinem Leben wirklich frei. Ich muss mich darauf konzentrieren, egal, wie sehr ich mir wünschte, es wäre anders. Egal, wie sehr ich Jackson vermisse.

Ein paar Minuten später kehrt Anna zurück und nimmt ihren Platz ein. „Tut mir leid. Es kommt und geht und ist vollkommen unvorhersehbar, was mich zu meiner Ankündigung bringt. Ich würde es wirklich begrüßen, wenn ihr beide euch mehr mit der Day Spa- und Naturkosmetik-Produktlinie befassen könntet. Mein Motor läuft gerade nicht rund, wenn ihr wisst, was ich meine, und es gibt noch so viel zu tun.

Gabriel will helfen, doch seien wir ehrlich, nur wir Frauen verstehen, was in einer Beauty-Produktlinie und einem Spa, die hauptsächlich weibliche Klientel anziehen, gebraucht wird. Zu allererst brauche ich Hilfe bei der Recherche. Ihr müsst die besten Naturprodukte auf dem Markt finden. Dann müsst ihr herausfinden, ob es besser ist, vorhandene Produkte mit unserem Etikett und lokalen Zutaten zu lizenzieren oder neu anzufangen und jemanden damit zu beauftragen, das Produkt zu entwickeln. Und" – sie hebt einen Finger– „jetzt kommt der Teil, der euch wahrscheinlich wirklich gefallen wird. Ich möchte, dass ihr Day Spas in Europa besucht, damit wir wissen, welche Dienstleistungen erwartet werden und wir noch einen Schritt weiter gehen können." Sie schlägt sich einen Moment die Hand vor den Mund und atmet dann tief durch. „Falscher Alarm an der Kotzfront. Ihr zwei werdet mein vertrautes Team hier in Europa sein. Silvia wird ein biss-chen in den USA graben. Ich kann nicht viel reisen, bis ich aufhöre, den Thronerben auszukotzen." Sie lächelt, streichelt ihren Bauch und spricht mit ihm. „War nur ein Scherz, du bleibst hier." Sie sieht erst mich und dann Mutter an. „Sobald ich mich besser fühle, bin ich wieder mit von der Partie."

Sie ergreift meine und Mutters Hand und nickt mir zu. Ich nehme Mutters andere Hand, um einen Kreis zu bilden.

Anna beugt sich vor und sagt mit entschlossener Stimme: „Zusammen sind wir stärker. Die Rourke-Frauen haben sich als vereinte Front für die Zukunft von Villroy, für unser Vermächtnis zusammengeschlossen."

Mutter atmet zittrig aus.

„Ja", hauche ich, und mein Herz macht einen Sprung. Ich sehe plötzlich, wo ich in die neue Lebensweise im Palast passe. Anna hat recht. Nur wir Rourke-Frauen wissen, was für ein Day Spa getan werden muss, und es ist die Zukunft unseres Königreichs, der Schlüssel zur Rettung unserer strau-chelnden Wirtschaft. „Ich bin gerne bereit, alles zu tun, was nötig ist. Du kannst auf mich zählen."

„Yay!", jubelt Anna, lässt meine Hand los und umarmt mich. Sie lässt von mir ab und wendet sich meiner Mutter zu. „Alexandra?"

„Mein Gott", sagt Mutter. „Du bist wirklich eine von uns." Sie wischt sich die Augen. Sie muss wirklich gerührt sein, denn normalerweise hat sie ihre Gefühle fest im Griff. „Ich-ich bin überwältigt."

„Oh, ich hab dich lieb", sagt Anna und umarmt sie.

Mutter bricht in Tränen aus und weint an Annas Schulter. Ich bin geschockt. Selbst bei der Beerdigung meines Vaters ist Mutter nicht zusammengebrochen.

Mutter stößt Anna ein paar Minuten später weg und sagt: „Mach dir keine Sorgen um mich." Sie holt zittrig Luft und strafft ihre Schultern. „Ja, ich würde gerne bei dieser guten Sache helfen. Und ich weiß, Emma wird eine große Hilfe sein, wenn sie nichts dagegen hat, mit mir zu arbeiten." Sie wendet sich mir zu. Ihre Unterlippe zittert, ihre Augen immer noch glänzend vom Weinen.

Jetzt weine ich. „Natürlich. Ich habe dich so sehr vermisst."

„Du meine Güte", schnieft Anna, der auch Tränen in die Augen steigen. „Wenn ich gewusst hätte, dass alles, was nötig ist, um Alexandra zurück unter die Lebenden zu bringen, meine Schwangerschaft ist, hätte ich Gabriel viel früher dazu gebracht."

„Anna", mahnt Mutter sanft, doch sie lächelt.

„Ha! Ich mache nur Spaß", sagt Anna mit einem Augenzwinkern. „Er hat jede Chance genutzt, die er bekommen konnte. Er ist heiß auf mich."

Mutter presst die Lippen zusammen. „Können wir jetzt über die Beauty-Produktlinie sprechen?"

Anna holt einen dicken weißen Ordner unter dem Tisch hervor. „Also gut, meine Damen, lassen Sie uns zur Sache kommen."

Ich tausche ein Lächeln mit meiner Mutter aus und spüre den Frieden, der sich über mich legt. Ich kenne meinen Platz und weiß, dass ich für die Sache wichtig bin. Ich werde lernen, dieses neue Leben zu lieben, und schließlich werde ich lernen, wie man ohne Jackson lebt.

19

———

Emma

Es ist Silvester, und ich kann meine Traurigkeit einfach nicht loswerden. Ich weiß, dass im neuen Jahr so viel vor mir liegt, auf das ich mich freuen kann. Ich habe eine wichtige Aufgabe damit, Anna im Day Spa zu helfen. Ein Job, der wirklich Spaß macht. Ich habe meine Musik und eine neue Nähe zu Anna und meiner Mutter. Hoffentlich auch Silvia, die ein paar Urlaubstage dafür benutzen wird, um uns bei einigen unserer Spa-Besuche in Europa zu begleiten.

Es ist ruhig hier im privaten Salon, auf dem Fernsehbildschirm flimmern Silvesterfeiern auf der ganzen Welt. Meine Brüder feiern Gott weiß wo, also sind nur ich, Gabriel, Anna und Mutter hier. Ich sitze auf einem langen bordeauxroten Ledersofa neben Anna und Gabriel. Mutter sitzt in einem Sessel neben uns. Aus Rücksicht auf Annas Schwangerschaft trinken wir alle Mineralwasser.

„Im Wintergarten spielt nie jemand Klavier", sage ich und denke an meine neue Leidenschaft für Musik. „Vielleicht sollten wir es hierher bringen lassen." Der Wintergarten ist ein abgelegener, größtenteils leerer Raum, in dem früher Abendveranstaltungen stattgefunden haben, bevor alle anderen Formen der Unterhaltung verfügbar waren.

„Niemand spielt", sagt Gabriel.

„Ich habe früher gespielt", sagt meine Mutter.

Das ist neu für mich. „Du hast gespielt? Warum hast du aufgehört?"

Sie zuckt mit der Schulter. „Ich glaube, ich war zu beschäftigt mit meinen Pflichten als Königin und mit euch allen. Sieben Kinder, die durch den Palast gerannt sind, haben viel Kraft und Aufmerksamkeit in Anspruch genommen. Mir Zeit für mich zu nehmen, schien mir selbstsüchtig zu sein, da ich für wichtigere Dinge gebraucht wurde." Nur jetzt ist sie nicht mehr Königin, und wir Kinder sind alle erwachsen.

„Du solltest wieder spielen", sage ich. „Hast du Unterricht genommen?"

„Als Kind, ja", sagt sie und winkt ab. „Ich bin so eingerostet, dass ich mir sicher bin, dass ich wieder ganz von vorne anfangen müsste."

„Wir sollten es beide lernen", sage ich. „Wir können das Klavier wohin bringen lassen, wo es wärmer und gemütlicher ist, und einen Lehrer finden."

„Dann könntet ihr ein Konzert für uns geben!", ruft Anna.

„Oh nein", sagen Mutter und ich gleichzeitig. Ich nehme an, wir sind beide schüchtern, was unsere Talente angeht. Wir tauschen ein Lächeln aus.

Die Tür öffnet sich, und unsere Butler, Nolan, tritt ein. „Entschuldigen Sie die Unterbrechung. Ein Mr. Jackson Walker ist hier und möchte Prinzessin Emma sehen." Er wendet sich mir zu. „Soll ich ihn hereinlassen, Hoheit?"

Mir pocht das Herz bis zum Hals, und ich bringe kein Wort heraus, darum nicke ich nur. Sobald er gegangen ist, drehe ich mich zu Anna um. „Wie sehe ich aus?"

Sie küsst ihre Fingerspitzen. „Perfektion."

Ich streiche meine Haare hinter meine Ohren. „Wirklich?" Ich bin ungeschminkt und leger gekleidet in einem dicken cremefarbenen Wollpullover mit schwarzen Leggings. Das Outfit war ein Weihnachtsgeschenk von Anna, die mich ermutigt hat, mich für maximalen Komfort zu Hause lässig anzuziehen. Eine geradezu dekadente Erfahrung.

Anna grinst. „Ich würde es mit dir machen."

Gabriel prustet vor Lachen. Meine Mutter runzelt die

Stirn. Annas völliges Fehlen eines Filters kann man wohl nie beseitigen. Ich denke, das ist es, was mein Bruder an ihr so liebt. Ich muss mich immer noch daran gewöhnen.

Ich stehe auf und streiche meinen Pullover glatt, bevor ich mich wieder hinsetze. Ich lege meine Hände auf meinen Schoß und falte sie, doch das wirkt zu gestellt und steif. Ich hebe meine Hände. „Ich weiß nicht, was ich mit meinen Händen anfangen soll."

„Awww", sagt Anna, legt einen Arm um meine Schultern und drückt mich. „Du bist so süß." Sie lässt mich los und sieht mir direkt in die Augen. „Entspann dich. Bleib cool. Hör dir an, was er zu sagen hat, und dann siehst du weiter."

„Sollen wir gehen?", fragt Gabriel.

Meine Mutter schnaubt. „Warum sollten wir unseren Abend für einen ungebetenen Besucher unterbrechen?"

O Gott. Ich kann es mir jetzt schon vorstellen. Meine Mutter als Zeugin eines emotional schmerzhaften Gesprächs mit Jackson. Der Bastard ist, ohne sich zu verabschieden, gegangen. Nur diese blöde Nachricht. Ich hätte den Zettel verbrennen sollen. Vielleicht sollte ich in die Eingangshalle gehen. Das könnte vor meiner Familie extrem unbehaglich werden. Doch warum ist er hier? Was bedeutet das?

Ich stehe auf und gehe zur Tür des Salons, die sich für den Mann öffnet, der mein Herz gestohlen hat. Seine vertrauten Züge verfolgen mich in meinen Träumen, und jetzt ist er hier in Fleisch und Blut. Ich sehe sein dunkelblondes Haar, das an den Seiten kurz geschnitten ist, seine müden blauen Augen, seine angespannte Miene, seinen struppigen Bart und seine Lederjacke. Er trägt seinen Gitarrenkoffer.

„Emma." Seine raue Stimme kratzt an meinen blankliegenden Nerven.

Ich hebe mein Kinn. „Was machst du hier?"

„Ich habe ein Lied für dich geschrieben."

„Du hast mich *verlassen*." Ich hasse es, dass meine Stimme zittert.

Er blickt finster drein. „Das war ein Fehler. Ich bedauere ... Kann ich bitte einfach für dich spielen? Es ist alles in dem Song, alles, was ich sagen möchte."

„Lass es uns hören!", ruft Anna durch den Raum und schaltet den Fernseher aus.

Jackson sieht mich fragend an.

Ich ermahne mich, stark zu bleiben. „Wenn du möchtest."

Er holt seine Gitarre heraus, befestigt einen Gurt, hängt ihn sich über die Schulter und spielt ein paar Noten. Er steht vor mir, sein Herz in seinen Augen, und ich spüre schon, wie ich schmelze. Ich bin zu leicht rumzukriegen. Er hat mich tief verletzt.

Und dann beginnt er mit seiner tiefen, rauen Stimme zu singen – eine Ballade, die er nur für mich geschrieben hat.

„Ich bin vor dir davongelaufen und war ein Narr.
Wie kann ich vor meiner Seele davonlaufen?
Mein Herz bleibt bei dir
Ich muss ganz sein
Ich brauche meine Emma
Meine Göttin der Musik
Meine Emma
Meine Muse, mein Leben
Für dich werde ich zum Familienmenschen
Meine Emma
Wirst du meine Frau sein?"

Die letzte Note klingt rein und aufrichtig, und ich bin überrascht.

Er sieht mich fragend an.

Ich traue meinen Ohren nicht. Mein Herz donnert gegen meine Rippen, mein Puls rauscht durch meine Venen. „Was?", frage ich dümmlich, als ob ich es erst begreifen würde, wenn ich es noch einmal höre.

Er nimmt seine Gitarre ab, legt sie in den Koffer und geht dann vor mir auf ein Knie. „Emma, willst du mich heiraten?"

Mein Mund wird trocken. Er hat die Frage noch einmal gestellt. Es fällt mir schwer, es zu begreifen. „Du hast mich verlassen, und jetzt willst du mich heiraten?"

Er nimmt meine Hände in seine. „Ich dachte, du wärst besser dran ohne mich. Aber Emma, ich liebe dich, und ich kann mich nicht von uns abwenden. Die vergangene Woche war eine einzige Qual. Grausam. Ich hätte nicht gedacht, dass ich jemals mit jemandem zusammenleben könnte, aber du bist anders. Du bist etwas Besonderes. Ich weiß, ich werde nie eine andere Frau wie dich finden. Ich will alles mit dir, Ehe, Kinder, Musik, die wir für den Rest unseres Lebens zusammen schreiben und spielen und singen.“

Ich starre ihn sprachlos an.

Er erhebt sich und blickt mir tief in die Augen. „Ich liebe dich.“ Seine Stimme bricht. „Es war die Hölle. Alles erinnert mich an dich, meine Gitarre, das Boot, sogar meine blöde Lederjacke, weil du sie einmal getragen hast. Ich kann nachts nicht schlafen. Ich bin furchtbar unglücklich ohne dich.“

Einem Teil von mir gefällt, dass es ihm so elend geht, vor allem, weil er selbst Schuld ist. Der andere Teil von mir ist voller Hoffnung. „Du hättest nicht gehen sollen, besonders nicht, ohne dich zu verabschieden.“

„Ich dachte, ich würde das mit deiner Mutter nur noch schlimmer machen. Ich dachte, du gehörst hierher und ich nicht, doch wir gehören zusammen, egal wo das ist. Ich schwöre bei meinem Leben, ich werde dich nie wieder verlassen. Ich liebe dich mehr als ich Musik liebe, mehr als mich selbst. Ich hätte nie gedacht, dass ich jemals so für jemanden empfinden könnte.“

Eine Leichtigkeit breitet sich in meinen Körper aus, ein weiches, schwebendes Gefühl, das ich bisher nur mit Musik und Jackson empfunden habe. „Schwöre auf deine Gitarre, dass du nicht wieder verschwinden wirst.“

Er nimmt die Gitarre aus dem Koffer und gibt sie mir. „Sie gehört dir. Alles, was ich besitze, gehört dir.“

Ich lege die Gitarre vorsichtig in den Koffer zurück und vermeide dabei den Augenkontakt, während ich die eine Frage stelle, die mich gequält hat. „Was ist mit dem Diamantring? Würdest du ihn mir zurückgeben?“

„Ähm …“

Ich straffe meine Haltung und zwinge mich, meine Angst

in Worte zu fassen. „Wenn ich keine Angehörige der königlichen Familie mit Geld wäre, würdest du mich immer noch wollen?"

Er tritt auf mich zu. „Ja. Aber ich kann dir den Ring nicht zurückgeben. Ich brauche ihn, um damit einen Treuhandfonds für Charlies Sohn einzurichten. Er ist erst vier, Emma. Charlie hat ihn nach mir benannt. Er heißt Jack." Seine Stimme bricht, und Tränen steigen in seine Augen. „Ich möchte dafür sorgen, dass er eine Chance auf ein gutes Leben hat, Musikunterricht, Nachhilfelehrer, was auch immer er braucht."

Meine Knie werden schwach. Er hat mich nicht benutzt. Er wollte sich um ein Kind kümmern, das viel zu jung seinen Vater verloren hat. Wie könnte ich diesen Mann nicht lieben?

Er nimmt meine Hände in seine. „Klingt irgendein Teil meines Liedes auch nur ansatzweise gut für dich?"

„Ja."

Ein Mundwinkel hebt sich zu einem schiefen, liebenswerten Lächeln. „Welcher Teil?"

Ich packe ihn und umarme ihn, und mein ganzer Körper entspannt sich in Jacksons Armen, eingehüllt in seine Wärme, seinen Duft, seine Liebe. „Alles davon. Ja zu allem."

Er nimmt mein Gesicht in seine Hände und küsst mich zärtlich, bevor er mich wieder fest in seine Arme nimmt. „Ich liebe dich, Emma."

„Ich liebe dich auch."

„Ich möchte, dass du dieses Mal deinen Verlobungsring selbst aussuchst", flüstert er mir ins Ohr. „Damit er genau *dein* Stil ist."

Ich kann mein strahlendes Lächeln nicht unterdrücken. Jackson hat mich in jeder Hinsicht bei meinen Bemühungen, neue Interessen zu erkunden und meinen persönlichen Stil zu entdecken, nur unterstützt.

„Herzlichen Glückwunsch!", jubelt Anna und stürmt zu uns. Sie umarmt mich und dann ihn und strahlt uns an. „Ich freue mich so für euch!"

„Danke!", sage ich, froh, dass zumindest sie sich freut. Ich blicke zu meiner Mutter und Gabriel hinüber. Mein Bruder lächelt. „Glückwunsch, Emma." Er nickt Jackson knapp zu. „Jackson." Das ist einfach Gabriels Art. Er geht mit seiner Begeisterung nicht so offen um wie Anna.

Anna kehrt zu ihrem Platz an Gabriels Seite zurück. Mutter bleibt still.

Ich nehme Jacksons Hand und vertraue ihm leise an: „Ich habe mich mit meiner Mutter versöhnt. Du warst nicht der Grund für unseren Streit. Es ging viel tiefer als das. Nächstes Mal solltest du mir deine Bedenken mitteilen."

Er hebt meine Hand und küsst zärtlich meine Fingerknöchel, seine blauen Augen sind auf meine gerichtet. „Ich bin Jungfrau, was Beziehungen angeht. Sei sanft mit mir, Luv. Ich werde mich bemühen, alles nachzuholen."

Meine Wangen werden rot, als ich daran denke, wie er mir geholfen hat, auf die erotischste Weise so viel nachzuholen. „Ich bin auch ziemlich unbedarft, was Beziehungen angeht. Wir werden schon lernen, wie es geht, solange wir zusammenhalten. Komm, ich möchte, dass du Mutter hallo sagst. Sie muss sich an dich gewöhnen. Vergiss nicht, zumindest eine Verneigung anzudeuten und sie richtig anzusprechen."

Er verflicht seine Finger mit meinen und flüstert: „Verstanden." Ich führe ihn hinüber, um meine Mutter zu begrüßen.

„Hallo, Hoheit", sagt Jackson und deutet eine Verbeugung an. „Ich hoffe, dass wir uns ein bisschen besser kennenlernen können. Ich verspreche Ihnen, gut zu Emma zu sein."

Ich kann mir mein Lächeln nicht verkneifen.

Mutter lächelt nicht. „Wo werdet ihr leben?"

„Ich habe ein Haus in London", sagt Jackson.

Ich drehe mich zu ihm um. „Wenn ich ehrlich bin, habe ich hier viel zu tun. Ich helfe Anna mit dem neuen Day Spa- und der Beauty-Produktlinie."

„Das ist eine wichtige Aufgabe", fügt meine Mutter hinzu und mustert Jackson in Erwartung seiner Antwort.

„Dann werde ich ein Haus in der Nähe des Palasts mieten", sagt Jackson. „Was immer Emma will."

„Dann will ich euch nicht im Weg stehen", sagt Mutter. „Glückwunsch an euch beide." Sie steht auf. „Gute Nacht."

Anna ergreift Gabriels Hand. „Lass uns den beiden ein bisschen Privatsphäre gewähren."

Alle drei verlassen den Raum und unterhalten sich leise dabei. Sie sind wahrscheinlich genauso überrascht von den Ereignissen wie ich.

Jackson zieht mich an der Hand zum Sofa. Er lächelt mich an. „Ich kann nicht glauben, dass du mir so schnell vergeben hast. Ich war auf langes Zukreuzekriechen vorbereitet, um dich zurückzugewinnen."

„Ich bin überrascht, dass ich so lange durchgehalten habe. Ich wollte dich zurücknehmen, als ich dich in der Tür stehen gesehen habe. Ich habe dich schrecklich vermisst."

Er legt einen Arm um meine Schultern und zieht mich an sich. „Meine Gefühle waren so wund, und ich konnte sie nicht über die Musik herauslassen, bis ich über dich geschrieben habe. Du warst der fehlende Teil, der mich wieder ganz gemacht hat."

„Oh, Jackson." Meine Augen brennen vor Tränen. Er ist ein Poet unter diesem rauen, kantigen Äußeren. „Du machst mich fertig, wenn du so von Herzen sprichst. Ich bin es nicht gewohnt, und ich bin mit Sicherheit nicht gut darin, es selbst zu tun."

Er hebt mein Kinn und küsst mich. „Du musst nicht so sein wie ich. Sei einfach *bei* mir. Das ist alles, was ich brauche."

„Okay", flüstere ich. Und dann küsst er mich, und es gibt keine Worte mehr, nur Liebe und Verlangen und das tiefe Gefühl, dass alles gut und richtig ist. Seine Hand gleitet über meinen Hals, über meine Flanke, und dann hebt er mich hoch und zieht mich rittlings auf seinen Schoß. Der Kuss wird leidenschaftlich, seine Hände wandern unter meinen Pullover, umfassen meine Brüste und zwicken meine Brustwarzen. Ich stöhne leise.

Er unterbricht schwer atmend den Kuss. „Lass uns irgendwo hingehen, wo wir allein sind, ja?"

Ich klettere von seinem Schoß, nehme seine Hand und gehe mit ihm in Richtung Flur. „Ich wünsche mir, dass du mit mir im Palast lebst. Es ist der beste Ort für mich, um meine

Arbeit zu erledigen, und wir können im Wintergarten ein Musikstudio für dich einrichten."

Er bleibt stehen. „Ich fühle mich seltsam hier. Wie ein Eindringling. Meine Leute wären bestenfalls Diener hier gewesen."

Ich begegne seinem Blick und sage ruhig: „Und ich bin sicher, dass ich mich in der ersten Reihe bei deinen Konzerten seltsam fühlen werde, wenn andere Frauen dir zuschreien, doch das ist nun einmal so in einer festen Beziehung. Du lebst in meinem seltsamen Leben, und ich in deinem."

Er presst die Lippen aufeinander, und seine blauen Augen tanzen vor Vergnügen. „Deins ist seltsamer."

Ich hebe mein Kinn. „Das bleibt abzuwarten."

Er nimmt mein Gesicht in seine Hände. „Du hast doch gesagt, dass du mich in dem Moment zurückgenommen hättest, als du mich gesehen hast?"

„Ja."

„Ich hätte alles getan, um dich in meinem Leben zu behalten. Ich bin also genauso leicht rumzukriegen wie du."

Ich kann mir mein Lächeln nicht verkneifen. „Warte. Meinst du, ich bin leicht rumzukriegen wie ein Luder?", frage ich mit gespielter Empörung, weil ich die Idee *liebe*.

Seine Worte sind heiß auf meinen Lippen. „Genau das meine ich, Luv. Ich bin ein glücklicher Mann."

„Vergiss das nicht."

Er küsst mich zärtlich. „Wie kann ich das vergessen, wenn deine Augen jedes Mal vor Verlangen vernebelt sind, wenn du mich ansiehst?"

Ich lege meine Arme um seinen Nacken und küsse ihn leidenschaftlich. Und dann nehme ich seine Hand und führe ihn tief in den Palast in die Privatsphäre meines Zimmers, wo ich auf absehbare Zeit mit ihm bleiben möchte.

EPILOG

Drei Monate später…

Emma

Ich freue mich riesig auf diesen herrlichen Frühlingstag, der so vielversprechend und voller Potenzial ist. Es ist der erste Montag im April, und wir sind kurz davor, den ersten Spatenstich für das Day Spa vorzunehmen. Jacksons Band Ignite ist hier, um nach dem Durchschneiden der Bänder zu spielen. Und eine Menge Leute sind gekommen, um sie spielen zu hören. Viele von ihnen könnten künftige Gäste des Spas sein. Ich mache mir keine Sorgen um seine vielen weiblichen Fans, da mein Vertrauen in Jackson vollkommen ist. Es ist wirklich nicht schwierig. Er zeigt mir seine Liebe jedes Mal, wenn er mich ansieht, jedes Mal, wenn seine heisere Stimme für mich singt, jedes Mal, wenn er mich berührt. Wie Anna es so gewählt ausdrückt: er ist heiß auf mich.

Wir wohnen im Palast in meiner Suite, und Jackson fängt langsam an, sich heimisch zu fühlen. Meine Brüder kommen und gehen, aber wenn sie zu Hause sind, lieben sie es, Zeit mit Jackson zu verbringen. Gabriel und Anna haben ihn in die Familie aufgenommen, obwohl unsere Hochzeit erst in ein paar Monaten stattfinden wird. Sogar meine Mutter hat sich für ihn erwärmt, weil er sein Liebe für mich bewiesen hat, indem er dort lebt, wo ich ihn gebeten habe zu leben;

indem er ein Lied nach dem anderen über mich und unsere
Liebe schreibt und weil wir ihr mit Respekt begegnen.
Außerdem ist es offensichtlich, wie glücklich er mich macht.
Ich habe ein Lied in meinem Herzen, und meine Schritte
federn. Jackson hat ein Haus für uns im nahen Frankreich in
Auftrag gegeben. Es liegt an einem ruhigen, geschützten Ort,
ähnlich wie die italienische Villa, in die wir uns verliebt
haben, und ist mit einem eigenen Studio ausgestattet.

Sobald die Recherchephase abgeschlossen ist und Anna
sich von ihrer morgendlichen Übelkeit erholt hat, wird das
Rourke-Team die lokale Produktion der neuen Beauty-
Produktlinie vorantreiben und unsere Fischereiindustrie mit
einbeziehen. Viele der Kosmetika werden mit lokalen Zutaten
produziert, darunter Fischöl, Algen, Schwämme und Meersalz. In der Zwischenzeit bucht Anna noch Damenwochen-
und Flitterwochengäste in die Royal Fantasy Suite. Sie
verlangt einen exorbitant hohen Preis für das Privileg, im
Palast übernachten zu dürfen.

„Emma! Komm her, es ist Zeit!", ruft Anna fröhlich und
winkt mich zu sich zu dem mit einem breiten roten Band
abgetrennten Bereich des zukünftigen Spas. Es liegt auf der
Ostseite der Insel, direkt gegenüber vom französischen Fest-
land. Anna hat Pläne, hier ein Dock zu bauen, um die Fähre
für Besucher hier anlegen zu lassen. Der Hafen am südlichen
Ende der Insel wird dann ausschließlich für die Fischerei-
und Kosmetikindustrie genutzt.

Ich unterdrücke ein Erschauern angesichts Annas Lautstärke. Mutter tut das schon für mich. Es ist nur so, dass Anna
jetzt Königin ist und ihre Stimme im Zaum halten sollte. Die
Presse ist hier und jede Menge Gäste. Gabriel lächelt nur und
genießt ihre natürliche Begeisterung. Er ist so sehr in sie
verliebt, dass es lächerlich ist. Ich kenne dieses kindische
Gefühl sehr gut.

Ich gehe mit meiner Mutter an meiner Seite zu Anna.
Mutter trägt ein jugendlich hellblaues Seidenkleid mit rot-
blauem Blumenmuster. Nach all den Spa-Besuchen, die
Mutter und ich gemeinsam unternommen haben, sieht
Mutter jünger und lebendiger aus, als ich es jemals in Erinne-

rung hatte. Sie hat auch in den Spas eine Menge Komplimente bekommen, viele der Kosmetikerinnen haben sie zu ihrem makellosen Teint beglückwünscht und zu ihrem jugendlichen Aussehen, und einige sagten sogar, wir könnten Schwestern sein. So weit würde ich jetzt nicht gehen. Sie hat ihnen die Schmeichelei keine Minute lang abgekauft, doch ich denke, sie hat ihr Selbstvertrauen gestärkt genauso wie die Tatsache, dass unsere Arbeit ihrem Leben wieder einen Sinn gegeben hat. Sie ist vierundfünfzig und hat neue Vitalität und Energie gefunden. Vielleicht musste auch sie erst ihren Platz in der neuen Palastordnung finden. Natürlich vermisst sie meinen Vater immer noch – das tun wir alle –, und sie redet oft über ihn, doch sie spricht in liebevoller Erinnerung über ihn und nicht mehr mit dem scharfen Schmerz frischen Kummers.

Anna strahlt und umarmt uns beide gleichzeitig. „Ah! Das ist so aufregend!" Sie ist im fünften Monat schwanger und rundum gesund. „Wir legen alle eine Hand auf den Spatengriff für das Bild. Ich will, dass alle wissen, dass die Rourke-Frauen dieses Projekt ins Leben gerufen haben."

„Gabriel sollte mit auf dem Bild sein", sagt meine Mutter. „Er ist der König, und es ist ein Ereignis für das Königreich."

„Natürlich!" Anna zeigt auf ihn. „Hinter jeder erfolgreichen Frau steht ein guter Mann."

Ich unterdrücke ein Lachen. Ich bin sicher, Gabriel würde es genau anders herum sagen.

Jemand bringt einen silbernen Spaten. Er ist lächerlich groß, doch ich denke, auf dem Foto wird es gut aussehen. Wir alle stellen uns in einer Reihe auf, Gabriel hinter Anna, dann Mutter vor ihr und ich ganz vorne – der Größe nach.

Die Reporter drängeln um die beste Position, alle Kameras sind auf uns gerichtet.

Jemand gibt Anna ein Mikrofon. „Kann ich bitte Ihre Aufmerksamkeit haben", sagt sie und wartet darauf, dass sich das Getuschel legt. „An diesem bedeutsamen Frühlingstag, einer Zeit des Neubeginns, bin ich stolz darauf, den ersten Spatenstich für Villroys lang erwartetes Day Spa tun zu dürfen."

Die Menge applaudiert.

Anna fährt fort. „Ohne die harte Arbeit von Prinzessin Alexandra, Prinzessin Emma und Prinzessin Silvia wäre das alles nicht möglich gewesen. Ein Applaus für sie bitte." Silvia ist nicht hier, doch es ist schön, dass Anna ihren Beitrag ebenso anerkennt.

Noch mehr Applaus, und ich höre Jacksons Pfiff. Ich blicke lächelnd in die Richtung, wo er mit seiner Band auf der Bühne steht. Er zeigt auf mich und formt mit den Lippen: „Du rockst!"

Ich lächele. Er sagt, dass ich mit meinen Balladen Rock'n'Roll bin, obwohl ich denke, dass er derjenige ist, der sie auf dieses Level bringt. Er ist ein Ausnahmetalent. Allein in der kurzen Zeit, die ich ihn kenne, habe ich miterlebt, wie er ein neues musikalisches Niveau erreicht hat. Er hat es wieder im Bauch, eine tiefe Leidenschaft für die Musik.

Anna gibt Gabriel das Mikrofon. Seine tiefe autoritäre Stimme erklingt aus den Lautsprechern. „Hier wird in Kürze das Island Bliss Spa des Königreichs Villroy stehen, und wir möchten, dass Sie alle zur Eröffnung im Juni wieder hier sind!"

„Jetzt!", ruft Anna.

Wir senken den Spaten. Das Blitzlichtgewitter blendet mich, und alle jubeln. Ignite fängt an, ihren lauten Nummer-1-Hit „Inferno" zu spielen, und treibt die Energie der Menge in die Höhe.

Anna und Gabriel umarmen sich, und dann eilt sie zu mir und Mutter, um uns zu umarmen. „Wir haben es geschafft, Ladys!", ruft sie aus. „Und ich habe noch mehr tolle Nachrichten: Der Arzt sagt, unser Thronerbe ist eine Erbin. Wir bekommen ein Mädchen!"

„Herzlichen Glückwunsch!", jubele ich. „Noch mehr Frauen für das Rourke-Team!"

Anna lacht. „Ganz genau! Du hast es begriffen." Sie wendet sich Mutter zu, die bisher geschwiegen hat. „Alexandra?"

„Ich freue mich so für dich", sagt Mutter mit brüchiger Stimme. Ihre Unterlippe zittert, und Anna zieht sie in eine

Umarmung, um ihr Privatsphäre für ihre Tränen zu bieten. Sie ist größer als meine Mutter, daher kann sie Mutters Gesicht ein wenig verbergen. Mutter hat sich alle Neuigkeiten über die Schwangerschaft zu Herzen genommen. Sie ist sehr aufgeregt, Großmutter zu werden.

Ich hüpfe auf meinen Fußballen, begeistert von all den wundervollen Neuigkeiten und dem, was ich vorhabe. „Ich muss meine Liebe sehen. Glückwunsch nochmals!"

Mutter zieht sich von Anna zurück und wischt sich die Augen. „Kannst du nicht von hier aus zuhören? Es ist doch mehr als laut genug."

„Ich muss ein bisschen näher ran."

„Sie ist verliebt", sagt Anna. „Sie muss ihm immer ein bisschen näher sein. Mach nur, Mädchen."

Ich lache und renne hinter die Bühne, die eigens für Ignites Auftritt aufgebaut wurde. Dort auf einem Ständer wartet meine Gitarre auf mich. Ich hänge mir den Riemen über die Schulter und streichele bewundernd über das glatte Rosenholz meiner Gitarre, während ich vor mich hin summe.

Der Song endet und Jackson sagt in das Mikrofon: „Jetzt möchte ich euch allen die Liebe meines Lebens, meine Inspiration, mein Herz und meine Seele vorstellen: Emma Rourke!"

Ich gehe auf zitternden Beinen auf die Bühne. Erst jetzt setzt die Nervosität ein. Ich habe mit einem professionellen Gesangslehrer gearbeitet, um meine Bandbreite und Tonqualität zu erweitern, doch das ist mein erster öffentlicher Auftritt. Es ist auch das erste Mal seit meiner Kindheit, dass meine Familie mich singen hört. Alle meine Unterrichtsstunden haben im Wintergarten stattgefunden, weit weg von der Hektik des Palastlebens.

Jackson lächelt mich an, und Liebe leuchtet aus seinen blauen Augen. Ich konzentriere mich nur auf ihn. Mein Herz verlangsamt sich von Kolibriflattern zu einem ruhigen Rhythmus. Er wendet sich an die Menge. „Der Song ist ein Emma-Original. Aber ich lasse lieber sie darüber reden."

Ich trete an das Mikrofon vor mir auf dem Ständer. „Hallo, alle zusammen." Die Rückkopplung kreischt aus den Laut-

sprechern, weil ich zu nahe rangegangen bin. „Autsch. Tut
mir leid. Der Song heißt „The Veil". Es geht darum, was
passiert, wenn der Schleier vor unseren Augen fällt und
etwas Neues enthüllt."

„Jackson!", kreischt eine Frau mit haarsträubender
Lautstärke.

Jackson reagiert nicht, sondern dreht sich lediglich zu mir
um. „Lass es uns hören, Luv."

Ich fange an zu spielen. Es ist ein Duett, und ich weiß,
dass er sich mir im Refrain anschließen wird.

Ich spiele und singe nur für ihn, mein Publikum besteht
nur aus einem Menschen. Er schließt die Augen, sein
Ausdruck ist die pure Freude an der Musik, die wir
zusammen machen. Sie erfüllt mich, unsere gemeinsame
Liebe. Bald hebt mich die Musik in die Höhe, und plötzlich
fliege ich. Ich wende mich dem Publikum zu, singe stark und
sicher und lasse mein Herz und meine Seele in die Musik
einfließen, die mir so viel bedeutet. Ich bin die Frau, die sich
aller Schleier entledigt hat – des Brautschleiers, des Palast-
schleiers, des Schleiers der braven Prinzessin. Ich bin zu mir
zurückgekehrt auf eine ganz neue, selbstbewusste Art und
Weise als Braut: Ein arbeitendes Mitglied der Königsfamilie,
eine Prinzessin und eine Musikerin.

Ich bin Musik. Ich bin Liebe. Ich bin Emma.

Ich brülle wie eine Löwin!

Das Lied endet, und ich kehre in die Realität zurück, als
der Applaus in meinen Ohren dröhnt.

Ich höre Jacksons Stimme an meinem Ohr. „Das war
wunderschön. Verbeug dich."

Ich neige meinen Kopf und mache einen kleinen Knicks
vor dem ungeheuren Applaus, der nur noch lauter zu werden
scheint. Jemand pfeift, und als ich mich umdrehe, sehe ich
Gabriel, Anna und meine Mutter an der Seite der Bühne in
einem mit einem dicken roten Samtseil abgesperrten Bereich,
lächelnd und klatschend. Ihre Bodyguards stehen hinter
ihnen.

Ich winke ihnen zu und überlasse Ignite wieder
die Bühne.

„Ist sie nicht großartig?", fragt Jackson die Menge. „Das ist mein Engel. Ich habe mich in ihre Stimme verliebt und alles andere an ihr, alles, was sie so umwerfend macht. Sie ist das Geschenk meines Lebens. Applaus für Emma Rourke."

Der Applaus geht weiter. Die Energie der Menge durchströmt mich in einem erhebenden Rausch. Meine Wangen sind rot, mein Puls rauscht durch meine Adern. So muss sich Jackson fühlen, wenn er für ein begeistertes Publikum auftritt.

Ich lege meine Gitarre wieder in den Koffer und schließe mich meiner Familie am Bühnenrand an.

„Du warst der Hammer!", ruft Anna.

„Wunderbar", sagt Gabriel.

„Ich hatte keine Ahnung, dass du so singen kannst, Emma", sagt Mutter. „Wenn ich das gewusst hätte, hätte ich dafür gesorgt, dass du mehr Musikunterricht anstatt Sprachunterricht bekommst."

Ich lächele. „Ich liebe beides, Musik und Sprachen. Und du hast mir alles gegeben, was ich brauchte. Es war an mir zu finden, was mich glücklich macht."

Mutter nickt. „Ich verstehe langsam besser, was du und Jackson gemeinsam habt." Die Musik auf der Bühne wird mit Jacksons E-Gitarrenriff lauter. Mutter zuckt zusammen. „Auch wenn ich seine übliche Musik ziemlich ohrenbetäubend finde."

„Man gewöhnt sich dran", sage ich mit einem Lächeln. „Kannst du das bitte für mich aufbewahren?", bitte ich Gabriel und halte meinen Gitarrenkoffer hoch.

In dem Moment, in dem er ihn mir abnimmt, mische ich mich unters Publikum, schiebe mich in die erste Reihe und schreie wie das ultimative Fangirl. Ich hebe meine Arme in die Luft und tanze.

Jackson

Ich trage einen Smoking und stehe an einem perfekten Junitag barfuß am Strand von Villroy Island, um meinen

Engel zu heiraten. Wenn mich jemand vor einem Jahr gefragt hätte, ob ich dieses Leben für möglich halte, hätte ich gesagt, fuck, nein. Damals habe ich um Charlie getrauert, um den Verlust meiner Musik, versunken in dunkler Verzweiflung. Doch jetzt sieht meine Zukunft strahlend aus. Ich bin im Begriff, meine Seelenverwandte zu heiraten, ein Familienmensch zu werden und mich mit Körper, Herz und Seele zu verpflichten. Diese Sache mit Emma ist besser als alles Geld, besser als Ruhm, besser als Applaus. Es ist echt und so natürlich, ein Leben voller Musik und Liebe. Musik zu schreiben, ist mir noch nie leichter gefallen. Ich habe das neue Album pünktlich beim Label abgeliefert. Zuerst kam es nicht gut an. Sie waren der Meinung, der Unterschied zu den vorherigen Alben von Ignite wäre zu groß, um es herauszubringen. Emmas Stimme kommt oft vor und es hat mehr Blues und Balladen als zuvor. Alles ist gut. Mein Manager hat den Vertrag neu verhandelt und es als Soloalbum unter meinem Namen veröffentlicht, während die anderen Jungs als „Gastmusiker" beteiligt bleiben. Jetzt ist unser Vertrag beendet. Sie erneuern den Vertrag mit Ignite nicht, und wir sind alle cool damit. Ich kann nicht mehr der Mann sein, der ich früher gewesen bin, keiner von uns kann das ohne Charlie. Wir sind keine Band mehr, sondern Freunde, die zusammen spielen, wann immer wir können. Vielleicht spielt der kleine Jack, Charlies Sohn, eines Tages mit uns. Er hat gerade mit Klavierunterricht begonnen, und seine finanzielle Zukunft ist durch den Treuhandfonds gesichert.

Ich atme die salzige Seeluft tief ein. Die Faszination der Presse an mir und Emma ist eingeschlafen, da wir wenig öffentlich auftreten und uns auf unser eigenes Ding beschränken. Es gab keine offizielle königliche Ankündigung für unsere Hochzeit, um unsere Privatsphäre zu schützen. Anscheinend ist es ein großer Bruch mit der Tradition, dass Emma am Strand anstatt in der Palastkapelle heiratet. Sie ist die erste Prinzessin, die sich in der Geschichte der Familie Rourke dafür entschieden hat, außerhalb der Kapelle zu heiraten. Das ist meine Emma, die ihren eigenen Weg beschreitet. Wir haben natürlich Sicherheitsleute da und eine kleine Gästeliste. Meine Mutter und mein Bruder sind hier, zusammen mit der Frau und den Kindern meines Bruders. Meine Familie ist von Emma als Prinzessin viel beeindruckter, als sie es je von mir als Rockstar war. Mutter hat sogar zugegeben, ein bisschen nervös gewesen zu sein, als sie ihr zum ersten Mal begegnet ist. Emma hat sie sofort auf meine besseren Qualitäten hingewiesen. „Jackson ist ein musikalisches Ausnahmetalent und ein wundervoller Mensch. Er ist der Star, nicht ich."

Was soll ich sagen, die Frau liebt mich.

Meine ehemaligen Bandkollegen John und Max spielen im Hintergrund für die Prozession, während Emmas Schwester Silvia als deren Trauzeugin den Gang hinuntergeht. Ich habe Lucas als meinen Trauzeugen ausgewählt. Wir sind uns näher gekommen, seit er mehr Zeit im Palast verbringt und sich mehr mit der geschäftlichen Seite der neuen Industrie in Villroy beschäftigt. Ich konnte mich nicht zwischen meinen Bandkollegen entscheiden, und mein Bruder und ich haben uns nie nahegestanden.

Jetzt spielen sie „Emma", das erste Lied, das ich für sie geschrieben habe. Sie hat es sich als ihr Lied für die Prozession ausgesucht. Sie erscheint am Arm ihres Bruders Gabriel. Kein Schleier für meine Emma. Wie ihr Lied sagt, hat sie jede Art von Schleier abgelegt, real oder metaphorisch. Sie trägt eine Diamant-Tiara, die sie besonders königlich aussehen lässt, und ein dunkelrosa ärmelloses Kleid mit einem dezenten Cutout, das ihr Dekolletée zeigt. Es ist genauso sexy und überraschend wie sie. Als sie meinem Blick begegnet, umspielt ein Lächeln ihre Lippen. Pure Emotionen schnüren mir den Hals zu, und meine Augen werden feucht. *Verdammt. Nicht heulen. Sei bloß nicht der heulende Bräutigam!* Ich kneife meine Augen zusammen und öffne sie, als Emma auf mich zukommt und mich mit einem wissenden Blick anlächelt.

Sie versteht mich. Sie weiß, dass ich versuche, mich zusammenzureißen, und sie weiß warum – ich liebe sie wie verrückt.

Ihr Lächeln wird sonniger, je näher sie kommt, und ihr

Gesicht strahlt. Sie freut sich, mich zu heiraten, und ich bin ein verdammt glücklicher Hund.

In dem Moment, in dem sich Gabriel zurückzieht und Emma mir überlässt, nehme ich ihr Gesicht in meine Hände und küsse sie. Es ist mir egal, dass ich bis nach dem Ehegelöbnis warten sollte.

„Du bist wunderschön", flüstere ich.

Sie lächelt. „Danke. Du siehst in deinem Smoking aber auch ziemlich ansehnlich aus."

Ich nehme die Zeremonie wie im Nebel wahr, denn ich bin ganz auf Emma eingestellt, während der Priester im Hintergrund sein Ding macht und uns zum Ringetausch und den Gelübden auffordert. Die Röte auf ihren Wangen, das blasse Rosa ihrer sinnlichen Lippen, der goldene Ring in ihren Augen, ihre engelsgleiche, süße Stimme.

„Hiermit erkläre ich euch zu Mann und Frau", verkündet der Priester.

Unsere Gäste jubeln.

Emma schlingt ihre Arme um meinen Hals, und ich küsse sie leidenschaftlich und biege sie über meinen Arm. Meine Liebe, mein Leben, meine Emma.

Ich lasse sie sich wieder aufrichten und sie lacht. „Das war ein Kuss!", entfährt es ihr.

Ich ziehe sie an mich und flüstere ihr ins Ohr: „Warte nur bis heute Abend."

„Vielleicht können wir uns ja früher davonschleichen", sagt sie, ergreift meine Hand und schreitet den Gang entlang.

Jubelrufe und Konfetti regnen auf uns nieder, als die Band anfängt, unseren Ignite-Hit „Inferno" zu spielen.

Emma singt bei dem Lied mit, das einst zu viel für ihre Sensibilität war. Sie hat immer gesagt, es wäre Lärm, der ihr an den Nerven zerrt. Ha. Sie hat sich locker gemacht und war nie glücklicher. Sie sagt mir das jedes Mal, wenn ich sie wegen ihrer steifen und korrekten Art aufziehe. Sie tauchen immer wieder mal auf, die Manieren und der Anstand, die ihr von Geburt an eingedrillt worden sind. Genau aus diesem Grund verbringen wir auch unsere Hochzeitsnacht außerhalb des Palastes auf der königlichen Jacht. Sie wollte die Erinnerung an unsere erste nautische Erfahrung (wenn auch viel luxuriöser), und dann werden wir an der Küste von Südfrankreich entlang cruisen und nach Italien fahren. Es ist um diese Jahreszeit wunderschön.

„Schau dir unseren Kuchen an", sagt sie und zieht mich zu einem langen Tisch, der mit Tonnen von Gebäck überladen ist. In der Mitte steht eine dreistufige weiße Torte mit der Figur eines Paares, das mir und Emma auffallend ähnlich sieht. Der Rocker und die Prinzessin – ich mit meiner E-Gitarre in einem schwarzen Shirt, das ich bis zu den Ellbogen hochgeschoben habe und dazu Fetzenjeans, und Emma in einer Tiara und einem rosa Kleid. Sogar unsere Deko-Nachbildungen sehen unglaublich verliebt aus. Moment mal, ist das … Ich betrachte es aus der Nähe. „Cocopops!"

„Ich habe sie nur für dich hinzufügen lassen." Sie grinst und bewundert die Cocopops, die die Ränder jeder Stufe der Torte zieren. „Ich dachte, du solltest deinen Lieblingssnack bei unserer Hochzeit haben."

„Brillant!"

„Ich kann es kaum erwarten, sie dir ins Gesicht zu matschen."

Ich starre sie an. „Wie wird das denn in unserem Hochzeitsalbum aussehen?"

Sie schneidet eine Grimasse. „Heilige Scheiße! Nun sieh mal einer an, was passiert ist. Du bist ein Traditionalist geworden."

Ich lache. „Vielleicht möchte ich lieber die Buttercreme über dir verteilen. Nackt."

Ihre Augen leuchten auf, ihre Stimme ist heiser. „Schmutziger, schmutziger Mann." Als sie mich küsst, gleitet ihre Zunge in meinen Mund, völlig ungehemmt trotz der Gäste um uns herum.

Ich unterbreche den Kuss. „Später." Jemand klopft mir auf die Schulter, und ich drehe mich um. „Hallo."

„Herzlichen Glückwunsch", sagt Lucas.

„Danke, Kumpel", sage ich.

„Danke", sagt Emma. „Wir sind sehr glücklich."

Lucas beugt sich zu Emma herunter und sagt in leisem,

neckendem Ton: „So schnell von einem Altar zum anderen zu laufen, Emma. Was die Leute wohl denken werden?"

Emma kratzt sich mit dem Mittelfinger an der Wange.

Ich kann nicht anders, ich muss lachen. Das habe ich ihr beigebracht. „Zwischen den Altären sind sieben Monate vergangen", sage ich zu Lucas. „Wenn es richtig ist, ist es richtig. Ich wünsche dir dasselbe Glück."

Er sieht entsetzt aus. „Hüte deine Zunge. Willst du mich verhexen? Hast du nicht gehört, dass ich der gefragteste adelige Junggeselle der Welt bin? Das Internet hat abgestimmt, und ich habe gewonnen." Er lächelt selbstgefällig. „Sie sagen, ich sei charmant."

Emma verdreht die Augen. „Du hast wahrscheinlich tausendmal für dich selbst gestimmt."

Er verschränkt die Arme und grinst. „War nicht nötig. Ich hatte es auch so sicher."

Ich versetze ihm einen Knuff gegen die Schulter. „Mann, ich kann es kaum erwarten, die Frau zu sehen, die dich in die Knie zwingt."

Er richtet sich auf und spricht mit überheblicher Stimme. „Ich bin ein Prinz, Jackson. Wir fallen für niemanden außer dem König und der Königin auf die Knie."

Ich grinse. „Dann kann ich es kaum erwarten, deine zukünftige Königin zu treffen."

Ich tausche einen Blick mit Emma aus; wir beide lächeln. Wir wissen, wie verrückt Liebe einen machen kann.

Ein Anflug von Sorge huscht über Lucas' Gesicht, bevor er sagt: „Unwahrscheinlich." Er salutiert und macht sich mit seinen Brüdern auf den Weg zur Bar.

Wir machen die Runde, begrüßen unsere Gäste und nehmen viele herzliche Glückwünsche entgegen. Nach einem Abendessen mit Meeresfrüchten in der untergehenden Sonne wird das Licht in einem Zelt eingeschaltet, in dem eine Tanzfläche eingerichtet wurde.

Meine Band spielt ein besonderes Programm für den Empfang, alle Songs, die Emma und ich geschrieben haben. Niemand ist auf der Tanzfläche, und ich komme zu dem Schluss, dass wir das ausnutzen sollten.

„Zeit für unseren Tanz", sage ich zu ihr und führe sie auf die Tanzfläche. Es ist ein langsamer Song, eines unserer neueren Lieder. Sobald unser Haus und das Studio fertig sind, werde ich ein Album mit ihr aufnehmen. Nur wir zwei. Wir werden es allein auflegen, damit wir vollkommene kreative Kontrolle haben.

Sie lächelt. „Weißt du, das ist das erste Mal, dass ich mit dir tanze. All die Musik, und wir haben noch nie getanzt."

Ich lege meine Arme um sie und ziehe sie an mich. „Wir haben es einmal versucht, erinnerst du dich? Die erste Nacht, in der wir wieder zusammengekommen sind, an Silvester."

Sie grinst. „Oh, jetzt erinnere ich mich. Du hast versucht, ganz süß und liebevoll zu sein, und ich wollte mich nur schmutzig an dir reiben." Sie reibt sich kurz und kaum merklich an mir, doch ich werde steinhart.

„Oh ja, richtig", bringe ich heraus.

„Jetzt werden wir uns einfach gegenseitig eine Weile quälen müssen mit Tanzen als Vorspiel."

Ich unterdrücke ein Stöhnen, als ihre Hand über meine Brust streicht. Sie bringt mich so schnell auf Touren. Mein Körper erinnert sich an all die Leidenschaft jeder Vereinigung und will mehr.

Sie streichelt mir über den Nacken. „Es sei denn", flüstert sie mit heiserer Stimme. „Wir schleichen uns für einen schnellen harten Fick in ein geheimes Versteck, das ich kenne."

Ich zwinkere ihr zu. „Ich kenne es auch."

Sie lacht leise und sexy. „Rock and Roll, Babe."

Das ist ihre Art zu sagen *alles ist erlaubt*. Sie ist so verdammt perfekt.

Kurze Zeit später ist der Kuchen dran, und Emma wirft mir *den Blick* zu. Den, der sagt, ich will dich. Jetzt.

Ich muss sie warten lassen, auch wenn es so verführerisch ist, wie sie sich gegen meine Seite drückt. Ich beuge mich hinunter und flüstere ihr ins Ohr: „Wir müssen erst das mit dem Kuchen hinter uns bringen. Das kommt in unser Hochzeitsalbum. Denk an unsere Kinder. Sie werden es sehen wollen."

Sie strahlt. „Aber gleich nach dem Kuchen schleichen wir uns davon."

Ich kann es ihr nicht verwehren, ich kann es mir nicht verwehren.

Wir schneiden langsam ein riesiges Stück Kuchen ab, füttern uns gegenseitig – ohne das bescheuerte Kuchen-ins-Gesicht-schmieren – und lächeln in die Kamera.

„Bist du soweit?", frage ich.

Sie nickt. „Nur noch eine Sache, die ich unseren Kindern zeigen muss." Sie nimmt unsere Figur von ganz oben auf dem Kuchen. „Die ist so hundert Prozent wir. Ich werde sie für immer wie einen Schatz hüten."

Meine Augen brennen. Ich nehme ihr schönes Gesicht in beide Hände und küsse sie zärtlich. Sie knabbert an meiner Unterlippe, küsst mich gierig, und die Intensität nimmt augenblicklich zu.

Ich werfe sie über meine Schulter und gehe zurück in Richtung Palast. Unsere Gäste pfeifen und jubeln uns hinter-her, doch ich höre nur Emmas zischendes „Yessss!"

Das ist meine Emma.

Königlicher Charmeur erscheint in Kürze!

Alice

Das Erste, das Sie über mich wissen sollten ist, dass ich ohne meinen Bräutigam auf Villroy Island auf Hochzeitsreise bin – was selbstverständlich ist, da mein Ex-Verlobter sich „versehentlich" in meine beste Freundin verliebt hat. Aber darüber will ich nicht reden.

Das Zweite: Ich bin eine Liebesromanautorin mit einer großzügig verlängerten Deadline, und ich habe geschworen, dass ich diese Zeit hier produktiv nutzen werde. Bisher hat meinem Verlag keine meiner Ideen, die sich neuerdings um die Vernichtung von Männern drehen, gefallen. Romantik ist tot in meinem geschwärzten Herzen.

Ich will schon aufgeben, als mir ein Prinz mit einem Imageproblem in den Schoß fällt. Und aus irgendeinem Grund hält man es für eine gute Idee, dass ich mich als seine Verlobte ausgebe. Das Letzte, was ich will, ist, mich an jemanden zu binden, doch eine unechte Verlobung könnte glatt dafür sorgen, dass sich mein nächstes Buch von selbst schreibt.

Lucas

Ich genieße es, der begehrteste königliche Junggeselle der Welt zu sein (das Internet hat abgestimmt, und ich habe gewonnen), doch ich bin mehr als das. Ich will etwas für das Königreich tun, ein Teil des Erbes meiner Familie werden. Ich sollte der CEO unseres neuen Unternehmens sein, doch mein ältester Bruder Gabriel, der König, blockiert mich auf Schritt und Tritt, da er der Meinung ist, dass ich zu flatterhaft sei.

Als mir jedoch Gabriels Frau Anna, unsere unkonventionelle Königin, eine Chance anbietet, mich bei den Bankern zu beweisen, stimme ich zu. Der einzige Haken an der Sache ist allerdings, dass ich eine unechte Verlobte mitbringen muss. Der Zweck heiligt die Mittel, und Alice braucht die fingierte Verlobung als Inspiration für ihr Buch.

Niemals hätte ich damit gerechnet, dass ich mich

verlieben könnte. Doch hier bin ich und versuche krampfhaft, eine Frau, die Angst vor einer Beziehung hat, davon zu überzeugen, dass sie an meine Seite gehört.

Wenn der Bad Boy keiner ist (Buch 5)

Ein Störenfried zum Verlieben (Buch 6)

Schicksalsbegegnungen (Buch 7)

Eine Romantische Chance (Buch 8)

Ein sündhafter Flirt (Buch 9)

Ein unbequemer Plan (Buch 10)

Eine Happy End Hochzeit (Buch 11)

Die Rourkes Reihe

Königlicher Fang (Buch 1)

Königlicher Hottie (Buch 2)

Königlicher Darling (Buch 3)

Königlicher Charmeur (Buch 4)

Königlicher Playboy (Buch 5)

Königlicher Spieler (Buch 6)

ÜBER DIE AUTORIN

Kylie Gilmore ist die USA Today Bestsellerautorin der Rourkes Reihe, der Happy End Buchclub Reihe, der Clover Park Reihe und der Clover Park STUDS Reihe. Sie schreibt unterhaltsame Romanzen, die die LeserInnen zum Lachen und zum Weinen bringen und zu einem Glas Eiswasser greifen lassen.

Kylie lebt mit ihrer Familie, zwei Katzen und einem verrückten Hund in New York. Wenn sie nicht gerade schreibt, Kinder bändigt oder bei Autorenkonferenzen pflichtbewusst Notizen macht, findet man sie beim Stretching – bis ganz nach oben ins oberste Regal, um dort ihren geheimen Schokoladenvorrat zu erreichen.

www.ingramcontent.com/pod-product-compliance
Lightning Source LLC
Chambersburg PA
CBHW070922190726
48292CB00004B/1073